林贤治 主编

百年中篇典藏

丽莎的哀怨

蒋光慈 著

桑农 编

南方出版传媒

花城出版社

中国·广州

图书在版编目（ＣＩＰ）数据

丽莎的哀怨 / 蒋光慈著；桑农编. -- 广州 ： 花城
出版社，2020.8
　　（百年中篇典藏 / 林贤治主编）
　　ISBN 978-7-5360-9116-0

　　Ⅰ. ①丽… Ⅱ. ①蒋… ②桑… Ⅲ. ①中篇小说－小
说集－中国－现代 Ⅳ. ①I246.5

中国版本图书馆CIP数据核字(2020)第118798号

出 版 人：肖延兵
丛书策划：张　懿
出版统筹：邹蔚昀
责任编辑：张　旬
技术编辑：凌春梅
装帧设计：林露茜

書　　名　丽莎的哀怨
　　　　　LI SHA DE AI YUAN
出版发行　花城出版社
　　　　　（广州市环市东路水荫路 11 号）
经　　销　全国新华书店
印　　刷　恒美印务（广州）有限公司
　　　　　（广州南沙经济技术开发区环市大道南路 334 号）
开　　本　880 毫米 × 1230 毫米　32 开
印　　张　9.75　2 插页
字　　数　210,000 字
版　　次　2020 年 8 月第 1 版　2020 年 8 月第 1 次印刷
定　　价　52.00 元

如发现印装质量问题，请直接与印刷厂联系调换。
购书热线：020 - 37604658　37602954
花城出版社网站：http://www.fcph.com.cn

总序

中国新文学从产生之日起，便带上世界主义的性质。这不只在于由文言到白话的转变，重要的是文学观念的革新。从此，出现了新的文体，新的主题，新的场景、人物和故事，于是一个新的文学时代开始了。

以文体论，所谓"文学革命"最早从诗和散文开始。小说是后发的，先是短篇，后是中篇和长篇，作者也日渐增多起来。由于五四的风气所致，早期小说的题材多囿于知识人的家庭冲突和感情生活；继"畸零人"之后，社会底层多种小人物出现了，广大农民的命运悲剧与农村中的阶级斗争进而廓张了小说的疆域，随后，城市工人与市民生活也相继进入了小说家的视野。小说以它的叙事性、故事性，先天地具有一种大众文化的要素，比较诗和散文，影响更为迅捷和深广。

从小说的长度看，中篇介于短篇与长篇之间，但也因此兼具了两者的优长。由于具有相当的体量，中篇小说可以容纳更多的社会内容；又由于结构不太复杂而易于经营，所以，自二十世纪二十年代以来，小说家多有中篇制作。论成就，或许略逊于长篇，但胜于短篇是肯定的。

一九二二年，鲁迅在报上连载《阿Q正传》。这是新文学运动发生以后的第一个中篇小说，在革命的大背景下，为国人的灵魂造像；形式之新，寓意之深，辉煌了整个文坛。阿Q，作为一个典型人物，相当于塞万提斯笔下的堂·吉诃德，在中国，为广大的人们所熟知，他的"精神胜利法"成了民族的寓言。在二十年代，创造社和文学研究会的作家创作颇丰，中篇小说作家有郁达夫、废名、许地山、茅盾，以及沅君、庐隐、丁玲等。郁达夫在五四文学中享有盛名。他的小说，最早创造了"零余者"的形象，其中自我暴露、性描写，在当时是惊世骇俗的，虽然有颓废的倾向，却不无反封建的进步的意义。《迷羊》《她是一个弱女子》是他的代表性作品，打着时代特有的个性主义和人道主义的双重烙印。在丁玲的《莎菲女士的日记》中，作为刚刚觉醒的女性主义者，追求个性解放和自由恋爱的莎菲女士，结果陷入歧路彷徨、无从选择的困局之中，表现了一代五四新女性所面临的新观念与旧事物相冲突的尴尬处境。继鲁迅之后，一批"乡土作家"如台静农、蹇先艾、许钦文、王鲁彦等崛起文坛，是当时的一个突出的文学现象。但是佳作不多，中篇绝少。

毕竟是新文学的发轫期，二十世纪二十年代的小说大多流于粗浅，至三十年代，作家队伍迅速扩大，而且明显地变得成熟起来。有三种文学，其中一种是所谓"民族主义文学""三民主义文学"；另一种与官方文学相对立，在当时声势颇大，称为"左翼文学"。以"左联"为中心，小说作家有茅盾、柔石、蒋光慈、叶紫、张天翼、丁玲，外围有影响的还有萧军、萧红等。其中，中篇如《林家铺子》《二月》《丽莎的哀怨》

《星》《八月的乡村》《生死场》，都是有影响的作品。茅盾素喜取景历史的大框架，早期较重人物的生理和心理描写，有点自然主义的味道，后来有更多的理性介入，重社会分析。中篇《林家铺子》讲述杭嘉湖地区一个小店铺老板苦苦挣扎，终于破产的故事。同《春蚕》诸篇一起，展开二十世纪三十年代民族危难、民生凋敝的广阔的社会图景。《二月》是柔石的一部诗意作品。小说在一个江南小镇中引出陶岚的爱情，文嫂的悲剧，和一个交头接耳、光怪陆离而又死气沉沉的社会。最后，主人公萧涧秋在流言的打击下，黯然离开小镇。作者以工妙的技巧，揭示了知识分子在残酷的现实生活中进退失据的精神状态。诗人蒋光慈的小说《丽莎的哀怨》《冲出云围的月亮》发表后，受到左翼作家的批判，影响轰动一时。其实"革命+恋爱"的创作模式，并不能遮掩小说所展露的人性的光辉。特别在充斥着"左"倾教条主义政治话语的语境中，作者执着于对"人"的描写，对人性与环境的真实性呈现，是极为难得的。萧军和萧红是东北流亡作家，作品充满着一种家国之痛。《八月的乡村》以场景的连缀，展示了与日本和伪满洲国军队战斗的全貌。《生死场》超越民族和国家的限界，着眼于土地和人的生存。"在乡村，人和动物一起忙着生，忙着死"，是贯穿全篇的主旋律。小说有着深厚的人本主义的内涵，带有启蒙的意义。

此外，还有一种文学，来自一批自由派作家，独立的作家，难以归类的作家。如老舍、巴金、沈从文等，在艺术上，有着更为自觉的追求。像沈从文的《边城》《长河》，就没有左翼作品那种强烈的阶级意识。沈从文自称"是个不想明白道理却永远为现象所倾心的人"。他倾情于"永远的湘西"，着意于表现自然之美与野蛮的力，叙述是沉静的，描写是细致的，一些残酷的血腥的故事，在他的笔下，也都往往转换成文化的美，诗意的美，而非伦理的美。巴金早期的小说颇具政治色彩，如《灭亡》；而《憩园》，则是一种挽歌调子，很个人化的。施蛰存等一批上海作家是另一种面貌，他们颇受西方现代派文学的影响，从事实验性写作。不过，值得指出的是，左翼作家是一批青年叛逆者，敢于正视现实、反抗黑暗；其中有些作品虽然因意识形态的影响而在一定程度上削弱了艺术的力量，但是仍然不失为当时最为坚实锋锐的文学，是五四的"人的文学"的合理的延伸。

整个二十世纪四十年代动荡不安。这时，除了早年成名的作家遗下一些创作外，新进的作家作品不多，突出的有张爱玲的《金锁记》和路翎的《饥饿的郭素娥》。张爱玲善于观察和描写人性幽暗的一面，《金锁记》可谓代表作。路翎的《饥饿的郭素娥》何尝不是写人性，却是张扬的、光明的、美善的。在劳动妇女郭素娥的身上，不无精神奴役的创伤，却更多地表现出了与命运抗争的顽强的生命力。延安文学开拓出另一片天地：清新、简朴、颂歌式。丁玲的《在医院中》《我在霞村的时候》，以及赵树理的《小二黑结婚》《李有才板话》，形态很不相同，但在文学史上都有着全新的意义。在丁玲这里，明显地带有五四时期的个人主义和女性主义的残留，所以当时遭到不合理的批判。赵树理的小说，可以说专写农村和农民，但不同于此前知识分子作家的乡土小说，强调的不是苦难，而是新生的活力和希望。语言形式是民族的、传统的，结合现代小说的元素，有个人的创造性，但无疑地更加切合时代的需要。所以，周扬高度评价赵树理的作品，称为"新文艺的方向"。

一九四九年以后，中国有了统一的文坛。从五十年代初期的文艺整风开始，多种政治运动接连不断，对作家的思想、个性和创造力造成了不同程度的损害。比如对萧也牧的《我们夫妇之间》的批判，以及随后对路翎入朝创作的《洼地上的战役》等小说的批判，都在小说界产生了直接的消极影响。

二十世纪五六十年代的中短篇小说颇为寥落。少数青年作者带有锐意的作品，如王蒙的《组织部来了个年轻人》，较早表现反官僚主义的主题。小说也许受到来自苏联的"写真实""干预生活"等理论和作品的影响，但是作者无意模仿，这里是来自五十年代中国的真实生活，和一个"少布"的理想激情的历史性相遇。它的出现，本是文学话语，通过政治解读遂成为"毒草"，二十年后同众多杂草一起，作为"重放的鲜花"傲然出现。老作家孙犁以一贯的诗性笔调写农业合作化运动，自然被"边缘化"；赵树理一直注目于农村中的"中间人物"，却在一九六二年著名的"大连会议"之后为激进的批判家所抛弃。"文革"十年，文坛荒废，荆棘遍地；所谓"迷阳聊饰大田荒"，甚至连迷阳也没有。

"文革"结束以后，地下水喷出了地面。以短篇小说《伤痕》为标志的一种暴露性文学出现了，此时，一批带有创伤记忆的中篇如《天云山传奇》《犯人李铜钟的故事》《大墙下的红玉兰》《绿化树》《一个冬天的童话》《被爱情遗忘的角落》等同时问世。《绿化树》叙写的是右派章永璘被流放到西北劳改农场的经历，是张贤亮描写中国知识分子历史命运的一部力作。与其他"大墙文学"不同的是，作者突出地写了食和性。通过对主人公一系列忏悔、内疚、自省等心理活动的描写，对饥饿包括性饥饿的剖视，真实地再现了特定年代中的知识分子的苦难生活。作者还创作了系列类似的小说，名为"唯物论者的启示录"，对一代知识分子命运作了深入的反思。张弦的小说，妇女形象的描写集中而出色。《被爱情遗忘的角落》《未亡人》《挣不断的红丝线》，其中的女性，无论在农村还是城市，无论是少女还是寡妇，都是生活中的弱势者，极"左"路线下的不幸者、失败者和牺牲者。驰骋文坛的，除了伤痕累累的老作家之外，又多出一支以知青作家为代表的新军，作品有张承志的《北方的河》《黑骏马》，王小波的《黄金时代》，阿城的《棋王》等。或者表达青年一代被劫夺的苦痛，或者表现为对土地和人民的皈依，都是去除了"瞒和骗"的写真实的作品。这时，关注现实生活的小说多起来了。无论是蒋子龙的《乔厂长上任记》、高晓声的《陈奂生上城》，还是谌容的《人到中年》、路遥的《人生》，都着意表现中国社会的困境，不曾回避转型时期的问题。《人到中年》通过中年眼科大夫陆文婷因工作和家庭负担过重，积劳成疾，濒临死亡的故事，揭示中国知识分子的生存现状，可谓切中时弊。小说创造了陆文婷这个悲剧性的英雄形象，富于艺术感染力，一经发表，立即引起社会的巨大反响。

二十世纪八十年代初期中国作家非常活跃，带来中篇小说空前的繁荣。这时，出现了重在人性表现的另类作品，如汪曾祺的《受戒》《大淖记事》，张洁的《爱，是不能忘记的》，还有史铁生的《关于詹牧师的报告文学》《命若琴弦》等，显示了创作的多元化倾向。汪曾祺的小说创作起步于二十世纪四十年代，却因时代的劫难，空置几十年之后，终至大器晚成。他自称是"一个中国式的抒情的人道主义者"，小说多叙民间故事，十足的中国风。《大淖记事》乃短篇连缀，散文化、抒情性，气象阔大，尺幅千里，在他的作品中是有代表性的。

八十年代中期，"思想解放运动"落潮，美学热、文化热兴起。在文学界，"寻根文学""先锋小说"应运而生。"寻根"本是现实问题的深化，然而，"寻"的结果，往往"超时代"，脱离现实政治。王安忆的《小鲍庄》，以多元的叙述视角，通过对淮北一个小村庄几户人家的命运，尤其是捞渣之死的描写，剖析了传统乡村的文化心理结构，内含对国民性及现实生活的双面批判，是其中少有的佳作。"先锋小说"在叙事上丰富了中国小说，但是由于欠缺坚实的人生体验，大体浅尝辄止，成就不大，有不少西方现代主义的赝品。

至九十年代，中篇小说创作进入低落、平稳的状态。这时，作家或者倡言"新写实主义"，"分享艰难"，或者标榜"个人化叙事"，暴露私隐。无论回归正统还是偏离正统，都意味着文学进入了一个思想淡出、收敛锋芒的时期。王朔是一个异类，嘲弄一切，否弃一切；他的作品，容易让人想起鲁迅的名文《流氓的变迁》，却也不失其解构的意义。这时，有不少作家致力于历史题材的书写或改写，莫言的《红高粱》写抗战时期的民众抗争，格非的《迷舟》写北伐战事，从叙述学的角度看，明显是另辟蹊径的。苏童的《妻妾成群》，写的是大家族的妇女生活。在大宅门内，正妻看透世事，转而信佛；

小妾却互相倾轧，死的死，疯的疯。这些女人，都需要依附主子而活，互相迫害成为常态，不失为一个古老的男权社会的象征。尤凤伟的《小灯》和林白的《回廊之椅》写历史运动，视角不同，笔调也很不一样。尤凤伟重写实，重细节，笔力雄健；林白则往往避实就虚，描写多带诗性，比较丁玲的《太阳照在桑干河上》和周立波的《暴风骤雨》等经典作品，却都是带有颠覆性的叙述。贾平凹有一个关于土匪生活的系列中篇，艺术上很有特色。现实题材中，余华的《许三观卖血记》，刘庆邦的《到城里去》，迟子建的《世界上所有的夜晚》，胡学文的乡土故事和徐则臣的北漂系列，多向写出"新时期"的种种窘态。钟求是的《谢雨的大学》，解析当代英雄，包括大学教育体制，是一个值得注意的作品。关于官场、矿区、下岗工人、性工作者，现代化、城市化过程中的一些重大的社会事件和现象，都在中篇创作中有所反映，但大多显得简单粗糙，质量不高。

一百年来，经过时间的淘洗，积累了一批具有经典性、代表性的中篇小说。"百年中篇典藏"按现代到当代的不同时段，从中遴选出二十四部作品，同时选入相关的其他中短篇乃至散文、评论若干一起出版。宗旨是，使读者对具体的作家、作品，乃至一百年来中篇小说创作的源流状貌有一个较为完整的了解。

蒋光慈（1901—1931），原名蒋如恒，又名蒋光赤，字号侠僧。安徽金寨人。1920年至上海参加社会青年团。1921年至莫斯科东方劳动者共产主义大学学习，次年转为中国共产党党员。1924年秋归国后至上海大学社会学系任教。1925年出版第一部诗集《新梦》。1926年中篇小说《少年飘泊者》问世。1927年中篇小说《短裤党》出版。1928年与钱杏邨等人成立太阳社，主编《太阳月刊》《时代文艺》《海风周报》等文学刊物。1929年出版长篇小说《丽莎的哀怨》。1929年11月因病曾赴日疗养，主持成立太阳社东京支部。1930年"左联"成立时，被选为候补常务委员。1930年长篇小说《咆哮了的土地》完稿。不久，因对当时党内"左"倾冒险主义不满，自动要求退党。1931年4月，肺病加剧。1931年8月31日病逝于上海同仁医院。

蒋光慈

速写

田汉、皮涅克、蒋光慈

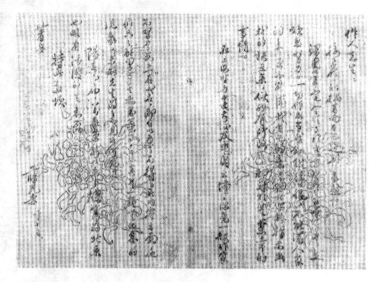

手迹

书影

书影

目录

丽莎的哀怨　　　蒋光慈　/1
冲出云围的月亮　　　蒋光慈　/87

《丽莎的哀怨》与《冲出云围的月亮》　　　冯宪章　/233
读了冯宪章的批评以后　　　华　汉　/243
"左联"作家蒋光慈被开除党籍始末　　　刘小清　/261
蒋光慈退党风波　　　吴腾凰　徐　航　/272

女性成长的另类书写　　　顾广梅　/281

蒋光慈年表　/290

丽莎的哀怨

蒋光慈

一

医生说我病了，我有了很深的梅毒……

上帝啊，丽莎的结局是这样！丽莎已经到了末路，没有再生活下去的可能了。还有什么再生活下去的趣味呢？就让这样结局了罢！就让这样……我没有再挣扎于人世的必要了。

曾记得十年以前，不，当我在上海还没有沦落到这种下贱的地位的时候，我是如何鄙弃那些不贞洁的女人，那些把自己的宝重的、神圣的、纯洁的肉体，让任何一个男子去玷污的卖淫妇。她们为着一点儿金钱，一点儿不足轻重的面包，就毫无羞耻地将自己的肉体卖了，那是何等下贱，何等卑鄙的事情！

曾记得那时我也就很少听见关于这种罪恶的病的事情，我从没想及这方面来，我更没想及我将来会得着这种最羞辱的病。那时如果我晓得哪一个人有了这种罪恶的病，那我将要如何地鄙弃他，如何地憎恨他，以他为罪恶的结晶。我将不愿正视他一眼，不愿提到他的那会玷污了人的口舌的名字。

但是，现在我病了，医生说我有了很深的梅毒……上帝啊，这就是丽莎的结局吗？丽莎不是一个曾被人尊敬过的贵重的女子吗？丽莎不是一个团长的夫人吗？丽莎不是曾做过俄罗斯的贵族妇女中一朵娇艳的白花吗？那令人欣羡的白花吗？但是现在丽莎是一个卖淫妇了，而且现在有了很深的梅毒……丽莎的结局如那千百个被人鄙弃的卖淫妇的结局一样。世界上的事情，真是如白云苍狗一般，谁个也不能预料。当我还没失去贵族的尊严的时候，当我奢华地、矜持地、过着团长夫人的生活的时候，我决没料到会有今日这种不幸的羞辱的结局。真的，我绝对没有涉想到这一层的机会，我只把我当做天生的骄子，只以为美妙的、富丽的、平静的生活是有永远性的，是不会变更的。但是俄罗斯起了革命，野蛮的波尔雪委克得了政权，打破了我的美梦，把一切养尊处优的贵族们都驱逐到国外来，过着流浪的生活……

现在我明白了。生活是会变动的，世界上没有一成不变的真理。我自身就是一个最确当的例证：昔日的贵重的丽莎，而今是被人鄙弃的舞女，而且害了最罪恶的、最羞辱的病。这是谁个的过错呢？是玷污了我的那些男人的过错吗？是因为我的命运的乖舛吗？是野蛮的波尔雪委克的过错吗？唉，波尔雪委克！可恶的波尔雪委克！若不是你们捣乱，贵重的丽莎是永远不会沦落到这种不幸的地步的啊。

我们，我同我的丈夫白根，离开俄罗斯已经十年了。在这些年头之中，我们，全俄罗斯的外侨，从祖国逃亡出来的人们，总都是希望着神圣的俄罗斯能从野蛮的波尔雪委克的手里解放出来。我们总是期待着那美妙的一天，那我们能回转俄罗斯去的一天。我们总以为波尔雪委克的政权是不会在神圣的俄罗斯保持下去的，因为聪明的然而又是很浑厚的俄罗斯人民不需要它。它不过是历史的偶然，不过是一时的现象，绝对没永久存在的根据。难道说这些野蛮的波尔雪委克，无知识的黑虫，能有统治伟大的俄罗斯的能力吗？俄罗斯应当光荣起来，应当进展起来，然而这是优秀的俄罗斯的爱好者的事业，不应当落在无理性的黑虫的手里。

　　我也是这样想着，期待着，期待着终于能回到俄罗斯去，重新过着那美妙的生活。我曾相信俄罗斯的波尔雪委克终有失败的一天……

　　但是我们离开俄罗斯已经十年了。我们时时期待着波尔雪委克的失败，然而波尔雪委克的政权却日见巩固起来。我们时时希望着重新回到俄罗斯去，温着那过去的俄罗斯的美梦，然而那美梦却愈离开我们愈远，或许永无复现的时候。我们眼看着波尔雪委克的俄罗斯日见生长起来，似乎野蛮的波尔雪委克不但能统治伟大的俄罗斯，而且能为俄罗斯创造出历史上的光荣，那不为我们所需要的光荣。

　　这是什么一回事呢？这难道说是历史的错误吗？难道说俄罗斯除开我们这些优秀分子，能够进展下去吗？这是历史的奇迹罢？……

　　我们，这些爱护神圣的俄罗斯的人们，自从波尔雪委克取

得了俄罗斯的统治权以后，以为俄罗斯是灭亡了，我们应当将
祖国从野蛮人的手里拯救出来。波尔雪委克是俄罗斯的敌人，
波尔雪委克是破坏俄罗斯文化的刽子手。谁个能在俄罗斯的国
土内将波尔雪委克消灭掉，那他就是俄罗斯人民的福星。

于是我们对于任何一个与波尔雪委克为敌的人，都抱着热
烈的希望。我们爱护俄罗斯，我们应当为我们的伟大的亲爱的
祖国而战。但是我们的希望结果都沉没在失望的海里，幻成一
现的波花，接着便消逝了，不可挽回地消逝了。我们希望田尼
庚将军，但是他被波尔雪委克歼灭了。我们希望哥洽克将军，
但是他的结局如田尼庚的一样。我们并且希望过土匪头儿谢米
诺夫，但是他也同我们其他的侨民一样，过着逃亡的生活。我
们也希望过协约国的武力干涉，但是十四国的军队，终没将野
蛮的波尔雪委克扑灭。这是天命吗？这是上帝的意旨吗？上帝
的意旨令那不信神的邪徒波尔雪委克得到胜利吗？……思想起
来，真是令人难以索解啊。就是到现在，就是到现在我对于一
切都绝望了的时候，我还是不明白这是一回什么事。也许我明
白了……但是上帝啊，我不愿意明白！我不愿意明白！明白那
波尔雪委克，那将我们驱逐出俄罗斯来的恶徒，是新俄罗斯的
创造主，是新生活的建设者，那真是很痛苦的事情啊。如果我
们明白了波尔雪委克胜利的原因，那我们就不能再诅咒波尔雪
委克了……但是我沦落到这样不幸的、下贱的、羞辱的地步，
这都是波尔雪委克赐给我的，我怎么能够不诅咒他们呢？

但是徒诅咒是没有益处的。我们，俄罗斯的逃亡在外的侨
民，诅咒尽管诅咒，波尔雪委克还是逐日地强盛着。似乎我们
对于他们的诅咒，反成了对于他们的祝词。我们愈希望将俄罗

斯拯救出来，而俄罗斯愈离开我们愈远，愈不需要我们，我们的死亡痛苦于俄罗斯没有什么关系，俄罗斯简直不理我们了。天哪，我们还能名自己为俄罗斯的爱护者吗？俄罗斯已经不需要我们了，我们还有爱护她的资格吗？

现在我确确实实地明白了。俄罗斯并没有灭亡，灭亡的是我们这些自称为俄罗斯的爱护者。如果说俄罗斯是灭亡了，那只是帝制的俄罗斯灭亡了，那只是地主的、贵族的、特权阶级的俄罗斯灭亡了。新的、苏维埃的、波尔雪委克的俄罗斯在生长着，违反我们的意志在生长着。我们爱护的是旧的俄罗斯，但是她已经死去了，永远地死去了。我们真正地爱护她？不，我们爱护的并不是什么祖国，而是在旧俄罗斯的制度下，那一些我们的福利，那一些白的花，温柔的暖室，丰盛的筵席，贵重的财物……是的，我们爱护的是这些东西。但是旧的俄罗斯已经灭亡了，新的俄罗斯大概是不会被我们推翻的，我们还爱护什么呢？我们同旧的俄罗斯一块儿死去，新的俄罗斯是不需要我们的了，我们没有被她需要的资格……

现在我确确实实地明白了一切。我的明白就是我的绝望。我已经不能再回到俄罗斯去了。十数年来流浪的生活，颠连困苦，还没有把我的生命葬送掉，那只是因为我还存着一线的希望，希望着波尔雪委克失败，我们重新回到俄罗斯去，过着那旧时的美妙的生活。啊，我的祖国，我的伏尔加河，我的美丽的高加索，我的庄严的彼得格勒，我的……我是如何地想念它们！我是如何地渴望着再扑倒在它们的怀抱里！但是现在一切都完了，永远地完结了。我既不能回到俄罗斯去，而这上海，这给了我无限羞辱和无限痛苦的上海，我实在不能再忍受下去了，我一定要离开它，迅速地离开它……唉，完结了，一切都完结了。

据医生说，我的病并不是不可以医治的，而且他可以把它医治好。他劝我不必害怕……天哪！我现在害怕什么呢？当我对于一切都绝望了的时候，我还害怕什么呢？不，多谢你医生的好意！我的病不必医治了，我不如趁此机会静悄悄地死去。我已经生活够了。我知道生活不能再给我一些什么幸福，所以我也就不再希望，不再要求什么了。那在万人面前赤身露体的跳舞，那英国水兵的野蛮的拥抱……以及我天天看见我的丈夫的那种又可怜、又可耻、又可笑、又可恨的面貌，这一切都把我作践够了，我还有什么生活下去的兴趣呢？如果一个人还抱着希望，还知道或者还相信自己有光明的将来，那他就是忍受灾难折磨，都是无妨的。但是我现在是绝望了，我的将来只是黑暗，只是空虚，只是羞辱，只是痛苦。我知道这个，我相信这个，我还有力量生活下去吗？我没有生活下去的勇气了。

别了，我的祖国，我的俄罗斯！别了，我的美丽的伏尔加的景物！别了，我的金色的充满着罗曼谛克的高加索！别了，我的亲爱的彼得格勒！别了，一切都永别了……

二

革命如六月里的暴风雨一般，来的时候是那样地迅速，那样地突然，那样地震动。那时我仿佛正在温和的暖室里，为美妙的梦所陶醉，为温柔的幻想所浸润，心神是异常地平静……忽然乌云布满了天空，咯咯哎哎轰轰洞洞响动了令人震聩的霹雳，接着便起了狂风暴雨，掀动了屋宇，屋宇终于倒坍了。我眼看着我的暖室被暴风雨摧毁了，所有暖室中美丽的装置：娇艳的白花，精致的梳妆台，雪白的床铺，以及我爱读的有趣的小金色书，天鹅绒封面的美丽的画册……一切，一切都被卷入到黑黯黯的，不可知的黑海里去了。我的神经失了作用，我陷入于昏聩迷茫的状态。我简直不明白发生了什么事情，我一点儿都不明白。后来等到我明白了之后，我想极力抵抗这残酷的暴风雨，想极力挽回我所失去的一切，但是已经迟了，迟了，永远不可挽回了。

当革命未发生以前，我也曾读过关于革命的书，也曾听过许多关于革命的故事。虽然我不能想象到革命的面目到底像一个什么样子，但我也时常想道：革命也许是很可怕的东西，革命也许就是把皇帝推倒……也许革命是美妙的东西，也许革命的时候是很有趣味，是很热闹……但是我从未想到革命原来是这样残酷，会摧毁了我的暖室，打折了我的心爱的娇艳的白花。革命破灭了我的一切的美梦，革命葬送了我的金色的幸福。天哪！我是如何地惊愕，如何地恐惧，如何地战栗。当那革命在彼得格勒爆发的时候……

那时我与白根结婚刚刚过了一个月。前敌虽然同德国人打仗，虽然时闻着不利的恐怖的消息，但是我那时是过着蜜月的生活，我每天只是陶醉在温柔的幸福的梦里，没有闲心问及这些政治上和军事上的事情。我只感谢上帝的保佑，白根还留在彼得格勒的军官团里服务，没有被派到前线去。那时白根是那样地英俊，是那样地可爱，是那样地充满了我的灵魂。上帝给了我这样大的，令我十分满足的，神圣的幸福。我真是再幸福没有的人了。

真的，我那时是终日地浸润在幸福的海里。白根是那样英俊的、风采奕奕的少年军官，他的形象就证明他有无限的光荣的将来。又加之我的父亲是个有名的，为皇帝所信用的将军，他一定是可以将白根提拔起来的。也许皇帝一见了白根的风采，就会特加宠爱的。我那时想道，俄罗斯有了这样的少年军官，这简直是俄罗斯的光荣啊。我那时是何等地满足，何等地骄傲！我想在全世界的女人们面前，至少在彼得格勒所有的女人们面前，高声地喊道："你们看看我的白根罢，我的亲爱的白根罢。他是俄罗斯的光荣，他是我的丈夫啊？……"

我总是这样地幻想着：如果白根将来做了外交官，——他真是一个有威仪的，漂亮的外交官啊！——或者简直就做了俄罗斯帝国驻巴黎的公使，那时我将是如何地荣耀！在那繁华的整个的巴黎面前，我将显出我的尊贵，我的不可比拟的富丽。若在夏天的时候，我穿着精致的白衣，我要使得那些巴黎人把我当做白衣的仙女。如果我同亲爱的白根，我的这样令人注目的漂亮的外交官，坐着光彩夺目的汽车，在巴黎城中兜风，我要令那些巴黎的女人们羡瞎了眼睛。

我们于假期可以到清雅的瑞士，优美的意大利，等等有诗趣的国度里去漫游。我不想到伦敦去，也不想到纽约去，听说那里有的只是喧嚷和煤气而已，令人发生俗恶的不愉快的感觉。我最倾心于那金色的意大利，听说那里的景物是异常地优美，娟秀，令人神往。

在俄罗斯的国境内，我们将在高加索和伏尔加的河岸上，建筑两所清雅的别墅。在秋冬的时候，我们可以住在高加索，在那里玩山弄水，听那土人的朴直的音乐，看那土人的原始的然而又美丽的舞蹈。那该多么是富于诗趣的生活啊！在春夏的时候，我们可以住在伏尔加的河岸上，听那舟子的歌声，看那冰清玉澈的夜月。那里的景物是如何地荡人心魂，如何地温柔曼妙。河冰潺潺而不急流，风帆往来如画。啊，好美妙的天然！……

我同白根是世界上最幸福的人。我曾相信白根永远地爱着我，我也永远地爱着白根。如果世界上有圆满的生活，那我同白根所过的生活，恐怕要算是最圆满的了。啊，想起来我在那与白根初结婚的蜜月里，我的生活是如何地甜蜜，我的心神是如何地愉快，我的幻想是如何地令我感觉着幸福的温柔！如果我此生有过过最幸福的日子的时候，那恐怕就是这个简短的时期了。

不料好梦难常，风波易起！忽然……暖室的好梦打破了，娇艳的白花被摧折了……随着便消灭了巴黎的风光，高加索和伏尔加的别墅，以及对于漫游意大利的诗意。忽然一切都消灭了，消灭了帝国的俄罗斯，消灭了我的尊优的生活，消灭了一切对于美妙的幻想。是的，一切都消灭了……

有一天……那是春阳初露的一天。从我们的崇高的楼窗看去，温暖而慈和的阳光抚慰着整个的洁白的雪城。初春的阳光并不严厉，放射在洁白的雪上，那只是一种抚慰而已，并不足以融解它。大地满布着新鲜的春意，若将窗扉展开，那料峭的，然而又并不十分刺骨的风，会从那城外的郊野里，送来一种能令人感觉着愉快的、轻松的、新鲜的春的气味。

午后无事，我拿起一本金色的诗集，躺在柔软的沙发上翻读。这诗集里所选的是普希金、列尔芒托夫、歌德、海涅……的情诗，一些令人心神迷醉的情诗。读着这些情诗，我更会感觉到我与白根的相爱，是如何地美妙，是如何地神秘而不可思议。在蜜月的生活中，我是应当读这些情诗的啊。我一边读着，一边幻想着。虽然白根不在我的面前，但是我感觉到他是如何热烈地吻我，如何紧紧地拥抱我……他的爱情的热火把我的全身的血液都烧得沸腾起来了。我的一颗心很愉快地微微地跳动起来了。我的神魂荡漾在无涯际的幸福的海里。

忽然……

白根喘着气跑进来了。他惨白着面孔，惊慌地，上气接不着下气地，断续地说道：

"丽莎……不好了……完了！前线的兵士叛变了。革命党在彼得格勒造了反……圣上逃跑了……工人们已经把彼得格勒拿到手里……完了，完了！……"

好一个巨大的晴天的霹雳！一霎时欢欣变成了恐惧。我的一颗心要炸开起来了。我觉得巨大的灾祸，那可怕的，不可阻止的灾祸，已经临到头上来了。这时我当然还不明白革命到底是一回什么事，但是我在白根的神情上，我明白了最可怕的事情。

"他们只是要把圣上推翻罢？……"我惊颤地说了这末一句。

"不，他们不但要把圣上推翻，而且还要求别的东西，他们要求面包，要求土地……要求把我们这些贵族统统都推翻掉……"

"天哪！他们疯了吗？……现在怎么办呢？待死吗？"

我一下扑到白根的怀里，战栗着哭泣起来了。我紧紧地将白根抱着，似乎我抱着的不是白根，而是那一种什么已经没落了的，永远不可挽回的东西。接着我们便听见街上的轰动，稀疏的枪声……完了，一切都完了！

父亲在前线上，不知道是死还是活，后来当然被乱兵打死了。母亲住在家乡里，住在伏尔加的河畔，从她那里也得不到什么消息。我只得和白根商量逃跑的计策，逃跑到亚洲的西伯利亚去，那里有我们的亲戚。好在这第一次革命，野蛮的波尔雪委克还未得着政权，我们终于能从恐怖的包围里逃跑出来。这时当权的是社会革命党，门雪委克……

两礼拜之后，我们终于跑到此时还平静的伊尔库次克来了。从此后，我们永别了彼得格勒，永别了欧洲的俄罗斯……上帝啊！这事情是如何地突然，是如何地急剧，是如何地残酷！我的幸福的命运从此开始完了。温和的暖室，娇艳的白花，金色的诗集……一切，一切，一切都变成了云烟，无影无踪地消散了。

我们在伊尔库次克平安地过了几个月。我们住在我们的姑母家里。表兄米海尔在伊尔库次克的省政府里办事。他是一个神经冷静，心境宽和的人。他时常向我们说来：

"等着罢！俄罗斯是伟大的帝国，那她将来也是不会没有皇帝的。俄罗斯的生命在我们这些优秀的贵族的手里。俄罗斯除开我们还能存在吗？这些无知识的，胡闹的，野蛮的社会党人，他们能统治俄罗斯吗？笑话！绝对不会的！等着罢！你看这些克伦斯基，雀而诺夫……不久自然是会坍台的，他们若能维持下去，那真是没有上帝了。"

　　白根也如米海尔一般地相信着：俄罗斯永远是我们贵族的，她绝对不会屈服于黑虫们的手里。

　　"丽莎！我的爱！别要丧气呵，我们总有回到彼得格勒的日子，你看这些浑蛋的社会党人能够维持下去吗？等着罢！……"

　　白根此时还不失去英俊的气概啊。他总是这样地安慰我。我也就真相信米海尔和他的话，以为不是今天，就是明天，一定会回到彼得格勒去的。但是时局越过越糟，我们的希望越过越不能实现；克伦斯基是失败了，社会党人是坍台了，但是波尔雪委克跑上了舞台，黑虫们真正地得起势来……而我们呢？我们永没有回转彼得格勒的日子，永远与贵族的俄罗斯辞了别，不，与其说与她辞了别，不如说与她一道儿灭亡了，永远地灭亡了。

　　十月革命爆发了……命运注定要灭亡的旧俄罗斯，不得不做一次最后的挣扎。哥恰克将军在西伯利亚组织了军事政府，白根乘此机会便投了军。为着俄罗斯而战，为着祖国而战，为着神圣的文明而战……在这些光荣的名义之下，白根终于充当扑灭波尔雪委克的战士了。

　　"丽莎！亲爱的丽莎！听说波尔雪委克的军队已经越过乌拉岭了，快要占住托木斯克城了。今天我要到前线上去……杀波尔雪委克，杀那祖国的敌人啊！丽莎！当我在前线杀敌的时候，请你为我祷告罢，为神圣的俄罗斯祷告罢，上帝一定予我们以最后的胜利！"

　　有一天白根向我辞别的时候，这样向我颤动地说。我忽然在他的面孔上，找不到先前的那般温柔的神情了。我觉得他这时是异常地凶残，面孔充满了令人害怕的杀气。我觉得我爱他的热情有点低落了。我当时答应为他祷告，为祖国的胜利祷告。但是当我祷告的时候，我的心并不诚恳，我有点疑虑：这祷告真正有用处吗？上帝真正能保佑我们吗？当我们自己不能将波尔雪委克剿灭的时候，上帝能有力量令他们失败吗？……

哥恰克将军将白根升为团长，嘉奖他的英勇。我不禁暗自庆幸，庆幸我有这样一个光荣的丈夫，为祖国而战的英雄。但是同时我感觉到他的心性越过越残酷，这实在是令我不愉快的事情。有一次他从乡间捉来许多老实的、衣衫褴褛的乡下人，有的是胡须的老头子，有的是少年人。他们被绳索缚着，就如一队猪牛也似的，一队被牵入屠场的猪牛……

"你把这些可怜的乡下人捉来干什么呢？"我问。

白根很得意地，眼中冒着凶光地笑着：

"可怜的乡下人？他们都是可恶的波尔雪委克啊。他们捣乱我们的后方呢，你晓得吗？现在我要教训教训他们……"

"你将怎样教训他们呢？"

"枪毙！"

"白根！你疯了吗？这些可怜的乡下人，你把他们枪毙了干什么呢？你千万别要这样做罢！我的亲爱的，我请求你！"

"亲爱的，你完全不懂得啊！现在是这样的时候，怜悯是不应当存在的了。我们不应当怜悯他们，他们要推翻我们，他们要夺我们的幸福，要夺我们所有的一切，我们还能怜悯他们吗？不是他们把我们消灭，就是我们把他们消灭，怜悯是用不着的……"

我听了白根的话，沉默着低下头来。我没有再说什么话，

丽莎的哀怨　　**13**

回到自己的房里。我的心神一面是很恍惚的，迷茫地摇荡着，一面又是很清晰的，从前从没有这样清晰过。我明白了白根的话，我明白了残酷的历史的必然性……我明白了白根的话是对的。我再没有什么话可说了。因此，我的心神也就迷茫地摇荡起来……如果我坚定地不以白根的话为然，那结果只有加入那些乡下人的队里，投入波尔雪委克的营垒。但是我不能离开白根……

后来白根终于毫无怜悯地将那些老实的乡下人一个一个地枪毙了……

上帝啊，这是如何地残酷！难道说这是不可挽回的历史的运命吗？

三

但是旧俄罗斯要灭亡的命运已经注定了，注定了……任你有什么伟大的力量也不能改变。黑虫们的数量比我们多，多得千万倍，白根就是屠杀他们的一小部分，但是不能将他们全部都消灭啊。已经沉睡了无数年代的他们，现在忽然苏醒了。其势就如万丈的瀑布自天而降，谁也不能阻止它；就如广大的燃烧着了的森林，谁也不能扑灭它。于是白根……于是哥恰克将军……于是整个的旧俄罗斯，终于被这烈火与狂澜所葬送了。

前线的消息日见不利……我终日坐在房里，不走出城中一步。我就如待死的囚徒一般，我所能做得到的，只是无力的啜泣。伊尔库次克的全城就如沉落在惊慌的海里，生活充满了苦愁与恐惧。不断地听着：来了，来了，波尔雪委克来了……天哪！这是如何可怕的生活！可怕的生活！……

米海尔表兄已经不如先前的心平气静了。他日见急躁起来，苦丧着面孔。他现在的话已经与先前所说的不同了：

"上帝啊！难道说我们的命运就算完了吗？难道说这神圣的俄罗斯就会落到黑虫们的手里吗？上帝啊！这是怎样地可怕！……"

姑母所做得到的，只是面着神像祷告。她已经是五十多岁的老太婆了，她经过许多世事，她也曾亲眼看过许多惊心动魄的现象，但是她却不明白现在发生了什么事情，这种为她梦想也不能梦想得到的事情。她的面孔已经布满了老的皱纹，现在在终日泪水不干的情状中，更显得老相了许多。她终日虔诚地祷告着，为着她的儿子，为着神圣的俄罗斯……但是一个与上帝相反对的巨神，已经将我们的命运抓住了，紧紧地抓住了，就是祷告也无能为力了。

可怜的姑母，她终于为苦愁和恐惧所压死了！她是在我的面前死去的……天哪！我真怕想起这一种悲哀的景象！我当时并没有哭泣，我只如木鸡一般地望着姑母的死尸。在她的最后的呻吟里，我听出神圣俄罗斯的最后的绝望。这绝望将我沉没到迷茫的、黑暗的、无底的海里。天哪！人生是这样地不测，是这样地可怕！这到底是谁个的意志呢？……

白根的一团人被波尔雪委克的军队击溃了。因之他对于将军或总司令的梦也做不成了……我们终于不得不离开伊尔库次克。我们别了米海尔表兄，上了西伯利亚的遥长的铁道。我们并没有一定的方向。只是迷茫地任着火车拖去。我们的命运就此如飘荡在不着边际的海里，一任那不可知的风浪的催送。

　　从车窗望去，那白茫茫的天野展布在我们的眼前。那是伟大的，寂静的俄罗斯的国土，一瞬间觉得在这种寂静的原野上，永不会激起狂暴的风浪。这里隐藏着伟大的俄罗斯的灵魂。她是永不会受着骚乱的……忽然起了暴风雪，一霎时白茫茫的，寂静的俄罗斯，为狂暴的呼鸣和混沌的骚乱所笼罩住了。我们便也就感觉着自己被不可知的命运所拖住了，迷茫了前路。是的，我们的前路是迷茫了。如长蛇也似的火车将我们迷茫地拖着，拖着，但是拖到什么地方去呢？……

　　当我们经过贝加尔湖的时候，我看见那贝加尔湖的水是那样地清澈，不禁起了一种思想：我何妨就此跳入湖水死去呢？这湖水是这样地清澈可爱，真是葬身之佳处。死后若我的灵魂有知，我当遨游于这两岸的美丽的峰岚，娱怀于这湖上的清幽的夜月。……但是白根还是安慰我道：

　　"丽莎！听我说，别要灰心罢。我们现在虽然失败，但是我们的帮手多着呢。我们有英国，有美国，有法国……他们能不拯救我们吗？他们为着自己的利益，也是要把波尔雪委克消灭下去的啊……丽莎，亲爱的！你不要着急，我们总有回到彼得格勒的一日。"

　　天哪！当时如果我知道我永没有回到彼得格勒的一日，如果我知道会有不幸的、羞辱的今日，那我一定会投到贝加尔湖里去的啊。我将不受这些年流浪的痛苦，我将不会害这种最羞辱的病，我就是死，也是死在我的俄罗斯的国土以内。但是现在……唉！后悔已经来不及了。

　　那时西伯利亚大部分为日本军队所占据。我们经过每一个车站，都看见身材矮小的、穿着黄衣的日本军队。他们上车检查坐客，宛如他们就是西伯利亚的主人一般。他们是那样地傲慢，是那样地凶恶，不禁令我感觉得十分不快。我记得我曾向白根问道：

"你以为这些日本人是来帮助我们的吗？为什么他们对待我们俄罗斯人是这种样子？"

白根将头伸至窗外，不即时回答我。后来他说道：

"也许他们不怀着好意，也许他们要把西伯利亚占为领土呢。他们很早就想西伯利亚这块广漠的土地啊……但是……俄罗斯与其落在波尔雪委克的手里，不如让日本人来管理啊……"

"白根？你，你这说的什么话，啊？"我很惊异地，同时感到不愉快地问道，"你说情愿让日本人来管理俄罗斯吗？这是什么意思？你不是常说你是很爱护俄罗斯的吗？现在却说了这种不合理的话……"

我有点生气了。白根向我并排坐下来，深长地叹了一口气。我这时觉察到他完全改变了样子。他的两眼已经不如先前的那般炯炯有光了。一种少年英俊的气概，完全从他的表情中消逝了。天哪！我的从前的白根，我的那种可爱的白根，现在到什么地方去了呢？

他拿起我的手来，抚摩着，轻轻地说道：

"不错，我时常说我是祖国的爱护者，我要永远做她的战士……但是，丽莎，亲爱的，现在我们的祖国是被黑虫们占去了，我们的一切都被黑虫们占去了。我们还爱护什么呢？俄罗斯与其被波尔雪委克拿去了，不如让她灭亡罢，让日本人来管理罢……这样还好些，你明白吗？"

"但是波尔雪委克究竟是俄罗斯人啊。……"

"是的，他们是俄罗斯人，但是现在我们问不到这个了。他们夺去了我们的福利……"

我忽然哭起来了，觉得异常地伤心。这并不是由于我生了气，也不是由于恨日本人，而且也不是由于恨波尔雪委克……这是由于我感觉到了俄罗斯的悲哀的命运，也就是我自身的命运。白根不明白我为什么哭起来了，只是抚慰着我说道：

"丽莎，亲爱的！别伤心！上帝自然会保佑我们的……"

我听着他的这种可怜的、无力的抚慰，宛如一颗心上感觉到巨大的刺痛，不禁更越发放声痛哭了。上帝啊，你是自然会保佑我们的，但是你也无能为力了！

……最后我们到了海参崴。我们在海参崴住下了。此地的政象本来也是异常地混乱，但是我们在日本人的保护下，却也可以过着安静的生活。日本人向我们宣言道，只要把波尔雪委克一打倒了，即刻撤退西伯利亚的军队……天哪！他们是不是这样地存心呢？我们不相信他们，但是我们却希望他们将俄罗斯拯救出来。我们不能拯救祖国，而却希望外国人，而却希望日本人，这不怀好意的日本人……这岂不是巨大的羞辱吗？

白根找到差事了。我也就比较地安心过着。我们静等着日本人胜利，静等着波尔雪委克失败，静等着那回到彼得格勒的美妙的一天……

在海参崴我们平安地过了数月。天哪！这也说不上是什么平安的生活！我们哪一天不听见一些可怕的消息呢？什么阿穆尔省的民团已经蜂起了哪，什么日本军队已经退出伯里哪，什么……天哪，这是怎样的平安的生活！不过我们总是相信着，日本军队是可以保护我们的，我们不至于有什么意外的危险。

海参崴也可以说是一个美丽的大城。这里有高耸的楼房，宽展的街道，有许多处仿佛与彼得格勒相似。城之东南面濒着海，海中有无数的小岛。在夏季的时候，深碧的海水与绿森森的岛上的树木相映，形呈着绝妙的天然的景色。海岸上列着一个长蛇形的花园，人们可以坐在这里，一面听着小鸟的叫鸣，一面受着海风的陶醉。

在无事的时候，——我镇日地总是没有事做啊！——我总是在这个花园中，消磨我的苦愁的时日。有时一阵一阵的清凉的，然而又温柔的海风，只抚摩得我心神飘荡，宛如把我送入了缥缈的梦乡，我也就因之把一切什么苦愁哀事都忘怀了。有时我扑入海水的怀抱里，一任着海水温柔地把我全身吻着，吻着……我已经恍惚离开了充满了痛苦的人世。我曾微笑着想道，就这样过下去罢，过下去罢，此外什么都不需要啊！……

这是我很幸福的时刻。但是当我立在山冈的时候，我回头向那广漠的俄罗斯瞻望，我的一颗心就凄苦地跳动起来了。我想着那望不见的彼得格勒，那我的生长地——伏尔加河畔，那金色的，充满了我的幻想的，美丽的高加索……我不禁涔涔地流下悲哀的泪来。我常常流着泪，悄立着很久，回瞻着我那已失去的美梦，那种过去还不久的、曼妙的、幸福的美梦！由边区的海参崴到彼得格勒，也不过是万余里之遥，但是我的美梦却消逝到无数万万里以外了。我将向何处去追寻它呢？

我又向着那茫茫的大海望去，那里只是望不见的边际，那前途只是不可知的迷茫。我觉着那前途所期待着于我的，只是令人心悸的，可怕的空泛而已。我曾几番想道，倒不如跳到海里面去，因为这里还是俄罗斯的国土，这里还是俄罗斯所有的海水……此身既然是在俄罗斯的国土上生长的，那也就在俄罗斯的国土上死去罢……我总是这样想着，然而现在我不明白，为什么我当时不曾如此做呢？到了现在，我虽然想死在祖国的境内，想临死时还吻一吻我祖国的土地，但是已经迟了！迟了！我只能羞辱地，冷落地，死在这疏远的异乡！……天哪！我的灵魂是如何地痛苦啊！这是我唯一的遗恨！

当时我们总是想着，日本人可以保护我们，日本人可以使我们不离开俄罗斯的国土……但是命运已经注定了，任你日本人是如何地狡狯，是如何地计算。也终抵挡不住那泛滥的波尔雪委克的洪水。我们终于不得不离开俄罗斯，不得不与这个"贵族的俄罗斯"的最后的一个城市——海参崴辞别！

日本人终于要撤除海参崴的军队……

波尔雪委克的洪水终于流到亚洲的东海了。

四

那是一个如何悲惨的，当我们要离开海参崴的前夜！……

在昏黄而渗淡的电灯光下，全房中都充满了悲凄，我和白根并坐在沙发上，头挨着头，紧紧地拥抱着，哭成了一团。我们就如待死的囚徒，只能做无力的对泣；又如被赶到屠场上去的猪羊，嗷嗷地吐着最后的哀鸣。天哪！那是如何悲惨的一夜！……

记得那结婚的初夜，在欢宴的宾客们散后，我们回到自己的新婚的洞房里，只感到所有的什物都向我们庆祝地微笑着。

全房中荡溢着温柔的、馨香的、如天鹅绒一般的空气。那时我幸福得哭起来了，扑倒在白根的怀里。他将我紧紧地拥抱着，我的全身似乎被幸福的魔力所熔解了。那时我只感到幸福，幸福……我幸福得几乎连一颗心都痛起来。那时白根的拥抱就如幸福的海水把我淹没了也似的，我觉着一切都是光明的，都是不可思议的美妙。

拥抱同是一样的啊，但是在这将要离开俄罗斯的一夜……白根的拥抱只使我回味着过去的甜蜜，因之更为发生痛苦而已。在那结婚的初夜，那时我在白根的拥抱里，所见到的前途是光明的，幸福的。可是在这一夜，在这悲惨的一夜啊，伏在白根的拥抱里，我所见到的只是黑暗与痛苦而已……天哪！人事是这样地变幻！是这样地难料！

"白根，亲爱的！"我呜咽着说，"我无论如何不愿离开俄罗斯的国土，生为俄罗斯人，死为俄罗斯鬼。……"

"丽莎！别要说这种话罢！"白根哀求着说，"我们明天是一定要离开海参崴的，否则，我们的性命将不保……波尔雪委克将我们捉到，我们是没有活命的啊。我们不逃跑是不可以的，丽莎，你不明白吗？"

"不，亲爱的！我是舍不得俄罗斯的。让波尔雪委克来把我杀掉罢，只要我死在俄罗斯的国土以内。也许我们不反抗他们，他们不会将我们处之于死地……"

"你对于俄罗斯还留恋什么呢？这里已经不是我们的俄罗斯了。我们失去了一切，我们还留恋什么呢？我们跑到外国去，过着平安的生活，不都是一样吗？"

"不，亲爱的！让我在祖国内被野蛮的波尔雪委克杀死罢……你可以跑到外国去……也许你还可以把俄罗斯拯救出来……至于我，我任死也要回到彼得格勒去……"

我们哭着争论了半夜，后来我终于被白根说服了。我们商量了一番：东京呢，哈尔滨呢，还是上海呢？我们最后决定了到上海来。听说上海是东方的巴黎……

我们将贵重的物件检点好了，于第二天一清早就登上了英国的轮船。当我们即刻就要动身上船的时候，我还是没有把心坚决下来。我感觉到此一去将永远别了俄罗斯，将永远踏不到了俄罗斯的土地……但是白根硬匆促地，坚决地，将我拉到轮船上了。

我还记得那时我的心情是如何地凄惨，我的泪水是如何地汹涌。我一步一回头，舍不得我的祖国，舍不得我的神圣的俄罗斯……别了，永远地别了！……此一去走上了迷茫的道路，任着浩然无际的海水飘去。前途，啊，什么是前途？前途只是不可知的迷茫，只是令人悚惧的黑暗。虽然当我们登上轮船的时候，曙光渐渐地展开，空气异常地新鲜，整个的海参崴似乎从睡梦中昂起，欢迎着光明的到来；虽然凭着船栏向前望去，那海水在晨光的怀抱中展着恬静的微笑，那海天的交接处射着玫瑰色的霞彩……但是我所望见得到的，只是黑暗，黑暗，黑暗而已。

从此我便听不见了那临海的花园中的鸟鸣，便离开了那海水的晶莹的、温柔的怀抱；从此那别有风趣的山丘上，便永消失了我的足迹，我再也不能立在那上边回顾彼得格勒，回顾我那美丽的乡园——伏尔加河畔……

白根自然也怀着同样的心情，这辞别祖国对于他当然也不是很容易的事情。我在他的眼睛里，我在他那最后的辞别的话音里。

"别了，俄罗斯……"

看出他的心灵是如何地悲哀和颤动来。但是他不愿意在我面前表示出他是具着这般难堪的情绪，而且佯做着毫不为意的样子。当轮船开始离岸的时候，白根强打精神向我笑道：

"丽莎！丽莎奇喀！你看，我们最后总算逃出这可诅咒的俄罗斯了！"

"为什么你说'这可诅咒的俄罗斯'？"我反问着他说道，"俄罗斯现在，当我要离开她的时候，也许是当我永远要离开她的时候，对于我比什么都亲爱些，你晓得吗？"

我觉着我的声音是异常悲哀地在颤动着，我的两眼中是在激荡着泪潮。我忽然觉着我是在恨白根，恨他将我逼着离开了亲爱的俄罗斯……但我转而一想，不禁对他又起了怜悯的心情：他也是一个很不幸的人啊！他现在向我说硬话，不过是要表示他那男子的骄傲而已。在内心里，他的悲哀恐怕也不比我的为浅罢。

"俄罗斯曾经是神圣的，亲爱的，对于我们……但是现在俄罗斯不是我们的了！她已经落到我们的敌人波尔雪委克的手里，我们还留恋她干什么呢？……"

我听了他的话，不再说什么，回到舱房里一个人独自地啜泣。我觉得我从来没有如此地悲哀过。这究竟由于什么，由于对于俄罗斯的失望，由于伤感自身的命运，还是由于对于白根起了怜悯或愤恨的心情……我自己也说不清楚。我啜泣着，啜泣着，得不到任何人的抚慰，就是有人抚慰我，也减少不了我的悲哀的程度。同船的大半都是逃亡者，大半都是与我们同一命运的人们，也许他们需要着抚慰，同我需要着一样的啊。各人抚慰各人自己的苦痛的心灵罢，这样比较好些，好些……

我不在白根的面前，也许白根回顾着祖国，要发着很深长的叹息，或者竟至于流泪。我坐在舱房里，想象着他那流泪的神情，不禁更增加了对于他的怜悯，想即刻跑到他的面前，双手紧抱着他的颈项，抚慰着他道：

"亲爱的，不要这样罢！不要这样罢！我们终有回返祖国的一日……"

舱房门开了，走进来了一个三十来岁的贵妇人。她的面相和衣饰表示她是出身于高贵的阶级，最触人眼帘的，是她那一双戴着穗子的大耳环。不待我先说话，她先自向我介绍了自己：

"请原谅我，贵重的太太，我使你感觉着不安。我是住在你的隔壁房间里的。刚才我听见你很悲哀地哭泣着，不禁心中感动起来，因此便走来和你谈谈。你可以允许我吗？"

"自然啰，请坐。"我立起身来说。

"我是米海诺夫伯爵夫人，"她坐下之后，向我这样说道，表示出她有贵重的礼貌。我听见了她是米海诺夫伯爵夫人，不禁对她更注意起来。我看她那态度和神情与她的地位相符合，便也就相信她说的是真实话了。

"敢问你到什么地方去？伯爵夫人！"

我将我的姓名向她说了之后，便这样很恭敬地问她。她听了我的话，叹了一口气，改变了先前的平静的态度，将两手一摆，说道：

"到什么地方去？现在无论到什么地方去，不都是一样吗？"

"一样？"我有点惊愕地说道，"伯爵夫人，我不明白你的意思。"

"你不明白我的意思？"她有点兴奋起来了。她将两只美丽的灰碧色的眼睛逼射着我，"我问你，你到什么地方去呢？无论到什么地方去，对于你不都是一样吗？"

她说着带着一点责问的口气，好像她与我已经是久熟的朋友了。

我静默着不回答她。

"我问你，你刚才为什么哭泣呢？你不也是同我一样的人吗？被驱逐出祖国的人吗？我们失掉了俄罗斯，做了可怜的逃亡者了。无论逃亡到什么地方去，我想，这对于我们统统都是一样的，你说可不是吗？"

我点一点头，表示与她同意。她停住不说了，向窗外望去，如有所思也似的。停一会，她忽然扭转头来向我问道：

"我刚才听见你哭泣的声音，觉得是很悲凄的，你到底在俄罗斯失去了一些什么呢？"

"失去了一些什么？难道说你不知道吗？失去了一切，失去了安乐的生活，失去了美满的，温柔的梦，失去了美丽的伏尔加河，失去了彼得格勒……"

"和你同舱房的，年轻的人，他是你的丈夫吗？"

"是的。"我点一点头说。

"你看，你说你一切都失去了，其实你还是幸福的人，因为你的丈夫还活着……"

　　她忽然摇一摇头（她的那两只大耳环也就因之摆动了），用蓝花的丝手帕掩住了口鼻，很悲哀地哽咽起来了。我一方面很诧异她的这种不能自持的举动，一方面又很可怜她，但即时寻不出什么话来安慰她。

　　"我真是失去了一切，"她勉强将心境平静一下，开始断续地说道："我失去了……我的最贵重的丈夫……他是一个极有教养，极有学识的人，而且也是极其爱我的人……波尔雪委克造了反，他恨得了不得，便在伊尔库次克和一些军官们组织了恢复皇室的军队……不幸军队还没十分组织好，他已经被乡下人所组织的民团捉去杀掉了……"

　　她又放声哭起来了。我听了她的话，不禁暗自庆幸：白根终于能保全性命，现在伴着我到上海去……我只想到自身的事情，反把伯爵夫人忘掉了。一直到她接着问我的时候，我才将思想又重新转移到她的身上。

　　"贵重的太太，你看我不是一个最不幸的人吗？"

　　"唉！人事是这般地难料！"她不待我回答，又继续说道，"想当年我同米海诺夫伯爵同居的时候，那种生活是如何地安逸和有趣！我们拥有很多的财产，几百顷的土地，我们在伊尔库次克有很高大的、庄严而华丽的楼房，在城外有很清幽的别墅……我们家里时常开着跳舞会，宾客是异常地众多……远近谁个不知道米海诺夫伯爵，谁个不知道他的夫人！仿佛我们是世界上最知道，最知道如何过着生活的人……想起来那时的生活是如何地甜蜜！那时我们只以为可以这样长久地下去……在事实上，我们也并没想到这一层，我们被幸福所围绕着，那里有机会想到不幸福的事呢？不料霹雳一声，起了狂风暴雨，将一切美妙的东西都毁坏了！唉！可恶的波尔雪委克！……"

"贵重的太太，"伯爵夫人停了一会，又可怜而低微地说道，"我们现在到底怎么办呢？难道说我们的阶级就这样地消灭了吗？难道说我们就永远地被驱逐出俄罗斯吗？啊，这是如何地突然！这是如何地可怕！"

"不，不会的，伯爵夫人！"我说着这话，并不是因为有什么自信，而是因为见着她那般可怜的样子，想安慰她一下。"我们不过是暂时地失败了……"

"不见得！"她摇了一下头，很不确定地这样说。

"你还没有什么，"她继续说道，"你还有一个同患难的伴侣，而我……我是孤零零的一个人……"

"别要悲哀啊，伯爵夫人！我们现在是到上海去，如果你也打算到那儿去的话，那末将来我们可以住在一块，做很好的朋友……"

话说到此时，白根进来了，我看见他的两眼湿润着，如刚才哭过也似的……我可怜他，但是在伯爵夫人的面前，我好像又觉得自己是幸福的，而有点矜持的心情了。

从此我们同伯爵夫人便做了朋友。我犯了晕船的病症，呕吐不已，幸亏伯爵夫人给我以小心的照料。我偶尔立起病体，将头伸向窗外眺望，只见白茫茫的一片，漫无涯际。传到我们的耳际的，只有汹涌的波浪声……好像波浪为着我们的命运而哭泣着也似的。

五

上海，上海是东方的巴黎……

我曾做过巴黎的梦，维也纳的梦，罗马的梦……我曾立定了志愿，将来要到这些有名的都城旅行，或者瞻望现存的繁华，欣赏美丽的景物，或者凭吊那过去的、令人神思的往迹。但这些都城对于我，都不过是繁华，伟大，庄严而已，我并没幻想到在它们之中有什么特别的，神异的趣味。它们至多是比彼得格勒更繁华，更伟大，更庄严罢了。

但是当我幻想到上海的时候，上海对于我并不仅仅是这样。中国既然是古旧的，庞大的，谜一样的国度，那末上海应当是充满着东方色彩的，神奇而不可思议的，一种令欧洲人发生特别趣味的都会。总之，在上海我们将看见一切种种类类的怪现象，一切古旧的，东方的异迹……因此，当我在中学读书的时候，读到中国的历史和地理，读到这在世界上有名的大城，不禁异常地心神向往，而想要在无论什么时候，一定与上海有一会面的因缘。

啊，现在我同白根是到了上海了，是踏到中国的境地了。中国对于我们并不是那般的不可思议，上海对于我们并不是那般的充满了谜一样的神奇……而我们现在之所以来到这东方的古国，这东方的巴黎，也不是为着要做蜜月的旅行，也不是为着要亲一亲上海的面目，更没有怀着欢乐的心情，或随身带来了特别的兴趣，……不，不！我们是不得已而来到上海，我们是把上海当成旧俄罗斯的人们的逋逃薮了。

不错，上海是东方的巴黎！这里巍立着高耸的楼房，这里充满着富丽的、无物不备的商店，这里响动着无数的电车、马车和汽车。这里有很宽敞的欧洲式的电影院，有异常讲究的跳舞厅和咖啡馆。这里欧洲人的面上是异常地风光，中国人，当然是有钱的中国人，也穿着美丽的，别有风味的服装……

当我们初到上海时，最令我们发生兴趣的，并引以为异的，是这无数的，如一种特别牲畜的黄包车夫。我们坐在他们的车上面，他们弯着腰，两手拖着车柄，跑得是那样地迅速，宛然就同马一样。这真是很奇怪的事情。我们不曾明白他们如何会有这般的本领。

再其次使我们发生兴趣的，是那些立在街心中的，头部扎着红巾的，身量高大的，面目红黑的印度巡捕。他们是那般地庞大，令人可怕，然而在他们面部的表情上，又是那般地驯服和静默。

再其次，就是那些无数的破衣褴褛的乞丐，他们的形象是那般地稀奇，可怕！无论你走几步，你都要遇着他们。有的见着欧洲人，尤其是见着欧洲的女人，讨索得更起劲，他们口中不断地喊着：洋太太，洋太太，给个钱罢……

这就是令我们惊奇而又讨厌的上海……

我们上了岸的时候，先在旅馆内住了几天，后来搬到专门为外国人所设的公寓里住。米海诺夫伯爵夫人同我们一块，我们住在一间大房间里，而她住在我们的隔壁——一间小房间里。从此我们便流落在这异国的上海了，现在算起来已经有了十年。时间是这般地迅速！……我们总是希望着上海不过是我们临时的驻足地，我们终究是要回到俄罗斯的，然而现在我的命运已注定了我要死在上海，我要永远地埋恨于异土……天哪！你怎样才能减少我的心灵上的苦痛啊！

我们从海参崴跑出来的时候；随身带了有相当数目的财产，我们也就依着它在上海平安地过了两年。至于伯爵夫人呢，我没便于问她，但她在上海生活开始两年之中，似乎也很安裕地过着，没感受着什么缺陷。但是到了第三年……我们的生活便开始变化了，便开始了羞辱的生活！

当我开始感觉到我们的经济将要耗尽的时候，我催促白根设法，或寻得一个什么职业，或开辟一个什么别的来源……但是白根总是回答我道：

"丽莎，亲爱的，这用不着啊。你没有听说波尔雪委克已经起了内讧吗？你没有听说谢米诺夫将军得了日本政府的援助，已经开始夺取西伯利亚了吗？而况且法国……美国……英国……现在正在进行武装干涉俄罗斯的军事联盟……丽莎，亲爱的，我相信我们很快地就要回到俄罗斯去的啊。我们没有焦虑的必要……"

但是白根的预言终于错误了。波尔雪委克的俄罗斯日见强固起来，而我们的生活也就因之日见艰难起来，日见消失了确定的希望。

我们静坐在异国的上海，盼望着祖国的好消息……白根每日坐在房里，很少有出门的时候。他的少年英气完全消沉了。他终日蹙着两眉，不时地叹着气。我们的桌子上供着尼古拉皇帝的肖像，白根总是向它对坐着，有时目不转睛地向它望着，他望着，望着，忽然很痛苦地长叹道：

"唉，俄罗斯，俄罗斯，你难道就这样地死亡了吗！？"

我真是不忍看着他这种可怜的神情！他在我的面前，总是说着一些有希望的硬话，但是我相信在他的心里，他已是比我更软弱的人了。我时常劝他同我一块儿去游玩，但他答应我的时候很少，总是将两眉一缩，说道：

　　"我不高兴……"

　　他完全变了。往日的活泼而好游玩的他，富于青春的力的他，现在变成孤僻的、静寂的老人了。这对于我是怎样地可怕！天哪！我的青春的美梦为什么是这样容易地消逝！往日的白根是我的幸福，是我的骄傲，现在的白根却是我的苦痛了。

　　如果我出门的话，那我总是和米海诺夫伯爵夫人同行。我和她成了异常亲密的、不可分离的朋友。这在事实上，也逼得我们不得不如此：我们同是异邦的零落人，在这生疏的上海，寻不到一点儿安慰和同情，因此我们相互之间，就不得不特别增加安慰和同情了。她的大耳环依旧地戴着，她依旧不改贵妇人的态度。无事的时候，她总是为我叙述着关于她的过去的生活：她的父亲是一个有声望的地主，她的母亲也出自于名门贵族。她在十八岁时嫁与米海诺夫伯爵……伯爵不但富于财产，而且是一个极有教养的绅士。她与他同居了十年，虽然没有生过孩子，但是他们夫妻俩是异常地幸福……

　　有时她忽然问我道：

　　"丽莎，你相信我们会回到俄罗斯吗？"

　　不待我的回答，她又继续说道：

　　"我不相信我们能再回到俄罗斯去……也许我们的阶级，贵族，已经完结了自己的命运，现在应是黑虫们抬头的时候了。"停一会，她摇一摇头，叹着说道，"是这样地突然！是这样地可怕！"

我静听着她说，不参加什么意见。我在她的眼光里，看出很悲哀的绝望，这种绝望有时令我心神战栗。我想安慰她，但同时又觉得我自己也是热烈地需要着安慰……

虹口公园，梵王渡公园，法国公园，黄浦滩公园，遍满了我和米海诺夫伯爵夫人的足迹。我们每日无事可做，只得借着逛公园以消磨我们客中的寂苦的时光，如果我们有充足的银钱时，那我们尽可逍遥于精美的咖啡馆，出入于宽敞的电影院，或徘徊于各大百货公司之门，随意购买自己心爱的物品，但是我们……我们昔日虽然是贵族，现在却变成异乡的零落人了，昔日的彼得格勒的奢华生活，对于我们已成了过去的梦幻，不可复现了。这异邦的上海虽好，虽然华丽不减于那当年的彼得格勒，但是它只对着有钱的人们展着欢迎的微笑，它可以给他们以安慰，给他们以温柔，并给他们满足一切的欲望。但是我们……我们并不是它的贵客啊。

在公园中，我们看到异乡的花木——它们的凋残与繁茂。在春天，它们就发青了；在夏天，它们就繁茂了；在秋天，它们就枯黄了；在冬天，它们就凋残了。仿佛异乡季候的更迭，并没与祖国有什么巨大的差异。但是异乡究竟是异乡，祖国究竟是祖国。在上海我们看不见那连天的白雪，在上海我们再也得不到那在纷纷细雪中散步的兴致。这对于别国人，白雪或者并不是什么可贵的宝物，但这对于俄罗斯人——俄罗斯人是在白雪中生长的啊，他们是习惯于白雪的拥抱了。他们无论如何不能身在异乡，忘怀那祖国的连天的白雪！

有一次，那已经是傍晚了，夕阳返射着它的无力的，黄色的辉光。虹口公园已渐渐落到寂静的怀抱里，稀少了游人的踪影。我与米海诺夫伯爵夫人并坐在池边的长靠椅上，两人只默默地呆望着池中的，被夕阳反射着的金色的波纹。这时我回忆起来彼得格勒的尼娃河，那在夕阳返照中尼娃河上的景物……我忽然莫明其妙地向伯爵夫人说道：

"伯爵夫人！我们还是回到俄罗斯去罢，回到我们的彼得格勒去罢……让波尔雪委克把我们杀掉罢；……这里是这样地孤寂！一切都是这样地生疏！我不能在这里再生活下去了！"

伯爵夫人始而诧异地逼视着我，似乎不明白我的意思，或以为我发了神经病，后来她低下头来，叹着说道：

"当然，顶好是回到俄罗斯去……但是白根呢？"她忽然将头抬起望着我说道，"他愿意回到俄罗斯去吗？"

我没有回答她。

夕阳渐渐地隐藏了自己的金影。夜幕渐渐地无声无嗅地展开了。公园中更加异常地静寂了。我觉得目前展开的，不是昏黑的夜幕，而是我的不可突破的乡愁的罗网……

六

客地的光阴在我们的苦闷中一天一天地，一月一月地，一年一年地，毫不停留地过去，我们随身所带来到上海的银钱，也就随之如流水也似地消逝。我们开始变卖我们的珠宝，钻石戒指，贵重的衣饰……但是我们的来源是有限的，而我们的用途却没有止境。天哪！我们简直变成为什么都没有的无产阶级了！……房东呈着冷酷的面孔逼着我们要房钱，饭馆的老板毫不容情地要断绝我们的伙食……至此我才感觉得贫穷的痛苦，才明白金钱的魔力是这般地厉害。我们想告饶，我们想讨情，但是天哪，谁个能给我们以稍微的温存呢？一切一切，一切都如冰铁一般的冷酷……

白根老坐在家里，他的两眼已睡得失了光芒了。他的头发蓬松着，许多天都不修面。他所能做得到的，只是无力的叹息，只是无力的对于波尔雪委克的诅咒，后来他连诅咒也不诅咒了。我看着这样下去老不是事，想寻一条出路，但我是一个女人家，又有什么能力呢？他是一个男子，而他已经是这样了……怎么办呢？天哪！我们就这样待死吗？

"白根！"有一次我生着气对他说道，"你为什么老是在家里坐着不动呢？难道说我们就这样饿死不成？房东已经下驱逐令了……我们总是要想一想方法才行罢……"

"你与我怎么样办呢？你看我能够做什么事情？我什么都不会……打仗我是会的，但是这又用不着……"

我听了他的这些可怜的话，不禁又是气他，又是可怜他。当年他是那样地傲慢、英俊，是那样地风采奕奕，而现在却变成这样的可怜虫了。

有一天我在黄浦滩公园中认识了一个俄国女人，她约莫有三十岁的样子，看来也是从前的贵族。在谈话中我知道了她的身世：她的丈夫原充当过旧俄罗斯军队中的军官，后来在田尼庚将军麾下服务，等到田尼庚将军失败了，他们经过君士坦丁堡跑到上海来……现在他们在上海已经住了一年多了。

"你们现在怎么样生活呢？你们很有钱罢？"我有点很难为情地问她这末两句。她听了我的话，溜我一眼，将脸一红，很羞赧地说道：

"不挨饿已经算是上帝的恩惠了，那里还有钱呢？"

"他现在干什么呢？在什么机关内服务吗？"

她摇一摇头，她的脸更加泛红了。过了半晌，她轻轻地叹着说道：

"事到如今，只要能混得一碗饭吃，什么事都可以做。他现在替一个有钱的中国人保镖……"

"怎么？"我不待她说完，就很惊奇地问她道，"保镖？这是怎么一回事呢？"

"你不晓得这是怎么一回事吗？在此地，在上海，有许多中国的有钱人，他们怕强盗抢他们，或者怕被人家绑了票，因此雇了一些保镖的人，来保护他们的身体。可是他们又不信任自己的同国人，因为他们是可以与强盗通气的啊，所以花钱雇我们的俄罗斯人做他们的保镖，他们以为比较靠得住些。"

"工钱很多吗？"我又问。

"还可以。七八十块洋钱一月。"

忽然我的脑筋中飞来了一种思想：这倒也是一条出路。为什么白根不去试试呢？七八十块洋钱一月，这数目虽然不大，但是马马虎虎地也可以维持我们两个人的生活了。于是我带着几分的希望，很小心地问她道：

"请问这种差事很多吗？"

"我不知道，"她摇一摇头说道，"这要问我的丈夫洛白珂，他大约是知道的。"

于是我也不怕难为情了，就将我们的状况详细地告知了她，请她看同国人的面上，托她的丈夫代为白根寻找这种同一的差事。她也就慨然允诺，并问明了我的地址，过几天来给我们回信。这时正是六月的一天的傍晚，公园中的游人非常众多，在他们的面孔上，都充满着闲散的、安逸的神情。虽然暑气在包围着大地，然而江边的傍晚的微风，却给了人们以凉爽的刺激，使人感觉得心旷神怡。尤其是那些如蝴蝶也似的中国的女人们，在她们的面孔上，寻不出一点忧闷的痕迹，我觉得她们都是沉醉在幸福的海里了。我看着他们的容光，不禁怆怀自己身世的：四五年以前我也何尝不是如她们那般地幸福，那般地不知忧患为何事！我也何尝不是如她们那般地艳丽而自得！但是现在……现在我所有的，只是目前的苦痛，以及甜蜜的旧梦而已。

可是这一天晚上，我却从公园中带回来了几分的希望。我希望那位俄国夫人能够给我们以良好的消息，白根终于能得到为中国人保镖的差事……我回到家时，很匆促地就把这种希望报告于白根知道了。但是白根将眉峰一皱，无力地说道：

"丽莎，亲爱的！你须知道我是一个团长啊……我是一个俄罗斯的贵族……怎么好能为中国人保镖呢？这是绝对不能够的，我的地位要紧……"

我不禁将全身凉了半截。同时我的愤火燃烧起来了。我完全改变了我的过去的温和的态度，把一切怜悯白根的心情都失掉了。我发着怒，断续地说道：

"哼！现在还说什么贵族的地位……什么团长……事到如今，请你将就一些儿罢！你能够挨饿，如猪一般地在屋中睡着不动……我却不能够啊！我不能够，我不能够再忍受下去了，你晓得吗？"

他睁着两只失了光芒的、灰色的眼睛望着我，表现着充分的求饶的神情。若在往日，我一定又要懊悔我自己的行动，但是今天我却忘却我对于他的怜悯了。

"你说，你到底打算怎样呢？"我又继续发着怒道，"当年我不愿意离开俄罗斯，你偏偏要逼我跑到上海来，跑到上海来活受罪……像这样地生活着，不如痛痛快快地被波尔雪委克捉去杀了还好些啊！现在既然困难到了这种地步，你是一个男子汉，应该想一想法子，不料老是如猪一般睡在屋中不动……人家向你提了一个门径，而你，而你说什么地位，说什么不能够失去团长的面子……唉，你说，你说，你到底怎么样打算呢？"

鼻子一酸，不禁放声痛哭起来了。我越想越懊恼，我越恼越哭得悲哀……这是我几年来第一次的痛哭。这眼见着使得白根着了慌了。他走上前来将我抱着，发出很颤动的、求饶的哭音，向我说道：

"丽莎，亲爱的！别要这样罢！你不说，我已经心很痛了，现在你这样子……唉！我的丽莎啊！请你听我的话罢，你要我怎样，我就怎样……不过我请求你，千万别要提起过去的事情，因为这太使我难过，你晓得吗？"

女子的心到底是软弱的……我对他生了很大的气，然而他向我略施以温柔的抚慰，略说几句可怜的话，我的愤火便即时被压抑住了。他是我的丈夫啊，我曾热烈地爱过他……现在我虽然失却了那般的爱的热度，但是我不应当太过于使他苦恼啊。他是一个很不幸福的人，我觉着他比我还不幸福些。我终于把泪水抹去，又和他温存起来了。

我静等着洛白珂夫人来向我报告消息……

第二天晚上洛白珂夫人来了。她一进我们的房门，我便知道事情有点不妙，因为我在她的面孔上已经看出消息是不会良好的了。她的两眉蹙着，两眼射着失望的光芒，很不愉快地开始向我们说道：

"……对不住，我的丈夫不能将你们的事情办妥，因为……因为保镖的差事有限，而我们同国的人，想谋这种差事的人，实在是太多了。无论你到什么地方去，我的丈夫说：都会碰到我们的同国人，鬼知道他们有多少！例如，不久以前，有一个有钱的中国人招考俄国人保镖，只限定两个人；喂，你们知道有多少俄国人去报名吗？一百三十六个！一百三十六个！你们看，这是不是可怕的现象！……"

她停住不说了。我听了她的话，也不知是哭还是笑好。我的上帝啊，这是怎么一回事！这是怎么一回事！

半晌她又继续说道：

"我听了我的丈夫的话，不禁感觉得我们这些俄侨的命运之可怕！这样下去倒怎么得了呢！……我劝你们能够回到俄罗斯去，还是回到俄罗斯去，那里虽然不好，然而究竟是自己的祖国……我们应当向波尔雪委克让步……"

"唉！我何尝不想呢？"我叹了一口气说道，"我悔恨我离开了俄罗斯的土地……就是在俄罗斯为波尔雪委克当女仆，也比在这上海过着这种流落的生活好些。但是现在我们回不去了……我们连回到俄罗斯的路费都没有。眼见得我们的命运是如此的。"

白根在傍插着说道：

"丽莎，算了罢，别要再说起俄罗斯的事情！你说为波尔雪委克当女仆？你疯了吗？我……我们宁可在上海饿死，但是向波尔雪委克屈服是不可以的！我们不再需要什么祖国和什么俄罗斯了。那里生活着我们的死敌！……"

白根的话未说完，米海诺夫伯爵夫人进来了。她呈现着很高兴的神情，未待坐下，已先向我高声说道：

"丽莎，我报告你一个好的消息，今天我遇着了一个俄国音乐师，他说，中国人很喜欢看俄罗斯女人的跳舞，尤其爱看裸体的跳舞，新近在各游戏场内都设了俄罗斯女人跳舞的一场……薪资很大呢，丽莎，你晓得吗？他说，他可以为我介绍，如果我愿意的话。我已经决定了。怎么办呢？我已经什么都吃光了，我不能就这样饿死啊。我已经决定了……丽莎，你的意见怎样呢？"

我只顾听伯爵夫人说话，忘记了将洛白珂夫人介绍与她认识。洛白珂夫人不待我张口，已经先说道：

"我知道这种事情……不过那是一种什么跳舞啊！裸体的，几乎连一丝都不挂……我的上帝！那是怎样的羞辱！"

伯爵夫人斜睨了她一眼，表示很气愤她。我这时不知说什么话为好，所以老是沉默着。伯爵夫人过了半晌向我说道：

"有很多不愁吃不愁穿的人专会在旁边说风凉话，可是我们不能顾及到这些了。而且跳舞又有什么要紧呢？这也是一种艺术啊。这比坐在家里守着身子，守着神圣的身子，然而有饿死的危险，总比较好些，你说可不是吗？"

洛白珂夫人见着伯爵夫人不快的神情，便告辞走了。我送她出了门。回转房内时，伯爵夫人很气愤地问我：

"这是那家的太太？我当年也会摆架子，也会说一些尊贵的话啊！……她等着罢，时候到了，她也就自然而然地不会说这些好听的话了。"

白根低着头，一声也不响。我没有回答伯爵夫人的话。停一会，她又追问我道：

"丽莎，你到底怎样打算呢？你不愿意去跳舞吗？"

我低下头来，深长地叹了一口气。这时白根低着头，依旧一声也不响。我想征求他的意见，他愿不愿意我去执行那种所谓"裸体的艺术跳舞"。……但是我想，他始终没有表示反对伯爵夫人的话，这是证明他已经与伯爵夫人同意了。

七

过了几日，我与伯爵夫人进了新世界游戏场，干那种所谓裸体的跳舞……日夜两次……我的天哪，那是怎样的跳舞啊！那简直不是跳舞，那是在观众面前脱得精光光的，任他们审视我们的毫无遮掩的肉体，所谓女人的曲线美……那是如何地无耻，如何地猥亵，如何地下贱！世界上真有许多说不出来，而可以做得到的事情。我现在简直不明白我那时怎样就能做那种无耻的、下贱的勾当。我不是一个贵重的团长的夫人吗？我不是一个俄罗斯的贵族妇女吗？我不是曾被称为一朵纯洁的、神圣不可侵犯的、娇艳的白花吗？但是我堕落到了这种羞辱的地步！我竟能在万人面前赤露着身体，而且毫无体态地摇动着，以图博得观众的喝彩。我的天哪，那是怎样地令人呕吐，怎样地出人意想之外！迄今想来，我还是为之面赤啊！……

我还记得我第一次上台的时候……在我还未上台之先，我看见伯爵夫人毫不羞赧地将全身衣服脱下，只遮掩了两乳和那一小部分……接着她便仿佛很得意似的跑上台去……她开始摆动自己的肥臀，伸展两只玉白的臂膀……她开始跳起舞来……我的天哪，这是怎样的跳舞啊！这难道说是跳舞么？若说这种是艺术的跳舞，那我就希望世界上永无这种跳舞的艺术罢。这简直是人类的羞辱！这简直是变态的荒淫！我不知道这件事情到底是谁个想出来的。我要诅咒他，我要唾弃他……

　　伯爵夫人退了场，我在台后边听见那些中国人呼哨起来，"再来一个！""再来一个！"……这种野蛮的声音简直把我的心胆都震落了。我再也没有接着伯爵夫人上台的勇气。我本来已经将衣服脱了一半，但是忽然我又把衣服穿起来了。伯爵夫人赤裸裸地立在我的面前，向我射着诧异的眼光。她向我问道：

　　"你怎么样了，丽莎？"

　　"我不能够，我不能够！这样我会羞辱死去，伯爵夫人，你晓得吗？我要离开此地……我不能够啊！啊，我的天哪！……"

　　"丽莎，你疯了吗？"伯爵夫人起了惊慌的颜色，拍着我的肩，很急促地说道，"这样是不可以的啊！我们已经与主人订了约……事到如今，丽莎，只得这样做下去罢。我们不能再顾及什么羞辱不羞辱了。你要知道，我们不如此便得饿死，而且已经订了约……"

　　她不由分说，便代我解起衣来。我没有抵抗她。我眼睁睁地看着我的肉体，无论哪一部分，毫无遮掩地呈露出来了。我仿佛想哭的样子，但我的神经失了作用，终于没哭出声来。所谓团长夫人的尊严，所谓纯洁的娇艳的白花，……一切，一切，从此便没落了，很羞辱地没落了。

我如木偶一般走上了舞台……我的耳鼓里震动着那些中国人的呼哨声、笑语声、鼓掌声。我的眼睛里闪动着那些中国人的无数的俗恶而又奇异的眼睛。那该是如何可怕的，刺人心灵的眼睛啊！……始而我痴立了几分钟，就如木偶一般，我不知如何动作才是，这时我的心中只充满着空虚和恐怖，因为太过于恐怖了，我反而好像有点镇定起来。继而我的脑神经跳动了一下，我明白了长此痴立下去是不可能的，于是我便跳舞起来。我也同伯爵夫人一样，开始摆动我的臀部，伸展我的两膀，来回在舞台上跳舞着……上帝啊，请你赦我的罪过罢！这是怎样的跳舞啊！我不是在跳舞，我是在无耻地在人们面前污辱我的神圣的肉体。那些中国人，那些俗恶而可恨的中国人，他们是看我的跳舞么？他们是在满足他们的变态的兽欲啊。不料从前的一个贵族的俄罗斯妇女，现在被这些俗恶而可恨的中国人奸淫了。

从此我同伯爵夫人便在新世界游戏场里，做着这种特别形式的卖淫的勾当……

我明白了：面包的魔力比什么都要伟大，在它的面前，可以失去一切的尊严与纯洁。只要肚子饿了，什么事情都可以做出来：男子可以去当强盗，或去做比当强盗还更坏些的事情；女子可以去卖淫，作践自己的肉体……现在我自己就是一个明确的例证。当我过着养尊处优的生活的时候，我是如何将自己的肉体看得宝重，不让它渲染着一点微小的尘埃。但是现在……我的天哪！我成了一个怎样的不知自爱的人了！

我明白了：金钱是万恶的东西，世界上所以有一些黑暗的现象，都是由于它在作祟。它也不知该牺牲了多少人！我现在就是一个可怜的牺牲者了。如果野蛮的波尔雪委克，毫不知道一点儿温柔为何如的波尔雪委克，他们的目的是在于消灭这万恶的金钱，那我，一个被金钱所牺牲掉了的人，是不是有权来诅咒他们呢？唉！矛盾，矛盾，一切都是矛盾的……

我由这种特别卖淫所取得的代价，勉强维持着我同白根两人的生活。白根似乎很满意了。他现在的面貌已经不如先前的苦愁了，有时也到街上逛逛。在街上所得到的印象，他用之作为和我谈话的资料。他一面向我格外献着殷勤，一面很平静地过着，好像我们的生活已经很好了，他因之消灭了别种的欲望。他现在很少提到祖国和波尔雪委克的事情。有时很满意地向我说道：

"亲爱的丽莎！你老记念着什么祖国，什么俄罗斯，你看，现在我们在异国里不也是可以安安稳稳地过着生活吗？让鬼把什么祖国，什么俄罗斯，什么波尔雪委克拿去罢，我们不再需要他们了……"

"但是你以为我们现在的生活是很好的了吗？你不以这种生活为可耻吗？"

我这样问着他，忽然觉得起了一种厌恶他的心情。我觉着他现在变成了这末一个渺小的、低微的、卑鄙的人了。他现在连什么希望都没有了。什么漂亮的外交官，什么驻巴黎的公使，什么威风赫赫的将军……这一切一切对于他已经成为他的死灭了的愿望了。上帝啊，请你原谅我！我现在还爱他什么呢？他的风采没有了，他的愿望也没有了，他成了这末一个卑微的人了，他还有什么东西值得我的爱情呢？上帝啊！请你原谅我！……

伯爵夫人现在开始醉起酒来了。有时舞罢归来，已是深夜了，她独自一人在房中毫无限制地饮着酒，以至于沉醉。我在隔壁时常听着她哀婉地唱着那过去时代的幸福的歌。有时在更深人静的时分，她低声地哭泣着，如怨如诉，令听者也为之酸鼻。好可怜的伯爵夫人啊！昔日的俄罗斯的骄子，而今却成为异邦的飘流的怨妇了……但是伯爵夫人在我们面前，很少有示弱的时候。她总是高兴着，仿佛现在的生活，并不增加她心灵上的或肉体上的苦楚。

"丽莎！我们就这样地生活下去罢，"有时她强带着笑容向我说道，"世界上比我们还不幸福的人多着呢。我们是艺术的跳舞家啊，哈哈哈！……丽莎，你还不满足吗？"

我向她说什么话好呢？她能够强打着精神，装着无忧无虑的样子，而我却不能够啊。我听了她的话之后，总是要哭起来。天哪！她问我："你还不满足吗？"我满足什么呢？我满足我自己的这种羞辱的生活吗？丽莎还有一颗心，丽莎的灵魂还未完全失去，因此丽莎也就不能勉强地说一句"我满足了"。丽莎，可怜的丽莎，她永远地悲哀着自己的命运……现在，到了她决定走上死灭的路的时候，她还是悲哀着自己的命运，一步一步地走向坟墓去。

幸运的人总是遇着幸福的事，反之，不幸运的人总是遇着不幸运的事。例如我们……如果我们长此在新世界游戏场里跳舞下去，虽然是很不体面的事情，但还也罢了。然而我们的倒霉的命运，大概是为恶魔所注定了，就是连这种羞辱的职业也不能保存下去。我们平安地过了几个月，白根满意，伯爵夫人满意，我虽然感到无限的痛苦，然也并不再做其他的妄想了。我们实指望命运已经把我们捉弄得太够了，决不会再有残酷的事情到来。但是，我的上帝啊，你是这样地苛待我们！你是这样地不怜悯我们！……

工部局忽然下了命令，说什么裸体跳舞有伤风化，应严行禁止云云……于是我们的饭碗打破了。就是想在人众面前，毫无羞辱地摆动着自己的赤裸的肉体，以冀获得一点儿面包的代价，这已经是不可得了！我也许与工部局同意，以为裸体跳舞是有伤风化的行为，也许我深切地痛恨这种不合乎礼教的行为……但是，我的天哪，我的饭碗要紧啊！我不得不痛恨工部局，痛恨它好生多事。让一切的风化都伤坏了罢，这于你工部局，于你这些文明的欧洲人有什么关系呢？你们这些假君子啊！你们为什么要替野蛮的中国人维持风化呢？

当我听到工部局禁止裸体跳舞的消息，我生了两种相反的心情：一方面我欢欣着，我终于抛弃这种羞辱的职业了，啊，上帝保佑！……一方面我又悲哀着，今后我们又怎么生活下去呢？讨饭吗？……于是我哭起来了。白根也垂着头叹起气来。他不敢向我说话，——我近来待他是异常地严厉，如果在我不快的时候，他是不敢向我说话的啊。可怜的白根！他现在的心境是以我的喜怒哀乐为转移了。

伯爵夫人始而关在自己的小房里，嘤嘤地哭泣了一个多钟头。后来她忽然跑到我们的房里，一面拭着她刚哭红了的眼睛，一面放着坚决的口气向我说道：

"丽莎，你在哭什么呢？别要哭罢！反正现在我们是不会饿死的啊！我们已经把我们的纯洁、尊严，以及我们的羞耻心，统统都失去了，我们还顾忌什么呢？你知道像我们这样的女人，这样还有点姿色可以引诱男人的女人，是不会没有饭吃的。我已经决定什么都不管了……反正我们已经是堕落的人了，不会再引起任何人的同情了。丽莎，让我们堕落下去罢，我们的命运是如此的……别要哭罢！别要哭罢！当我们失去一切的尊严的时候，我们是有出路的，……我们的肉体就是我们的出路……"

她说完了这些话，当我还未来得及表示意见的时候，忽然转过身去，奔到自己的房里，又重新放声痛哭起来。她的哭声是那样地悲哀，是那样地绝望，又是那样地可怕。我觉着我的心胆都破裂了……我停住不哭了……我的神经渐渐失了作用，到后来我陷入到无感觉的、木偶一般的状态。

上帝啊，你是在捉弄我们呢，抑是我们的命运为恶的巨神所注定了，你没有力量将它挽回呢？你说，你说，你说呀！

八

我记得……天哪，我又怎么能够不记得呢？……那一夜，那在我此生中最羞辱的一夜……固然，几年来像这一夜的经过，也不知有多少次，连我自己也记不清楚了。英国人、法国人、美国人，甚至于有一次还是黑人，那面目如鬼一般可怕的黑人……只要有钱，任你什么人，我都可以同你过夜，我都可以将我这个曾经是纯洁的，神圣不可侵犯的肉体，任你享受，任你去蹂躏。在我的两腕上也不知枕过了多少人，在我的口唇上也不知沾染了许多具有异味的、令人作呕的涎沫，在我的……上帝啊，请你赦免我的罪过罢，我将你所给与我的肉体践踏得太厉害了。

是的，这几年来的每一夜，差不多都被我很羞辱地过去。但是，那一夜……那是我的生命史中最羞辱的初夜啊！我记得，我又怎么能够不记得呢？从那一夜起，我便真正地做了娼妇，我便真正地失了贞洁，我便真正地做了人们的兽欲发泄器……这是伯爵夫人教导我这样做的。她说，当我们失去一切的尊严的时候，我们是有出路的，我们的肉体就是我们的出路……啊，这是多末好的出路啊！毫不知耻地出卖自己的肉体！……天哪，当时我为什么没有自杀的勇气呢？我为什么竟找到这末一条好的出路呢？死路，死路，死路要比这种出路好得多少倍啊！……

我记得，那是在黄浦滩的花园里……已是夜晚十点多钟的光景，晚秋的江风已经使人感觉得衣单了。落叶沙沙地作响。园中尚来往着稀疏的游人，在昏黄的电灯光下，他们就好像如寂静的鬼的幻影也似的。我坐在靠近栏杆的椅子上，面对着江中的忽明忽暗的灯火，暗自伤感自己的可怜的身世。我哭了，一丝一丝的泪水从我的眼中流将下来，如果它们是有灵魂的，一定会落到江中，助长那波浪的澎湃——它们该含蕴着多末深的悲哀啊。

伯爵夫人劝我像她一样，徘徊于外白渡桥的两头，好勾引那寻乐的客人……我怕羞，无论如何不愿如她一样地做去。于是我便走到花园里，静悄悄地向着靠近栏杆的椅子坐下。这时我的心是如何地恐惧，又是如何地羞赧，现在我真难以用言语形容出来，这是我的第一次……我完全没有习惯啊。天哪，我做梦也没曾想到我会在这异国的上海，在这夜晚的花园里，开始勾引所谓寻乐的"客人"，做这种所谓"生意"！当我初到上海的时候，有时我在夜晚间从花园里归去，我看见许多徘徊于外白渡桥两头的女人，她们如幽魂也似的，好像寻找什么，又好像等待什么……我不明白她们到底是在做什么。现在我明白了，我完全地明白了。因为伯爵夫人现在成为了她们之中的一个，而我……

有时我坐在花园中的椅子上，在我除开感伤自己的身世而外，并没有什么别的想头，更没想起要勾引所谓寻乐的客人。但是寻乐的客人是很多的，有的向我丢眼色，有的向我身边坐下，慢慢地向我攀谈，说一些不入耳的调戏话……那时我是如何地厌恶他们啊！我厌恶他们故意地侮辱我，故意地使我感觉到不愉快。我本是一朵娇艳的白花，我本是一个尊贵的俄罗斯的妇女，曾受过谁的侮辱来？而现在……他们居然这般地轻视我，这实在是使我愤恨的事情啊。

现在我明白了。他们把每一个俄罗斯的女人都当做娼妓，都当做所谓"做生意"的……在事实上，这又何尝不是呢？你看，现在伯爵夫人也做了外白渡桥上的幽魂了。丽莎，曾被称为贵重的丽莎，现在也坐在黄浦滩花园中等待客人了……

我正向那江中的灯火望得出神，忽然我听见我身后边的脚步声，接着便有一个人在我身旁坐下了。我的一颗心不禁噗噗地跳将起来，我想要跑开，然而我终没有移动。我不敢扭过头来看看到底是一个什么人，我怕，我真是怕得很啊……

"夫人，"他开始用英语向我说道，"我可以同你认识一下吗？"

　　若在往时，唉，若在往时，那我一定很严厉地回答他道：

　　"先生，你错了。并不是每一个女人都为着同人认识而才来到花园里的！"

　　但是，在这一次，我却没有拒绝他的勇气了。我本来是为着勾引客人，才夜晚在花园里坐着，现在客人既然到手了，我还有什么理由来拒绝他呢？于是我沉默了一会，很不坚决地、慢慢地将头扭转过来。天哪，我遇见鬼了吗？这是一个庞大的、面孔乌黑的印度人……他的形象是那样地可怕！他的两眼是那样地射着可怕的魔光！我不禁吓得打了一个寒战，连忙立起身来跑开了。印度人跟在后边叫我：

　　"站住罢！别要怕啊！我有钱……我们印度人是很温和的……"

　　我一声也不回答他，跑出花园来了。我刚走到外白渡桥中段的时候，迎面来了仿佛是一个美国人的样子，有四十多岁的光景，态度异常是绅士式的。他向我溜了几眼，便停住不走了，向我不客气地问道：

　　"我可以同你一道儿去吗？"

　　我定了一定惊慌的心，毫不思索地答道：

　　"可以。"

　　于是我便把他带到家里来了……天哪，我带到家里来的不是亲戚，不是朋友，也不是情夫，而是……唉，而是一个不相识的、陌生的客人！我现在是在开始做生意了。

　　白根向客人点一点头，便很难堪地，然而又无可奈何地走了出去。美国人见他走出去了，便向我问道：

"他是你的什么人呢？"

我这时才感觉到我的脸是在红涨得发痛。我羞赧得难以自容，恨不得立刻地死去，又恨不得吐美国人一脸的唾沫，向他骂道："你是什么东西，敢把我的丈夫赶出去了啊！……"我又恨不得把白根赶上，问他为什么是这样地卑微，能够将自己的老婆让与别人……但是我的理性压住了我的感情，终于苦笑着说道：

"他是我的朋友……"

"你有丈夫吗？"这个可恶的美国人又这样故意地追问我。

"没有。"我摇了一摇头说。

于是从这时起，白根便变成为我的朋友了。我没有丈夫了……天哪，这事情是如何地奇特！又如何地羞辱！为夫的见着妻把客人带到家里来了，自己静悄悄地让开，仿佛生怕会扰乱了客人的兴致也似的。为妻的得着丈夫的同意，毫不知耻地从外边勾引来了陌生的客人，于是便同他……而且说自己没有丈夫了……我的上帝啊，请你惩罚我们罢，我们太卑鄙得不堪了！

记得在初婚的蜜月里……那时白根该多末充满了我的灵魂！他就是我的唯一的理想，他就是我的生命，他就是我的一切。那时我想道，我应当为着白根，为着崇高而美妙的爱情，将我的纯洁的身体保持得牢牢地，不让它沾染到一点的污痕，不让它被任何一个男子所侵犯。我应当珍贵着我的美丽，我应当保持着我的灵魂如白雪一般的纯洁……总而言之，除开白根而外，我不应当再想到其他世界上的男子。

有一次，我听见一个军官的夫人同着她的情夫跑掉了……那时我是如何地鄙弃那一个不贞节的女人！我就是想象也不会想象到我会能叛变了白根，而去同另一个男子相爱起来。那对于我是不可能的，而且是要受上帝惩罚的事情。但是到了现在……曾几何时呢？！……人事变幻得是这般地快！我居然彰明昭著地将客人引到家里，而且这是得到了白根的同意，……这到底是怎么一回事呢？难道说现在的我已经不是从前的丽莎了吗？已经成了别一个人了吗？

在我的臂膀上开始枕着了别一个人的头，在我的口唇上开始吻着别一个人的口唇……我的天哪，这对于我是怎样地不习惯，是怎样地难乎为情！从前我没想象得到，现在我居然做得到了。现在同我睡在一起的，用手浑身上下摩弄着我的肉体的，并不是我的情夫，而是我的客人，第一次初见面的美国人。这较之那个同情夫跑掉了的军官夫人又如何呢？……

我在羞辱和恐惧的包围中，似乎失了知觉，任着美国人搬弄。他有搬弄我的权利，因为我是在做生意，因为我在这一夜是属于他的。他问了我许多话，然而我如木偶一般并不回答他。如果他要……那我也就死挺挺地任所欲为，毫不抵抗。后来他看见我这般模样，大概是很扫兴了，便默默地起身走了。他丢下了十块钱纸票……唉，只这十块钱纸票，我就把我的肉体卖了！我就把我自己放到最羞辱的地位！我就说我的丈夫没有了！虽然当我同他睡觉的时候，白根是在门外边，或是在街上如幽魂也似的流浪着……

美国人走了之后，不多时，白根回来了。这时我有点迷茫，如失了什么宝物也似的，又如错走了道路，感觉得从今后便永远陷入到不可测的深渊的底里了。我躺在床上只睁眼望着他，他也不向我说什么，便解起衣来，向刚才美国人所躺下的位置躺下。我的天哪，这到底是怎么一回事呢？白根是我的丈夫呢，还是我的客人呢？……

忽然我如梦醒了一般，将手中的纸票向地板摔去，嚎啕痛哭起来了。我痛哭我的命运；我痛哭那曾经是美妙，然而现在已经消失去了的神圣的爱情……我痛哭娇艳的白花遭了劫运，一任那无情的雨摧残。我痛哭，因为在事实上，我同白根表现了旧俄罗斯的贵族的末路。上帝啊！我除了痛哭，还有什么动作可以表示我的悲哀呢？

"丽莎，你是怎么了呀？那个可恶的美国人得罪你了吗？亲爱的，别要这样哭了罢！"

我还是继续痛哭着，不理他。我想一骨碌翻起身来，指着他的脸痛骂一顿：

"你这不要脸的东西，你还能算是我的丈夫吗？你连自己的老婆都养活不了，反累得老婆卖淫来养活你，你还算是一个人吗？为着得到几个买面包的钱，你就毫不要脸地将老婆卖给人家睡觉吗？……"

但是我转而一想，我就是不诅骂他，他已经是一个很不幸的人了。世界上的男子有那一个情愿将自己的老婆让给别人玩弄呢？可怜的白根！可怜的白根！这并不是他的过错啊。这是我们的已经注定了的命运。

这时我听见了隔壁伯爵夫人的房间内有着嘘笑的声浪……我没有精神听将下去，慢慢地在白根的抚慰的怀抱中睡着了。

九

从此我便成了一个以卖淫为业的娼妓了。英国人、法国人、美国人、中国人……算起来，我真是一个实际的国际主义者，差不多世界上的民族都被我尝试过遍了。他们的面貌、语言、态度，虽然不一样，虽然各有各的特点，然而他们对我的看法却是一致的。我是他们的兽欲发泄器，我是他们的快乐的工具。我看待他们也没有什么差别，我只知道他们是我的顾主，他们是我的客人，其他我什么都不问。能够买我的肉体的，法国人也好，中国人也好，就是那黑得如鬼一般的非洲人也未始不可以。但是我在此地要声明一句，我从没有接过印度人，天哪，他们是那样地庞大，是那样地可怕，是那样地不可思议！……

近两年来，上海的跳舞场如雨后春笋一般地发生了。这些俗恶而迁腐的中国人，他们也渐渐讲究起欧化来了。这十年来，我可以说，我逐日地看着上海走入欧化的路：什么跳舞场哪，什么咖啡馆，什么女子剪发哪，男子着西装哪……这些新的现象都是经过我的眼帘而发生的啊。

自从有了很多的跳舞场以后，我同伯爵夫人便很少有在外白渡桥上或黄浦滩花园里徘徊的时候了。我们一方面充当了舞女，同时仍继续做着我们的生意，因为在跳舞场中更容易找到客人些……而且这也比较文明得多了，安逸得多了。在那露天里踱来踱去，如幽魂似的，那该是多末讨厌的事情啊！而且有时遇着了好的客人，在轻松的香槟酒的陶醉中，——当然吃啤酒的时候为多啊——缓步曼舞起来，倒也觉得有许多浪漫的意味。在这时候，上帝啊，请你原谅我：我简直忘却了一切；什么白根，什么身世的凄怆，什么可恶的波尔雪委克，什么金色的高加索，什么美丽的伏尔加河畔的景物……一切对于我都不存在了。不过有时候，忽然……我记起了一切……我原是一朵娇艳的白花啊！我原是一位团长的夫人啊！而现在做了这种下贱的舞女，不，比舞女还要下贱些的卖淫妇……于是我便黯然流泪，感伤身世了。我的这种突然的情状，时常使得我的客人惊讶不已。唉，他们那里晓得我是什么出身！他们那里晓得我的深切的悲哀！就使他们晓得，他们也是不会给我一点真挚的同情的。

这是去年冬天的事情。有一次……我的天哪，说起来要吓煞人！……在名为黑猫的跳舞场里，两个水兵，一个是英国水兵，一个是葡萄牙水兵，为着争夺我一个舞女，吃起醋来。始而相骂，继而便各从腰中掏出手枪，做着要放的姿势。全跳舞场都惊慌起来了，胆小一点的舞女，有的跑了，有的在桌下躲藏起来。我这时吓得糊涂了，不知如何动作才是。忽然那个英国水兵将手一举，呼然一声，将别一个葡萄牙水兵打倒了……天哪，那是如何可怕的情景！我如梦醒了一般，知道闹出来了祸事，便拼命地跑出门来。当我跑到家里的时候，白根看见我的神情不对，便很惊慌地问我道：

"你，你，你是怎么了呀？病了吗？今晚回来得这样早……"

我没有理他，便伏倒在床上痛哭起来了。我记得……我从前读过许多关于武士的小说。中世纪的武士他们以向女人服务为光荣：他们可以为女人流血，可以为女人牺牲性命，只要能保障得为他们所爱的女人的安全，只要能博得美人的一笑。当时的女人也就以此为快慰；如果没有服务的武士，即是没有颠倒在石榴裙下的人，那便是对于女人的羞辱。因此我便幻想着：那时该多末罗曼谛克，该多末富于诗意。顶好我也有这末样几个忠心的武士啊……但是现在我有了这末样两个武士了，这末样两个勇敢的水兵！他们因为争着和我跳舞，便互相用手枪射击起来。这对于我是光荣呢，还是羞辱呢？喂，这完全是别的一种事！这里没有罗曼谛克，这里也没有什么诗意，对于我，有的只是羞辱、羞辱、羞辱而已。

这种事情经过的幸而不多，否则，我不羞辱死，也得活活地吓死了。现在，当我决意要消灭自己的生命的时候，反来深深地悔恨着：为什么当时的那个英国水兵的手枪不射中在我的身上呢？如果射中在我的身上，那对于我岂不是很痛快的事情吗？那样死法真是简便得多呢。但是上帝不保佑我，一定要我死在我自己的手里……

自从我进了跳舞场之后，我们的生活比较富裕些了。白根曾一度寻到了店伙的职业，但是不久便被主人开除了，说他不会算帐，干不来……因此他又恢复了坐食的状态。眼见得他很安于我们现在的生活状况了。他的两眼虽然消失了光芒，在他的动作上虽然再找不出一点英俊的痕迹来，但是他却比从前肥胖得多了。在地位上说来，我成了主人，他成了奴仆，因为家务琐事：什么烧饭吃哪，整理房间哪，为我折叠衣服哪……这都是他的职务，我差不多一点都不问了。

当我把客人引到家时，他就静悄悄地走出去；候客人走了时，他又回来。起初，他看见我把客人引到家来，或者在门外听见我同客人的动作，他虽然没有什么表示，但总觉得有点难堪的神情。当然的，谁个情愿把自己的老婆送给别人玩弄呢？但是到了后来，这对于他就成为很平淡的常事了。他不但不因着这事而烦恼，而且，如果那一晚我独自一个回到家来，这反而要使他失望，要使他不愉快。

有时我竟疑惑起来：白根是不是我的丈夫呢？我到底是白根的什么人呢？如果我同白根还有着夫妻的关系，那末为什么白根能平心地看着我同任何一个男人睡觉，而不起一点儿愤怒和醋意呢？为什么我能坦然地在丈夫的面前同着别人做那种毫无羞耻的事情呢？我的天哪，这到底是怎么一回事情呢？这是我的白根吗？这是我的丈夫吗？这是我曾经在许多情敌的手中夺回来的爱人吗？这就是我十年以前当做唯一的理想的那个人吗？这是莲嘉处心积虑要从我的手中夺去的那个风采奕奕的少年军官吗？唉，我的天哪，这到底是怎么一回事情呢？莲嘉，莲嘉，你现在是不是还活着呢？是不是还记念着你失去了的白根呢？你把他拿去罢！唉，我不要他了，我不要他了！……

那是一九一六年的夏天……在离彼得格勒不远的避暑山庄……午后我和我的亲密的女友莲嘉走到林中去采野花，那各式各色的野花。林木是异常地高耸而繁茂；我们走入林中，只感觉得清凉的气息，时而嗅着一种野兰的芳香，就同进入了别一天地也似的，把什么东西都忘怀了。我穿着一身白纱的轻衣，这是因为我时常做着白衣仙女的梦。莲嘉的衣服是淡绿色的，衬着她那副玫瑰色的脸庞，在这寂静的深林中，几乎要使我疑惑她是天上的仙人了。啊，她是那般地美丽！……但是我美丽不美丽呢？这件事情，到了后来我战败了莲嘉的时候，就可以证明了。

我们在林中走着走着，目前的感觉使我生了许多罗曼谛克的幻想：这是多末富于美妙的诗意的所在……我们两个美丽的少女，在这神秘的深林里，携着手儿走着，低唱着温柔而动人心灵的情歌……忽然林中出现来了一个漂亮的少年，向着我们微笑，接着便走向前来吻我们的手，接着便向我们求婚，向我们表示爱慕……啊，这是多末有趣而不可思议的事啊。于是我不由自已地笑起来了。莲嘉莫明其妙地睁着两只大眼向我望着，不知道我遇着了什么事情，我便把我的幻想告诉她了。

"啊哈，原来你想的尽是这些事情，"莲嘉带讥讽地笑着说道，"快快地嫁人罢，不然，你一定要想煞了。"

"莲嘉，亲爱的，你不要胡说罢。你应当知道一个人，尤其是我们这般年轻的少女，时常要发生着一种神秘的，罗曼谛克的情绪，这种情绪是很富有诗意的啊……"

话未说完，我真地在我的面前见着了一个向我们微笑着的少年：他穿着一身军服，目炯炯而发光，显得是异常地英俊；但是在他的笑容上，他又是那般地可爱，那般地温柔，……这实在与我适才幻想的那个少年差不多……我有点迷惑了。我不能断定我目前的现象是真的还是假的，我是在做梦还是在清醒的状态中。我用手将眼揉了一下，想道，莫非是我眼花了不成？……我的思想还没有完结，便听到那位少年军官发出一种令人感觉到愉快的声音：

"贵重的小姐们，请你们宽恕我，我扰乱了你们的游兴了。"

好说话的莲嘉接着便向他问道：

"你是什么人？"

"我是军官学校的学生，白根……"

"你来此地干什么呢？"莲嘉又接着问他，他没有一点儿拘束，同时又是很和善，很有礼貌的样子，笑着回答我们说：

"你们看，这种好的天气，在这林中散步，真是很美妙的事情呢。我住得离此地不远，是住在一所避暑的别墅里，我的姑母家里。今天午后兴致来了，所以我便一个人走出来散步。不料无意中我遇着了你们，这真是使我引以为荣幸的事情呢。敢问你们二位也是住在这个林子附近吗？"

"是的。"我点一点头说。这时我觉得他的目光集中在我的身上。我不禁起了一种为我所不认识的感觉：说是畏怯也不是畏怯，说是羞赧也不是羞赧，说是愉快也不是愉快，总而言之，我起了一种奇异的感觉。

"贵重的小姐们，"这位少年军官又开始说道，"你们连想象都想象不到我是怎样感觉着愉快啊！你们知道吗？在未见到你们的面之前，我刚刚发了一种痴想：在这样有神秘性的、充满着诗意的、寂静的林中，我应当遇着一个神女罢，一个不可思议的神女罢，……不料，果然，现在我遇见了你们……你们说这不是奇迹吗？"

莲嘉听了他的话，望着我笑，虽然她没有告诉我她为什么笑，但是我已经明白她的意思了。她是在向我说道：

"丽莎，你看，你的幻想实现了。快和你的漂亮的少年接吻罢，快把他拥抱罢！……"

我不知道为着什么，莲嘉的笑更使我感觉得愉快起来。但是，同时，我的脸有点沸腾起来了红的浪潮了，于是我便把头低下来了。我感觉到，如果他真走上前来拥抱我，和我接吻，那我是不会拒绝他的。啊，这是如何地突然，这又是如何地充满着奇趣！……

"如果你们允许我知道你们的芳名，"少年军官又继续很和蔼地说道，"那实在是你们所赐与我的巨大的恩惠啊。"

莲嘉向他笑着说道：

"这对于你并没有必要啊。不过，如果你一定要知道的话，那我就告诉你罢。我叫莲嘉，而她叫丽莎……很不好听罢，是不是？"

"啊，不，贵重的小姐们，恰恰正相反呢。我真是太荣幸了。"

从此……爱神就用一条有魔力的线索，将我同白根捆在一起了。我们三人便时常在林中聚会，有时到他姑母家里去宴会，有时他也到我们的家里来。我感觉得白根日见向我钟起情来了。我想，如果我们中间不夹着一个莲嘉，这个从前是我的密友，现在是我的情敌的莲嘉，那我们老早就决定我们的关系了。可怜的莲嘉！她枉费了许多心机向白根献媚，要夺取白根的心，可知白根的心已经是牢牢地属于我的了。但是有时我却担忧起来：莲嘉是很聪明，很会说话，又是很美丽的女子，说不定白根终于会被她夺去了也未可知呢？……每一想到此地，我不禁视莲嘉为我的眼中钉了。但是白根的心是属于我的，莲嘉无论如何，没有把它夺去。可怜的莲嘉！那时，我知道，她实在是很痛苦的啊。

有一次，白根的姑母开了一个跳舞会。我和莲嘉都被邀请

丽莎的哀怨　　**59**

了。跳舞会是异常地热闹，聚集了不少的青年男女。他们都是在夏天来到乡间避暑的。在一切的男子们之中，白根要算是很出色的人物了。我看见那些女孩子们都向他射着爱慕的目光……这时我异常地厌恶她们，恨不得把她们都赶出去，只留着我一个人和白根在一块。但是等到音乐响了的时候，白根很亲爱地走到我的面前，拉起我的手来……啊，这时我该多末幸福啊！这个为女孩子们所爱慕的少年军官，现在独独和着我跳舞，独独钟情于我，这是多末可矜持的事情啊！莲嘉同我坐在一块，她见着白根把我拉走了，不禁低下头来，很悲哀地叹了一口长气。但是我顾不得她了。我要在众人面前显耀一显耀我的不可及的幸福，我要令那些女孩子们羡瞎了眼睛，气破了肚皮……当我感觉到一些冒着妒火的眼光射到我的身上，我更感觉得越加幸福起来。

在舞罢休息的时候，我同白根静悄悄地走出门来。我们走到花园中的，阴影深处的一张椅子上坐下了。这时一轮如玉盘般的明月高悬在毫无云翳的天空，凉爽的风送来低微的林语，仿佛有人在那儿低低地、异样地、唱着情歌也似的。啊，这是多末好的良宵美景啊！……

于是我俩便情不自禁地互相拥抱起来……于是我俩便开始了亲密的接吻……于是我俩便订了盟誓……啊，上帝，我谢谢你赐给我的恩惠，那时我该多末幸福啊；我简直被不可思议的爱情的绿酒陶醉得失了知觉了！

但是现在……回想起来，这一切都是梦吗？都是未曾有过的梦吗？唉，人事是这般地变幻？日日在我身边的，这样卑微的白根，原来就是我当年的理想，就是我当年从无数情敌的手中所夺来的爱人……我的天哪，这是如何地可怕！又是如何地索然无味！

莲嘉？你现在还活在人世吗？你没有被波尔雪委克杀死吗？你或者革命后还留在俄罗斯，向波尔雪委克投降了吗？如果你还记念着白根，还记念着当年的那个漂亮的少年军官，那你就把他拿去罢！唉，我不要他了，我实在地不愿意要他了！……

十

现在我时常想道，如果当年我爱上了那个鬈发的木匠伊万，而且嫁了他，那我的现在的境况将要是怎样的呢？做一个劳苦的木匠的妻，是不是要比做一个羞辱的卖淫妇为好些呢？那个木匠伊万，虽然他的地位很低，——但是木匠在现在的俄罗斯的地位是异常地高贵啊！——然而如果他能用他的劳力以维持他家庭的生活，能用诚挚的爱情以爱他的妻子，而且保护她不至于做一些羞辱的事情，如我现在所做的一样，那他在人格上是不是要比一般卑鄙的贵族们为可尊敬些呢？我还是在伏尔加的河畔，跟着那个鬈发的诚实的伊万，过着劳苦的、然而是纯洁的、独立的生活，为好些呢，还是现在跟着这过去的贵族白根，在这异国的上海，日日将肉体被人玩弄着、践踏着为好些呢？……天哪，我现在情愿做一个木匠的妻！我现在情愿做一个木匠的妻了！

那是有一年的秋季，我同母亲住在伏尔加河畔的家里。因为要修理破败了的屋宇，我家便招雇来了几个木匠。他们之中有一个名叫伊万的，是一个强健而美好的少年。他虽然穿着一身工人的蓝布衣，然而他的那头金黄色的鬈发，他的那两个圆圆的笑窝，他的那种响亮的话音，真显得他是一个可爱的少年。我记得，我那时是十七岁，虽然对于异性恋爱的事情，还未很深切地明了，但是我觉得他实在是一个足以引动我的心的一个人。不过因为地位悬殊的关系，我终于没有决心去亲近他，而他当然是更不敢来亲近我的。在他的微笑里，在他的眼光里，我感觉着他是在深深地爱慕我。

晚上……我凭临着我的寝室的窗口，向那为月光所笼罩着的、如银带一般的伏尔加河望去。这时，在我的脑海中，我重复着伊万所给与我的印象。我的心境有点茫然，似乎起了一层浅浅的愁思。原来我的一颗处女的心，已被伊万所引动了。

在万籁静寂的空气中，忽然我听见了一种悠扬而动人心灵的歌声。于是我便倾耳静听下去……歌声是从木匠们就寝的房里飞扬出来的，于是我便决定这是木匠们之中的一个所唱的歌了。始而我听不清楚所唱的是什么，后来我才分清楚了所唱的字句：

> ……姑娘啊，你爱我罢，
> 我付给你纯洁的心灵。
> 姑娘啊，你应当知道，
> 爱情比黄金还要神圣……

这歌声愈加使我的心境茫然，我的神思不禁有点恍惚起来了。我想再听将下去，然而我转过身来向床上躺下去了。

第二天我乘着机会向伊万问道：

"昨天夜里是谁个唱歌呢。"

他将脸红了一下，低下头来，很羞怯地低声说道：

"小姐，请你恕我的罪过，那是我唱的。"

"我也猜到一定是你唱的。"

我莫明其妙地说了这末一句，便离开他跑了。我感觉到伊万向我身后所射着的惊讶的、不安定的眼光。他大约会想道，"我这浑蛋，别要弄出祸事来了罢……这位小姐别要恼恨我了罢……"但是我并没有恼恨他，我反而觉得我的一颗心更被他引动得不安定了。啊，他的歌声是那般地美丽，是那般地刺进了我的处女的心灵！我不由自己地爱上他了。

但是第三天工作完了，他们也就便离开我的家了……从此我便再没有见过他的面，他所留给我的，只是他那一段的歌声深深地印在我的心灵里。我现在老是想到，如果我当时真正地爱上了他，而且嫁了他，那我现在的境况将要是怎样的呢！这倒是很有趣的事情啊！……

两年以前，有一天，我看见轰动全上海的，为美国西席地密耳所导演的一张影片——伏尔加的舟子。它的情节是：在晴朗的一天，公主林娜同自己的未婚夫，——一位很有威仪的少年军官——乘着汽车，来到伏尔加的河畔闲游。公主林娜听着舟子们所唱的沉郁的歌声，不禁为之心神向往，在这时候，她看见了一个少壮的舟子，便走上前去问他，刚才那种好听的歌声是不是他唱的。同来的少年军官见此情状不乐，恰好这时的舟子在饮水，污了他的光耀的皮靴。他便强迫舟子将皮靴的水揩去。舟子一面钟情于林娜，一面又恨少年军官对于自己的侮辱，然而无可如何。后来俄罗斯起了革命，少年舟子做了革命军的团长，领兵打进了公主的住宅，于是公主就擒……于是判决她受少年舟子的枪决……然而少年舟子本是曾钟情于她的，便和她同逃了。后来革命军胜利了，开了军事的审判，然而审判的结果，少年舟子、公主林娜以及少年军官都没有定罪。审判官问：林娜到底愿意和谁个结婚呢？林娜终于和少年舟子握了手，少年舟子得到了最后的胜利……

情节是异常地离奇，然而这张影片对于我发生特别兴趣的并不在此，而是在于它引起了我的身世的感慨。如果我的结局也同林娜的一样，如果那个少年木匠伊万在革命期间也做了革命军的首领，也和我演出这般的离奇的情史，那对于我该是多末地侥幸啊！但是现在我的结局是这样，是这样地羞辱……

我不知道伊万现在是否还生活于人世。也许在革命期间，他真地像那个少年舟子一样，做了革命军的领袖……如果是这样，那他是否还纪念着我呢？是否还纪念着，有一个什么时候，他曾唱了一段情歌，为一个小姐所听见了的事呢？……天哪，如果他知道我现在堕落到这种地步，那他将是怎样地鄙弃我、咒骂我啊？不，我的伊万！我的贵重的伊万；请你原谅我罢，因为这不是我的罪过啊！你可以鄙弃我，也可以咒骂我，但是你应当知道我的心灵是怎样地痛苦，是怎样地在悔恨……但是这样事情又有什么说的必要呢？这对于你是无关轻重，而对于我不过又是增加一层悲哀罢了。

在看这张影片的时候，有一种奇怪的现象令我惊愕不止，那就是观众们，当然都是中国人了，一遇着革命军胜利或少年舟子占着上风的时候，便很兴奋地鼓起掌来，表示着巨大的同情。这真是不可解的怪事啊！难道这些不文明的、无知识的中国人，他们都愿意波尔雪委克得着胜利吗？难道他们都愿意变成波尔雪委克吗？我看见他们所穿的衣服都很华丽，在表面上看来，他们都是属于波尔雪委克的敌人的，为什么他们都向着波尔雪委克、那个少年舟子表示很疯狂的同情呢？疯了吗？或者他们完全不了解这张影片所表演的一回什么事情？或者他们完全不知道波尔雪委克是他们的敌人？这真是咄咄怪事啊！……我的天哪，难道他们，这些无知识的中国人，都是波尔雪委克的伙伴吗？如果是这样，那对于我们这些俄罗斯的逃亡者，是如何可怕的事情啊！我们从波尔雪委克的俄罗斯跑了出来，跑到这可以安居的上海来，实指望永远脱离了波尔雪委克的危险，然而却没有料到在中国也有了这末多的波尔雪委克……这将如何是好呢？

现在。谢谢上帝的恩惠，似乎中国的波尔雪委克的运动已经消沉下去了。大约在最近的期间，我们不会被中国的波尔雪委克驱逐到黄浦江里了。但是在那时候，在两年以前，那真是可怕，那真是令我们饮食都不安啊。我们天天听见什么波尔雪委克起了革命了……波尔雪委克快要占领上海了……波尔雪委克要杀死一切的外国人……俄罗斯的波尔雪委克与中国的波尔雪委克订了约，说是一到革命成功，便把在中国所有的白党杀得干干净净……我的天哪，那是如何恐怖的时日！如果波尔雪委克真正地在中国得了胜利，那我们这些俄罗斯的逃亡者。将再要向什么地方逃去呢？

现在。到了我决意要断绝我自己的生命的时候，任你什么波尔雪委克的革命，任你起了什么天大的恐怖，这对于我已经是没有什么意义了。我已经不惜断绝我的生命了，那我还问什么波尔雪委克……干吗呢？让野蛮的波尔雪委克得着胜利罢，让在中国的白党都被杀尽罢，一切都让它去，这对于我是没有什么关系的了。我现在唯一的目的就是死去，就是快快地脱离这痛苦的人世……

但我在那时候。我实在有点恐惧：如果波尔雪委克的烈火要爆发了，那我们将要怎么办呢？还逃跑到别的国里去吗？然而我们没有多余的金钱，连逃跑都是不可能的事了。跳黄浦江吗？然而那时还没有自杀的勇气。我曾想逃跑到那繁华的巴黎，温一温我那往日的什么时候的美梦，或逃跑到那安全的、法西斯蒂当权的意大利去，瞻览一瞻览那有诗意的南方的景物……然而这只是不可实现的梦想而已。

我的丈夫白根，他可以救我罢？他也应当救我罢？……但是，如果波尔雪委克的烈火燃烧起来了，那能救我的，只有那一个什么时候唱歌给我听的伊万，只有那曾经钟情于公主过的少年舟子，那个伏尔加的少年舟子……

但是，中国不是俄罗斯，黄浦江也不是我的亲爱的伏尔加河……我的伊万在什么地方呢？我的少年舟子又在什么地方呢？在我身旁的，只有曾经是过英俊的、骄傲的、俄罗斯的贵族，而现在是这般卑微又卑微的白根……

十一

在外白渡桥的桥畔，有一座高耸而壮丽的楼房，其后面濒临着黄浦江，正对着隔岸的黄浦滩花园。在楼房的周围，也环绕着小小的花园，看起来，风景是异常地雅致。这不是商店，也不是什么人的邸宅，而是旧俄罗斯的驻上海的领事馆，现在变成为波尔雪委克的外交机关了。领事馆的名称还存在着，在里面还是坐着所谓俄罗斯的领事，然而他们的背景不同了：前者为沙皇的代理人，而后者却是苏维埃的服务者……人事是这般地变幻，又怎能不令人生今昔之感呢？

现在，我们应当深深地感谢中国政府对于我们的恩赐！中国政府与波尔雪委克断绝国交了，中国政府将波尔雪委克的外交官都驱逐回国了……这对于俄罗斯在中国的侨民是怎样大的恩惠啊！现在当我们经过外白渡桥的时候，我们可以不再见着这座楼房的顶上飞扬着鲜艳的红旗了，因之，我们的眼睛也就不再受那种难堪的刺激了。

但是在一年以前，波尔雪委克还正在中国得势的时候，那完全是别一种情景啊：在波尔雪委克的领事馆的屋顶上飞扬着鲜艳的红旗，而这红旗的影子反映在江中，差不多把半江的水浪都泛成了红色。当我们经过外白渡桥的时候，我们不得不低下头来，不得不感觉着一层深深的压迫。红旗在别人的眼光中，或者是很美丽、很壮观，然而在我们这些俄罗斯的逃亡者的眼光中，这简直是侮辱，这简直是恶毒的嘲笑啊。这是波尔雪委克将我们战胜了的象征，这是对于我们的示威，我们又怎能不仇视这红旗、诅咒这红旗呢？

当我白天无事闲坐在黄浦滩花园里的时候，我总是向着那飞扬着的红旗痴望。有时我忘怀了自己，我便觉得那红旗的颜色很美丽，很壮观，似乎它象征着一种什么不可知的、伟大的东西……然而，忽然……我记起来了我的身世，我记起来了我的温柔的暖室、娇艳的白花、天鹅绒封面的精致的画册……我便要战栗起来了。原来这红旗是在嘲笑我、是在侮辱我，……于是我的泪水便不禁地要涔涔落下了。

当我夜晚间徘徊在外白渡桥的两头，或坐在黄浦滩的花园里，勾引客人的时候，我也时常向着那闪着灯光的窗口瞟看：他们在那里做些什么事情呢，他们在想着怎样消灭我们这些国外的侨民？他们在努力鼓吹那些万恶的思想，以期中国也受他们的支配？……他们或者在嘲笑我们？或者在诅咒我们？或者在得意地高歌着胜利？……我猜不透他们到底在干些什么，但我深深地感觉到，他们无论干些什么，总都是在违背着我们，另走着别一方向……我不得不诅咒他们，他们害得我好苦啊！他们夺去了我的福利，他们把我驱逐到这异国的上海来，他们将我逼迫着沦落到现在的地步……天哪，我怎么能不诅咒他们呢？他们在那高歌着胜利，在那表示自己的得意，而我……唉，我徘徊在这露天地里，出卖自己的肉体！天哪，我怎么能够不诅咒他们呢？

在去年的十一月，有一天的早晨，我刚刚吃了早点，伯爵夫人跑来向我说道：

"丽莎，预备好了吗？我们去罢。"

我莫明其妙，睁着两眼望着她：

"我们去？到什么地方去呢？"

"到什么地方去；我向白根说了，难道说他没有报告你吗？"

白根睡在床上还没有起身。我摇一摇头，表示白根没有报告我。她接着又说道：

"明天是十月革命的十周年纪念日，也就是我们永远忘却不掉的忌日。今天我们侨民都应当到教堂里去祷告，祈求上帝保佑我们，赶快将波尔雪委克的政府消灭掉，我们好回转到我们的祖国去……你明白了吗？而明天，明天我们齐集到领事馆门前示威，要求他们把那可诅咒的红旗取下来，永远不再挂了。我们将把领事馆完全捣碎，将闯进去打得他们一个落花流水……"

我听了伯爵夫人的一番话，不胜惊讶之至。我以为她及和她同一思想的人都疯了。这难道是可能的吗？祷告上帝？啊，我的上帝啊，请你宽恕我的罪过罢，我现在不大相信你的力量了……如果你有力量的话，那波尔雪委克为什么还能存在到现在呢？为什么丽莎，你的可怜的丽莎，现在沦落到这种羞辱的境况呢？

"我不去。"我半晌才摇一摇头说。

"丽莎，去，我们应当去。"她做着要拉我的架式，但是我后退了一步，向她低微地说道：

"如果我相信波尔雪委克是会消灭的，那我未始不可以同你一道去祷告上帝。但是经过了这十年来的希望，我现在是没有精力再希望下去了……你，你可以去祷告，而我……我还是坐在家里好些……"

"而明天去打领事馆呢？"伯爵夫人又追问了我这末一句，我没有即刻回答她。过了半晌，我向她说道：

"依我想，这也是没有意思的事情。这种举动有什么益处呢？我们可以将此地的领事馆捣碎，或者将它占领，但是我们还是不能回到俄罗斯去……而且，我们已经献丑献得够了，不必再在这上海弄出什么笑话来……你说可不是吗？你要知道我并不是胆怯，而是实在以为这个太不必要了……"

"出一出气也是好的。"伯爵夫人打断我的话头，这样说。我没有再做声了。最后伯爵夫人很坚决地说道：

"好，祷告我今天也不去了。让鬼把上帝拿去！他不能再保佑我们了。不过明天……明天我一定同他们一道去打领事馆去。就是出一出气也是好的。"

这时她将眼光挪到躺在床上的白根身上，高声地说道：

"白根，你明天去打领事馆吗？你们男子是一定要去的。"

白根睁开了惺忪的眼睛望着她，懒洋洋地，很心平气静地说道：

"去干什么呢？在家中安安稳稳地坐着不好，要去打什么领事馆干吗呢？让鬼把那些波尔雪委克拿去！"

他翻过去，将头缩到被单里去了。伯爵夫人很轻蔑地溜了他一眼，冷笑着说道：

"懒虫，小胆子鬼……"

接着她便很不自在地走出去了。这时我如木偶一般坐在靠床的一张椅子上，呆望着躺在床上的白根。我不明白他为什么能够变成这种样子……他不是领过一团人，很英勇地和波尔雪委克打过仗吗？他不是曾发过誓，无论在什么时候，他都要做一个保护祖国的战士吗？在到上海的初期，他不是天天诅咒波尔雪委克吗？他不是天天望着尼古拉的圣像哭泣吗？他不是曾切齿地说过，他要生吃波尔雪委克的肉吗？但是现在……他居然什么都忘却了！他居然忘却了祖国，忘却了贵族的尊严，并且忘却了波尔雪委克！我的天哪，他现在成了一个怎样卑微又卑微的人了！只要老婆能够卖淫来维持他的生活，那他便如猪一般，任你什么事情都不管了。

固然，我不赞成这种愚蠢的举动——攻打领事馆，但这不是因为我害怕，或者因为我忘却了波尔雪委克，不，我是不会把波尔雪委克忘却的啊！这是因为我以为这种举动没有意义，适足以在全世界人的面前，表示我们的旧俄罗斯的末路，如果我们有力量，那我们应当跑回俄罗斯去，把波尔雪委克驱逐出来，而不应当在这上海仗着外国人的庇荫，演出这种没有礼貌的武剧。

但是白根他完全忘却这些事情了。他以为他的老婆能够每天以卖淫的代价而养活他，这已经是很满意的事情了。什么神圣的祖国，什么可诅咒的波尔雪委克……这一切一切都在他的最羞辱的思想中消沉了。

他现在变成了一只活的死尸……天哪，我倒怎么办呢？我应当伏在他的身上痛哭罢？我应当为他祈祷着死的安慰罢？……天哪，我倒怎么办呢？

这一天晚上我没有到跳舞场去。我想道，波尔雪委克大约在那里筹备他们的伟大的纪念日，大约他们的全身心都充满了胜利的愉快，都为胜利的红酒所陶醉……同时，我们应当悲哀，我们应当痛哭，除此而外，那我们应当再做一番对于过去的回忆，温一温旧俄罗斯的、那不可挽回的、已经消逝了的美梦……但是，无论如何，今晚我不应当再去勾引客人，再去领受那英国水兵的野蛮的拥抱。

十年前的今晚，那时我还住在伊尔库次克，盼望着哥恰克将军的胜利。那时我还等待着迅速地回到彼得格勒去，回到那我同白根新婚的精致而华丽的暖室里，再温着那甜蜜的、美妙的、天鹅绒的梦……那时我还相信着，就是在平静的、广漠的俄罗斯的莽原上，虽然一时地起了一阵狂暴的波尔雪委克的风浪，但是不久便会消沉的，因为连天的白茫茫的雪地，无论如何，不会渲染上那可怕的红色。

但是到了现在，波尔雪委克明天要庆祝他们的十周年纪念了，他们要在全世界面前夸耀他们的胜利了……而我同白根流落在这异国的上海，过这种最羞辱的生活……两相比较起来，我们应当起一种怎么样的感想呢？如果我们的精神还健壮，如果我们还抱着真切的信仰，如果我们还保持着旧日的尊严，那我们在高歌着胜利的波尔雪委克的面前，还不必这般地自惭形秽。但是我们的精神没有了，尊严没有了，信仰也没有了，我们有的只是羞辱的生活与卑微的心灵而已。

这一夜我翻来覆去，总是不能入梦。我回忆起来了伏尔加河畔的景物，那个曾唱歌给我听的少年伊万……我回忆起来了彼得格勒的时日，那最甜蜜的新婚的生活……以及我们如何跑到伊尔库次克，如何经过西伯利亚的长铁道，如何辞别了最后的海参崴……

到了东方快要发白的时候，我才昏昏地睡去。到了下午一点钟我才醒来。本想跑到外白渡桥旁边看看热闹：看看那波尔雪委克是如何地庆祝自己的伟大的节日，那些侨民们是如何地攻打领事馆……但转而一想，还是不去的好；一颗心已经密缀着很多的创伤了，实不必再受意外的刺激。于是我便静坐在家里……

"白根，你去看看是怎么一回事。"我自己虽然不想到外白渡桥去，但我总希望白根去看一看。白根听了我的话，很淡漠地说道：

"好，去就去，看看他们弄出什么花样景来……"

白根的话没有说完，忽然砰然一声，我们的房门被人闯开了——伯爵夫人满脸呈现着惊慌的神色，未待走进房来，已开始叫道：

"杀死人了，你们晓得吗？"

我和白根不禁同声惊诧地问道：

"怎么？杀死人了？怎么一回事？"

她走进房来，向床上坐下，——这时她的神色还没有镇定——宛然失了常态。沉默了一会，她才开始摇着头说道：

"杀死人了，这些浑账的东西！"

"到底谁杀死谁了呢？"我不耐烦地问她。

伯爵夫人勉力地定一定神，开始向我们叙述道：

"杀死人了……波尔雪委克将我们的人杀死了一个，一个很漂亮的青年。我亲眼看见他中了枪，叫了一声，便倒在地上了……起初我们聚集在领事馆的门前，喊了种种的口号，什么'打倒波尔雪委克！'……但是波尔雪委克把门关着，毫不理会我们。后来，我们之中有人提议而且高呼着'打进去！打进去！……'于是我们，男男女女，老老少少，便一涌向前，想打进去，但是……唉，那些凶恶的波尔雪委克，他们已经预备好了，我们那里能够打进去呢？忽然我听见了枪声，这也不知是谁个先放的，接着我便看见那个少年奋勇地去打领事馆的门，他手持着一支短短的手枪，可是他被波尔雪委克从门内放枪打死了……于是便来了巡捕，于是我便先跑回来……天哪，那是怎样地可怕啊！那个好好的少年被打死了！……"

伯爵夫人停住了，这时她仿佛回想那个少年被枪杀了的情景。她的两眼逼射着她目前的墙壁，毫不移动，忽然她将两手掩着脸，失声地叫道：

"难道说波尔雪委克就永远地、永远地把我们打败了吗！上帝啊，请你怜悯我们，请你帮助我们……"

奇怪！我听了伯爵夫人的报告，为什么我的一颗心还是照旧地平静呢？为什么我没感觉到我对于那个少年的怜悯呢。我一点儿都没发生对于他的怜悯的心情，好像我以为他是应该被波尔雪委克所枪杀也似的。

忽然……伯爵夫人睁着两只绝望的眼睛向我逼视着，使得我打了一个寒噤。在她的绝望的眼光中，我感觉到被波尔雪委克所枪杀了的，不是那个少年，而是我们，而是伯爵夫人，而是整个的旧俄罗斯……

十二

光阴毫不停留地一天一天地过去，你还没有觉察到，可是已经过了很多很多的时日了。我们在上海，算起来，已经过了十年……我们在失望的、暗淡的、羞辱的生活中过了十年，就这样转眼间迅速地过了十年！我很奇怪我为什么能够在这种长期的磨难里，还保留下来一条性命，还生活到现在……我是应当早就被折磨死的，就是不被折磨死，那我也是早就该走入自杀的路的，然而我竟没有自杀，这岂不是很奇怪吗？

我的生活一方面是很艰苦，然而一方面又是很平淡，没有什么可记录的变动。至于伯爵夫人可就不然了。四个月以前，她在跳舞场中遇见了一个美国人，据说是在什么洋行中当经理的。我曾看见过他两次，他是一个很普通的商人模样，肚皮很大，两眼闪射着很狡狯的光芒。他虽然有四十多岁了，然而他守着美国人的习惯，还没有把胡须蓄起来。

　　这个美国人也不知看上了伯爵夫人的那一部分，便向她另垂了青眼。伯爵夫人近一年来肥得不像样子，完全失去了当年的美丽，然而这个美国人竟看上了她，也许这是因为伯爵夫人告诉过他，说自己原是贵族的出身，原是一位尊严的伯爵夫人……因之这件事情便诱迷住了他，令他向伯爵夫人钟起情来了。美国人虽然富于金钱，然而他们却敬慕着欧洲贵族的尊严，他们老做着什么公爵、侯爵、子爵的梦。现在这个大肚皮的美国商人，所以看上了伯爵夫人的原故，或者是因为他要尝一尝俄罗斯贵族妇女的滋味……

　　起初，他在伯爵夫人处连宿了几夜，后来他向伯爵夫人说道，他还是一个单身汉，如果伯爵夫人愿意的话，那他可以娶她为妻，另外租一间房子同居起来……伯爵夫人喜欢得不可言状，便毫不迟疑地接受了他的提议。这也难怪伯爵夫人，因为她已经是快要到四十岁的人了，乘此时不寻一个靠身，那到将来倒怎么办呢？现在她还可以跳舞，还可以出卖自己的肉体，但是到了老来呢？那时谁个还在她的身上发生兴趣呢？于是伯爵夫人便嫁了他，便离开我们而住到别一所房子了。

　　我们很难想象到伯爵夫人是怎样地觉得自己幸福，是怎样地感激她的救主，这个好心肠的美国人……

"丽莎，"在他们同居的第一个月的期间，伯爵夫人是常常地这样向我说道："我现在成为一个美国人了。你简直不晓得，他是怎样地待我好，怎样地爱我啊！我真要感谢上帝啊！他送给我这末样一个亲爱的、善良的美国人……"

"伯爵夫人，"其实我现在应当称呼她为哥德曼太太了，但是因为习惯的原故，我总还是这样称呼她，"这是上帝对于你的恩赐，不过你要当心些，别要让你的鸽子飞去才好呢。"

"不，丽莎，"她总是很自信地这样回答我。"他是不会飞去的。他是那样地善良，绝对不会辜负我的！"

但是到了第二个月的开始，我便在伯爵夫人的面容上觉察出来忧郁的痕迹了。她在我的面前停止了对于哥德曼的夸奖，有时她竟很愁苦地叹起气来。

"怎么样子？日子过得好吗？"有一次我这样问她。

她摇一摇头，将双眉紧蹙着，叹了一口长气，半晌才向我说道：

"丽莎，难道说我的鸽子真要飞去吗？我不愿意相信这是可能的啊！但是……"

"怎么样了？难道说他不爱你了吗？"

"他近来很有许多次不在我的住处过夜了……也许……谁个能摸得透男人的心呢？"

"也许不至于罢。"我这样很不确定地说着安慰她的话，但是我感觉得她的鸽子是离开她而飞去了。

在这次谈话之后，经过一礼拜的光景，伯爵夫人跑到我的家里，向我哭诉着说道：

"……唉，希望是这样地欺骗我，给了我一点儿幸福的感觉，便又把我投到痛苦的深渊里。我只当他是一个善良的绅士，我只当他是我终身的救主，不料他，这个浑蛋的东西，这个没有良心的恶汉，现在把我毫无怜悯地抛弃了。起初，我还只以为他是有事情，可是现在，我知道了一切，我一切都知道了。原来他是一个淫棍，在上海他也不知讨了许多次老婆，这些不幸的女人、蠢东西，结果总都是被他抛弃掉不管。丽莎，你知道吗？他现在又讨了一个中国的女人，……他完全不要我了。"

我呆听着她的哭诉，想勉力说一两句安慰她的话，但是我说什么话好呢！什么话足以安慰她呢？她的幸福的鸽子是离开她而飞去了，因之她又落到黑暗的、不可知的底里了。她的命运是这般地不幸，恐怕幸福的鸽子永没有向她飞转回来的时候了。

她自从被哥德曼抛弃了之后，便完全改变了常态，几乎成了一个疯女人了。从前我很愿意见她的面，很愿意同她分一分我的苦闷，但是现在我却怕见她的面了。她疯疯傻傻地忽而高歌，忽而哭泣，忽而狂笑，同时她的酒气熏人，令我感觉得十分的不愉快。

不久以前，那已经是夜晚了，我正预备踏进伏尔加饭馆的门的当儿，听见里面哄动着哭笑叫骂的声音。我将门略推开了一个缝，静悄悄地向里面望一望，天哪，你说我看见什么。我看见了一个醉了酒的疯女人……我看见伯爵夫人坐在那靠墙的一张椅子上，就同疯了也似的，忽而哭，忽而笑，忽而说一些不入耳的、最下流的、骂人的话……客人们都向她有趣地望着，在他们的脸孔上，没有怜悯，没有厌恶，只有惊讶而好奇的微笑。后来两个中国茶房走上前去，将她拉起身来，叫她即速离开饭馆，但是她赖皮着不走，口中不断地叫骂着……我没有看到终局，便回转身来走开了。这时我忘却了我肚中的饥饿，只感觉着可怕的万丈深的羞辱。仿佛在那儿出丑的，不是伯爵夫人，而是我，而是整个的旧俄罗斯的女人……天哪，这是怎么一回事呢？这是怎样地可怕啊！一个尊严的伯爵夫人，一个最有礼貌的贵族妇女的代表，现在居然堕落到这种不堪的地步！天哪，这是怎么一回事呢？……

原来这个下流的、醉得要疯狂了的、毫无礼貌的女人，就是十年以前在伊尔库次克的那朵交际的名花，远近无不知晓的伯爵夫人……当时她在丰盛的筵席上，以自己的华丽的仪容，也不知收集了许多人的惊慕的视线。或者在热闹的跳舞会里，她的一颦一笑，也不知颠倒了许多少年人，要拜伏在她的石榴裙下。她的华丽的衣裳，贵重的饰品，也不知引动了许多女人们的欣羡。总之，如她自己所说，当时她是人间的骄子，幸福的宠儿……

然而十年后的今日，她在众人面前做弄着最下流的丑态，而且她遭着中国茶房的轻视和笑骂……天哪，这是怎样地可怕啊！难道说俄罗斯的贵族妇女的命运，是这样残酷地被注定了吗！为什么俄罗斯的贵族妇女首先要忍受这种不幸的惨劫呢？啊，这是怎样地不公道啊！

在这一天晚上，我连晚餐都没有吃，就向床上躺下了。我感受的刺激太深切而剧烈了。我的头发起热来，我觉着我是病了。第二天我没有起床……

住在楼下的洛白珂夫人，——她的丈夫积蓄了一点资本，不再为中国人保镖了，现在在我们的楼下开起鸦片烟馆来——

她听见我病了，便走上楼来看我。她先问我害了什么病，我告诉了她关于昨晚的经过。她听后不禁笑起来了。她说：

"我只以为你害了别的什么病，原来是因为这个，因为这个不要脸的泼妇……这又值得你什么大惊小怪呢？我们现在还管得了这末许多吗？我告诉你，我们现在还是能够快活就快活一天……"

她停住了，她的眼睛不像我初见她时那般地有神了。这大概是由于她近来把鸦片吸上瘾了的原故。这时她睁着两只无神的眼睛向地板望着，仿佛她的思想集中到那地板上一块什么东西也似的。后来她如梦醒了一般，转过脸来向我问道：

"你觉着不舒服吗？你觉着心神烦乱吗？让我来治你的病，吃一两口鸦片就好了。唉，你大约不知道鸦片是一种怎样灵验的药，它不但能治肉体上的病，而且能治精神上的病。只要你伏倒在它的怀抱里，那你便什么事情都不想了。唉，你不知道它该是多末好的东西！请你听我的话，现在我到底下来拿鸦片给你吸……"

"多谢你，不，不啊！"我急促地拒绝她说。我没有吸过鸦片，而且我也不愿意吸它。

她已经立起身来了，听了我的话，复又坐下。

"为什么你不愿意吸它呢？"她有点不高兴的样子问我。

"因为我厌恶它。"

"啊哈！"她笑起来了，"你厌恶它？你知道它的好处吗？你知道在烟雾绕缭的当儿，就同升了仙境一般吗？你知道在它的怀抱里，你可以忘却一切痛苦吗？你知道它能给你温柔的陶醉吗？啊，你错了！如果你知道，不，如果你领受过它的好处，那你不但不会厌恶它，而且要亲爱它了。它对于我们这些人，已经失去了一切希望的牺牲者，的的确确是无上的怪药！也许它是一种毒药，然而它能给我们安慰，它能令我们忘却自己，忘却一切……它引我们走入死路，然而这是很不显现的、很没有痛苦感觉的死路。我们还企图别的什么呢！丽莎，请你听我的话罢，请你领受它的洗礼罢！唉，如果你领略过它的好处。……"

"既是这样，那就让我试一试罢，我愿意走入这种慢性的死路。"

洛白珂夫人走下楼去了。但是我等了好久还不见她上来。我被她的一番话把心说动了，急于要试一试消魂的迷药，但是她老不上来……经过半点钟的光景，我听见楼下起了嘈杂的哄动……我不明白发生了什么事情。等一会，白根进来了。他向我报告道：

"适才洛白珂和他的夫人统被几个巡捕捉去了，他们说，他两夫妻私开烟馆，有犯法律。……"

我听了白根的话，不由得身体凉了半截。我并不十分可怜洛白珂两夫妻被捕了。经过昨晚伯爵夫人所演的可怕的怪剧，现在这种事情对于我似乎是很平常的了。

我要试一试消魂的迷药，我要开始走入这种慢性的死路，然而洛白珂两夫妻被捕了……这是不是所谓好事多磨呢？

十三

啊，死路，死路，我现在除开走入死路，还有第二条什么出路呢？医生说我病了，我有了很深的梅毒……啊，我已经成了一个怎样的堕落的人了？我应当死去，我应当即速地死去！还有什么话可说呢？……

不错，医生说，梅毒并不是不可治的绝症，只要医治得法，那是会有痊愈的希望的……但是我要问了：就使把我的病治好了，那是不是能增加我在生活中的希望！那是不是能把我从黑暗的深渊里拯救出来？那是不是能平服我灵魂的创伤，引我走入愉快的、光明的道路？不会的，绝对不会的！医生能够治愈我的身病，但不能治愈我的心病。现在逼我要走入死路的，并不是这种最羞辱的、万恶的病症，而是我根本的对于生活的绝望。如果我再生活下去，而在生活中所能得到的只是羞辱，那我要问一问，这究竟有什么意思呢？这岂不是故意地作践自己吗？这岂不是最不聪明的事情吗？不，我现在应当死去，而且应当即速地死去！……

十年来，可以说，我把自己的灵魂和肉体已经作践得够了。现在我害了这种最羞辱的病，这就是我自行作践的代价。我决心要消灭自己的生命，这就是我唯一的、可寻得到的、而且又是最方便的出路。别了，我的十年来思念着的祖国！别了，我的至今尚未知生死的母亲！别了，从前是我的爱人而现在是我的名义上的丈夫白根！

别了，一切都别了！……

昨夜里梦见了那个久被我忘却的薇娜，我的姐姐……我没有梦见过母亲，没有梦见过在前敌死去的父亲，而昨夜里偏偏梦见了我连形象都记不清楚了的姐姐，这岂不是很奇怪的事情吗！在我十二岁的时候，她就脱离家庭了。那时我不明白薇娜因为什么事情，突然于一天夜里不见了，失了踪……在父亲和母亲说话的中间，我隐隐约约地捉摸了一点根由，然而并不十分清楚。

"你看，"父亲在愤怒中向母亲讥笑着说，"你养了这般好的女儿，一个把家庭都抛弃了的女革命党人！……要再……当心些罢，你的丽莎别玩出这样很有名誉的花样来罢！当心些罢！唉，一个将军的女儿，居然能干出这种不道德的事来，你教我怎么样好见人呢？……"

"算了罢，瓦洛加！"母亲反驳他说道，"难道说这都是我的过错吗？你自己把她送进中学校读书，在那里她学会了一些无法无天的事情，难道说这都能怪我吗？"

母亲结果总是抱着我哭。

"丽莎，唉，我的丽莎其嘉！你姐姐跑掉了，和着革命党人跑掉了……你长大再别要学你的姐姐罢！唉，丽莎，我的丽莎其嘉！……"

"妈，别要哭罢，我将来做你的一个最孝顺的女儿……我不愿意去学姐姐……"

果然，待我长大起来，我与薇娜走着两条相反的路……到了现在呢！我沦落在这异国的上海，过着最羞辱的妓女的生活，而她，也许她在我们的祖国内，坐在指挥者的地位，高喊着一些为光明而奋斗的口号……天哪，我在她的面前应当要怎样地羞惭而战栗啊！

但是，我记得，我那时是异常地鄙弃她。我听到她被捕而流放到西伯利亚的消息，我一点也没有起过怜悯她的心情。我曾对母亲说，薇娜是蠢丫头，丽莎长大的时候，绝对不会去学姐姐而使着妈妈难过。自从薇娜被流放到西伯利亚以后,父亲当她死了,母亲虽然思念她,然而不愿意说起她的名字。我也渐渐地把她忘却了,甚至现在连她的形象都记不起了。仿佛她那时是一个面容很美丽,然而性情是很沉郁的姑娘……

不料昨夜里我梦见了她……仿佛在一块什么广漠的草原上,我跪着呢喃地向上帝祈祷,哀求上帝赦免我所有的罪过,忽然在我的面前显了一个披着红巾的四十来岁的妇人……我记不清楚她的面容是怎样的了,但我记得她始而露着微笑,抚摩我的披散了的头发,继而严肃地说道:

"丽莎,你在这儿跪着干什么呢?你在祷告上帝吗?这是毫没有用处的啊!上帝被我驱逐走了,你的灵魂也被他随身带去了。你快同他跑开罢!你看,逃跑了的上帝正在那儿站着呢。"

我回头果然见着一个踉跄的老人……我愤怒起来了,问道:

"你是什么人,敢把上帝驱逐掉了呢?"

"你不认识我吗?"她笑起来了,"我是薇娜,我是你的姐姐。"

她的披巾被风吹得飘展了起来,霎时间化成了霞彩,薇娜便在霞彩中失去了影子……

那是怎样一个希奇的梦啊!然而细想起来,这并没有什么希奇。薇娜现在是死还是活,我当然是无从知道,然而她在我的面前是胜利了。现在是我应当死灭的时候,我应当受着薇娜的指示,同着我的被驱逐了的上帝,走进那失败者的国度里……

明天……明天世界上将没有丽莎的声影了。谁个不愿意将自己的生命保持得长久些呢？但是丽莎现在要自杀了……这是谁个过错？我将怨恨谁呢？不，我任谁也不怨恨，这只是我的不可挽回的、注定了的命运。例如我素来接客都是很谨慎的，生怕会传染到一点儿毛病，但是结果我还是得了梅毒，而且我现在有了很深的梅毒了……这岂不是注定了的命运吗？我可以说，我之所以沦落到如此的地步，这皆是波尔雪委克过错，如果他们不在俄罗斯起了什么鬼革命，那我不还是住在彼得格勒做着天鹅绒的梦吗？那我不还是一朵娇艳的白花在暖室里被供养着吗？……也许我现在是俄罗斯帝国驻巴黎的公使的夫人了。也许我已经在繁华的巴黎得着了交际明星的称号，令那些法国人，男的，女的，都羡瞎了眼睛了。也许我现在正在高加索的别墅里，坐观着那土人的有趣的跳舞，静听着那土人的原始的音乐。也许我正在遨游瑞士的山川，浏览意大利南方的景物……但是我现在沦落到这种羞辱的地步，这岂不是波尔雪委克所赐给我的恩惠吗？我应当诅咒他们，这些破坏了我的命运的波尔雪委克！

然而我知道，我深深地知道，这诅咒是毫无裨益的事情。我诅咒只管诅咒，而他们由此毫不得到一点儿损失，反而日见强固起来……唉，让他们去罢，这些骂不死打不倒的，凶恶的波尔雪委克！

现在，当我要毁灭我自己生命的时候，一切对于我不都是一样吗？我曾希望野蛮的波尔雪委克在俄罗斯失败，因为我想回转自己的祖国，再扑倒于伏尔加河和彼得格勒的怀抱里。但是现在我什么希望都没有了，一切对于我都是无意义……让波尔雪委克得意罢，让俄罗斯灭亡罢，一切都让它去？而我，我不再做别的想念了，只孤独地走入自己的坟墓……

白根！请你原谅我罢，我现在也不能再顾及你了。你没有证实我对于你的希望，你没有拯救我的命运的能力……这十年来在你的面前，我也不知忍受了许多不堪言状的羞辱……然而我不愿意怨恨你，你又有什么过错可以使我怨恨你呢？这只是我的薄命而已……现在我不能再顾及你了。如果我没曾因为受苦而怨恨过你，那现在我也希望你别要怨恨我，别要怨恨我丢开你而去了。

十年来，我时时有丢开你的可能。我遇着了很多的客人，他们劝我丢开你而转嫁给他们……然而我都拒绝了。我宁可赚得一点羞辱的面包费来维持你的生活，不愿把你丢开，而另去过着安逸的生活。我现在也许偶尔发生一种鄙弃你的心情，然而你究竟曾热烈地爱过我，我也曾热烈地把你当做我的永远的爱人。我不忍心丢开你啊！我绝对地不会丢开你而嫁给别个男人，就作算是很有钱、很漂亮的男人……

是的，我不忍心丢开你而嫁给别个男人。但是现在我不能再继续我的羞辱的生命了。我想，我现在有丢开你的权利，不过这不是另嫁别人，而是消灭掉我自己的生命……白根！请你原谅我罢。我再不能顾及你了。

我很少的时候想起我的母亲，但是现在，当我要离开人间的时候，我却想起她的可怜的面容了。我想，她大概是久已死去了，大概是久已做了伏尔加河畔的幽魂。她那里能够经得起狂暴的革命的风浪呢？这是当然的事情。不过如果她还生在人世，如果她知道她的亲爱的丽莎，什么时候曾发过誓不学姐姐的丽莎，现在沦落到这种可怜的地步，那她将怎样地流着老泪啊！

薇娜！我的姐姐啊！也许你现在是波尔雪委克中的要角了。如果你知道你的妹妹……唉，那你将做什么感想呢？你轻视她？诅咒她？还是可怜她？但是，我的姐姐啊！你应当原谅我，原谅你的不幸的丽莎，这难道说是丽莎的过错吗？这难道说是丽莎的过错吗？……让你们得意罢，我的姐姐！让我！悄悄地死去，悄悄地死去……

明天……明天这时我的尸身要葬在吴淞口的海底了。我很希望我能充了鱼腹，连骨骼都不留痕迹。那时不但在这世界上没有了活的丽莎，而且连丽莎的一点点的灰末都没有了。如果上帝鉴谅我，或者会把我的尸身浮流到俄罗斯的海里，令我在死后尝一尝祖国的水味。那真是我的幸事了。然而在实际想来，这又有什么意义呢？

别了，我的俄罗斯！别了，我的庄严的彼得格勒！别了，我的美丽的故乡——伏尔加河！别了，一切都永别了！……

1929年4月14日于上海

（上海现代书局1929年8月初版）

冲出云围的月亮

蒋光慈

一

上海是不知道夜的。

夜的障幕还未来得及展开的时候，明亮而辉耀的电光已照遍全城了。人们在街道上行走着，游逛着，拥挤着，还是如在白天里一样，他们毫不感觉到夜的权威。而且在明耀的电光下，他们或者更要兴奋些，你只要一到那三大公司的门前，那野鸡会集的场所四马路，那热闹的游戏场……那你便感觉到一种为白天里所没有的紧张的空气了。

不过偶尔在一段什么僻静的小路上，那里的稀少的路灯如孤寂的鬼火也似地，半明不暗地在射着无力的光，在屋宇的角落里满布着仿佛要跃跃欲动也似的黑影，这黑影使行人本能地要警戒起来：也许那里隐伏着打劫的强盗，也许那里躺着如鬼一般的行乞的瘪三，也许那里就是鬼……天晓得！……在这种地方，那夜的权威就有点向人压迫了。

曼英每次出门必定要经过C路，而这条短短的C路就是为夜的权威所达到的地方。在白天里，这C路是很平常的，丝毫不令人发生特异的感觉，可是一到晚上，那它的面目就完全变为乌黑而可怕的了。曼英的胆量本来是很大的，她曾当过女兵，曾临过战阵，而且手上也曾溅过人血……但不知为什么当她每晚一经过这C路的时候，她总是有点毛发悚然，感觉着不安。照着许多次的经验，她本已知道那是不会有什么危险的事情发生的，但是她的本能总是警戒着她：那里也许隐伏着打劫的强盗，也许那里躺着如鬼一般的行乞的瘪三，也许那里就是鬼……天晓得！

曼英今晚又经过这条路了。她依旧是照常地，不安地感觉着，同时她的理智又讥笑她的这种感觉是枉然的。但是当她走到路中段的时候，忽然听见一种嗯嗯的如哭泣着也似的声音，接着她便看见了那墙角里有一团黑影在微微地移动。她不禁有点害怕起来，想迅速地跑开；但是她的好奇心使她停住了脚步，想近前去看一看那黑影到底是什么东西，是人还是鬼。她壮一壮胆子，便向那黑影走去。

"是谁呀？"她认出了黑影是一个人形，便这样厉声地问。

那黑影显然是没有觉察到曼英的走近，听见了曼英的发问，忽然大大地战动了一下，这使得曼英吓退了一步。但她这时在黑暗中的确辨明了那黑影是个人，而且是一个小孩子模样，便又毅然走近前去，问道：

"你是谁呀？在此地干吗？"

曼英没有听见回答，但听见那黑影发出的哭声。这是一个小姑娘的哭声……这时恐惧心，好奇心，都离开曼英而去了，她只感觉得这哭声是异常地悲哀，是异常地可怜，又是异常地绝望。她的一颗心不禁跳动起来，这跳动不是由于恐惧，而是由于一种深沉的同情的刺激……

曼英摸着了那个正在哭泣着的小姑娘的手，将她慢慢拉到路灯的光下，仔细地将她一看，只见她有十三四岁的模样，圆圆的面孔，眼睛哭肿得如红桃子一般，为泪水所淹没住了，她的右手正揩着腮庞的泪水……她低着头，不向曼英望着……她的头发很浓黑，梳着一根短短的辫子……穿着一身破旧的蓝布衣……

"这大概是哪一家穷人的女儿……工人的女儿……"曼英这样想道，仍继续端详这个不做声的小姑娘的面貌。

"你为什么哭呢，小姑娘？你叫什么名字，姓什么？"曼英这样开始很温和地问她，她大约由这一种温和的话音里，感觉到曼英不是一个坏人，至少不是她的那个狠毒的姑妈，慢慢地抬起头来，向曼英默默地看了一会，似乎审视曼英到底是什么人物也似的，是好人呢还是坏人，可以不可以向这个女人告诉自己的心事……她看见曼英是一个女学生的装束，满面带着同情的笑容，那两眼虽放射着很尖锐的光，但那是很和善的……她于是很放心了，默默地又重新将头低下。曼英立着不动，静待着这个小姑娘的回答。

忽然，小姑娘在曼英的前面跪下来了，双手紧握着曼英的右手，如神经受着很大的刺激也似地，颤动着向曼英发出低低的，凄惨的声音：

"先生！小姐！……你救我……救我……他们要将我卖掉，卖掉……我不愿意呵！……救一救我！……"

曼英见着她的那种泪流满面的，绝望的神情，觉得心头上好像被一根大针重重地刺了一下。

"哪个要把你卖掉呢？"曼英向小姑娘问了这末一句，仿佛觉得自己的声音也在颤动了。

"就是他们……我的姑妈，还有，我的姑父……救一救我罢！好先生！好小姐！……"

曼英不再问下去了，很模糊地明白了是怎么一回事。她一时地为感情所激动了，便冒昧地将小姑娘牵起来，很茫然地将她引到自己的家里，并没计及到她是否有搭救这个小姑娘的能力，是否要因为此事而生出许多危险来……她将小姑娘引到自己的家里来了。

那是一间如鸟笼子也似的亭子间，然而摆设得却很精致。一张白毯子铺着的小小的铁床，一张写字台，那上面摆着一个很大的镜子及许多书籍……壁上悬着许多很美丽的画片……在银白色的电光下，这一间小房子在这位小姑娘的眼里，是那样地雅洁，是那样地美观，仿佛就如曼英的本人一样。一进入这一间小房子里，这位小姑娘便利用几秒钟的机会，又将曼英，即她的救主，重新端详一遍了。曼英生着一个椭圆的白净的面孔，在那面孔上似乎各部分都匀称，鼻梁是高高的，眼睛是大而美丽，口是那样地小，那口唇又是那样地殷红……在她那含着浅愁的微笑里，又显得她是如何地和善而多情……雅素无花的紫色旗袍正与她的身份相称……小姑娘从前不认识她，即现在也还不知道她的姓名，然而隐隐地觉着，这位小姐是不会害她的……

曼英叫小姑娘与自己并排地向床上坐下之后，便很温存地，如姐姐对待妹妹，或是如母亲对待女儿一样，笑着问道：

"你姓什么，叫什么名字？"

"我姓吴，我的名字叫阿莲。"小姑娘宛然在得救了之后，很安心地这样说着了。不过她还是低着头，不时地向那床头上挂着的曼英的照片瞟看。曼英将她的手拿到自己的手里，抚摸着，又继续地问道：

"你的姑妈为什么要将你卖掉？你的妈妈呢？爸爸也愿意吗？"

"我的爸爸和妈妈……都死了……"小姑娘又伤心地哭起来了，两个小小的肩头抽动着。泪水滴到曼英的手上，但是曼英为小姑娘的话所牵引着了，并没觉察到这个。

"别要哭，好好地告诉我。"曼英安慰着她说道，"你的爸爸和妈妈死了很久吗？他们是怎样死的？你爸爸生前是干什么的？……别要哭，好好地告诉我。"

小姑娘听了曼英的话，眼见得用很大的力量将自己的哭声停住了。她将手从曼英的手里拿开，从腰间掏出一块小小的满布着污痕的方巾来，将眼睛拭了一下，便开始为曼英述说她那爸爸和妈妈的事来。这小姑娘眼见得是很聪明的，述说得颇有秩序。曼英一面注视着她的那只小口的翕张，一面静听着她所述说的一切，有时插进去几句问语。

"爸爸和妈妈死去已有半年多了。爸爸比妈妈先死。爸爸是在闸北通裕工厂做生活的，那个工厂很大，你知道吗？妈妈老是害着病，什么两腿臃肿的病，肿得那末粗，不得动。一天到晚老是要我服侍她。爸爸做生活，赚钱赚得很少，每天的柴米都不够，你看，哪有钱给妈妈请医生治病呢？这样，妈妈的病老是不得好，爸爸也就老是不开心。他整日地怨天怨地，不是说命苦，就是说倒霉。有时他会无原无故地骂起我来，说我为什么不生在有钱的人家……不过，他是很喜欢我的呢。他从来没打过我。他不能见着肿了腿的妈妈，一见着就要叹气。妈妈呢，只是向我哭，什么命苦呀，命苦呀，一天总要说得几十遍。我是一个小孩子，又有什么方法想呢？……

"去年有一天，在闸北，街上满满地都是工人，列着队，喊着什么口号，听说是什么示威运动……我也说不清楚那到底是一回什么事情。爸爸这一天也在场，同着他们喊什么打倒……打倒……他已经是上了年纪的人，为什么也要那样子呢？我不晓得。后来不知为着什么，陡然间来了许多兵，向着爸爸们放起枪来……爸爸便被打死了……"

阿莲说到此地，不禁又放声哭起来了。曼英并没想劝慰她，只闭着眼想象着那当时的情形……

"小姐，请你告诉我，他们为什么要把我的爸爸打死了呢？他是一个很老实的人，又没犯什么法……"阿莲忽然停住了哭，两眼放着热光，很严肃地向曼英这样问着说，曼英一时地为她所惊异住了。两人互相对视了一会，房间中的一切即时陷入到沉重的静默的空气里。后来曼英开始低声地说道：

"你问我为什么你的爸爸被打死了吗？因为你的爸爸想造反……因为你们的日子过得太不好了，你的妈妈没有钱买药，请医生，你没有钱买布缝衣服……他想把你们的日子改变得好些，你明白了吗？可是这就是造反，这就该打死……"

"这样就该打死吗？这样就是犯法吗？"阿莲更将眼光向曼英逼射得紧了，仿佛她在追问着那将她的爸爸杀死了的刽子手也似的。曼英感觉到一种沉重的心灵上的压迫，一时竟回答不出话来。

"这样就该打死吗？这样就是犯法吗？"阿莲又重复地追问了这末两句，这逼得曼英终于颤动地将口张开了。

"是的，我的小姑娘，现在的世界就是这样的……"

阿莲听了曼英的答案，慢慢地低下头来，沉默着不语了。这时如果曼英能看见她的眼光，那她将看见那眼光是怎样地放射着绝望，悲哀与怀疑。

曼英觉得自己的答案增加了阿莲的苦痛，很想再寻出别的话来安慰她，但是无论如何找不出相当的话来。她只能将阿莲的头抱到自己的怀里，抚摸着，温声地说道：

"呵，小妹妹，我的可怜的小妹妹……"

阿莲沉默着受她的抚慰。在阿莲的两眼里这时没有泪潮了，只射着枯燥的，绝望的光。她似乎是在思想着，然而自己也不知道她所思想的是什么……

忽然曼英想起来阿莲的述说并没有完结，便又向阿莲提起道：

"小妹妹，你爸爸是被打死的，但是你妈妈又是怎样死的呢？你并没有说完呀。"

阿莲始而如没听着也似的，继而将头离开曼英的怀里，很突然地面向着曼英问道：

"你问我妈妈是怎样死的吗？"

曼英点一点头。

阿莲低下头来，沉吟了一会，说道：

"妈妈一听见爸爸死了，当晚趁着我不在跟前的时候，便用剪刀将自己的喉管割断了……当我看见她的时候，她死得是那样地可怕，满脸都是血，睁着两个大的眼睛……"

阿莲用双手将脸掩住了，全身开始颤动起来，眼见得她又回复到当时她妈妈自杀的惨象。她并没有哭，然而曼英觉得她的一颗心比在痛哭时还要颤动。这样过了几分钟，曼英又重复将她的头抱到怀里，抚摸着说道：

"小妹妹，别要这样呵，现在我是你的姐姐了，诸事有我呢，别要伤心罢！"

阿莲从曼英的怀里举起两眼来向曼英的面孔望着，不发一言，似乎不相信曼英所说的话是真实的。后来她在曼英的表情上，确信了曼英不是在向她说着谎言，便低声地，如小鸟哀鸣着也似的，说道：

"你说的话是真的吗？你真要做我的姐姐吗？但是我是一个很穷的女孩子呢……"

"我也是同你一样地穷呵。"曼英笑起来了，"从今后你就住在我这里，喊我做姐姐好吗？"

阿莲的脸上有点笑容了，默默地点点头。曼英见着了她的这种神情，也就不禁高兴起来，感觉到很大的愉快。这时窗外响着卖馄饨的梆子声，这引起了曼英的一种思想：这位小姑娘大概没有吃晚饭罢，也许今天一天都没有吃饭……

"小妹妹，你肚子饿吗？"

阿莲含着羞答道：

"是的，我从早就没有吃饭。"

于是曼英立起身来，走出房去，不多一会儿就端进一大碗馄饨来。阿莲也不客气，接过来，伏在桌子上，便一气吃下肚里。曼英始而呆视着阿莲吃馄饨的形状，继而忽然想道："她原来是从人家里逃出来的，他们难道说不来找她吗？如果他们在我的家里找到她，那他们不要说我是拐骗吗？……这倒如何是好呢？"于是曼英有点茫然了，心中的愉快被苦闷占了位置。她觉着她不得不救这个可怜的，现在看起来又是很可爱的小姑娘……她已经把这个小姑娘当做自己的小妹妹了。但是……如果不幸而受了连累……

曼英不禁大为踌躇起来。"怎么办呢？"这个问题将她陷入于困苦的状态。而且她一瞬间又想起来了自身的身世，那就是她也是被社会践踏的一个人，因此她恨社会，恨人类，希望这世界走入于毁灭，那时将没有什么幸福与不幸福，平等与不平等的差别了，那时将没有了她和她一样被侮辱的人们，也将没有了那些人面兽心的、自私自利的魔鬼……那时将一切都完善，将一切都美丽……不过在这个世界未毁灭以前，她是不得将她的恨消除的，她将要报复，她将零星地侮辱着自己的仇人。而且，她想，人类既然是无希望的，那她再不必怜悯任何人，也不必企图着拯救任何人，因为这是无益的，无意义的呵……现在她贸然地将这个小姑娘引到自己的家里，这是不是应该的呢？具着这种思想的她，是不是有救这个小姑娘的必要呢？不错，从前，她是曾为过一切被压迫的人类而奋斗的，但是，现在她是在努力着全人类的毁灭，因此，她不应再具着什么怜悯的心情，这就是说，她现在应将这个小姑娘再拉到门外去，再拉到那条恶魔的黑街道让她哭泣。

这些思想在曼英的脑中盘旋着不得归宿……她继续向吃馄饨的阿莲呆望着，忽然看见阿莲抬起头来，两眼射着感激的光，向曼英微笑着说道：

"多谢你，姐姐！我吃得很饱了呢。"

这种天真的小姑娘的微笑，这种诚挚的感激的话音，如巨大的霹雳也似的，将曼英的脑海中所盘旋着的思想击散了。不，她是不能将这个小活物抛弃的，她一定要救她！……

曼英不再思想了，便接着阿莲的话向她问道：

"你吃饱了吗？没有吃饱还可以再买一碗来。"

"不，姐姐，我实在地吃饱了。"

因为吃饱了的原故，阿莲的神情更显得活泼些，可爱些。曼英又默默地将她端详了一会，愉快的感觉不禁又在活动了。

曼英的脸上波动着愉快的微笑……

这时，从隔壁的人家里传来了钟声，咚咚地响了十一下……曼英惊愕了一下，连忙将手表一看，见正是十一点钟了，不禁露出一点不安的神情。她想道，"今晚本是同钱培生约好的，他在S旅馆等我，叫我九点半钟一定到。可是现在是十一点钟了，我去还是不去呢？若要去的话，今夜就要把这个小姑娘丢在房里，实在有点不妥当……得了，还是不去，等死那个杂种！买办的儿子！……"

于是曼英不再想到钱培生的约会，而将思想转到阿莲身上来了。这时阿莲在翻着写字台上的画册，没有向曼英注意，曼英想起"他们要把我卖掉"一句话来，便开口向阿莲问道：

"阿莲，你说你的姑妈要将你卖掉，为什么要将你卖掉呢？你今晚是从她家里跑出来的吗？"

正在出着神，微笑着，审视着画片，——那是一张画着飞着的安琪儿的画片——的阿莲，听见了曼英的问话，笑痕即刻从脸上消逝了，现出一种苦愁的神情。沉吟了一会，她目视着地板，慢声地说道：

"是的，我今晚是从我的姑妈家跑出来的。爸爸和妈妈死后，姑妈把我收在她的家里。她家里是开裁缝铺子的。起初一两个月，她和姑父待我还好，后来不知为什么渐渐地变了。一家的衣服都叫我洗，我又要扫地，又要烧饭，又要替他们倒茶拿烟……简直把我累死了。可是我是一个没有父母的人又有什么法子想呢？只好让他们糟踏我……我吃着他们的饭呀……不料近来他们又起了坏心思，要将我卖掉……"

"要将你卖到什么地方去呢？"曼英插着问了这末一句。

"他们要把我卖到堂子里去。"阿莲继续着说道，"他们只当我是一个小孩子，不知事，说话不大避讳我，可是我什么都明白了。就在明天就有人来到姑妈家领我……我不知道那堂子是怎样，不过我听见妈妈说过，那吃堂子的饭是最不好的事情，她就是饿死，也不愿将自己的女儿去当婊子……那卖身体是最下贱的事情！……我记得妈妈的话，无论怎样是不到堂子里去的。我今天趁着他们不防备便跑出来了……"

这一段话阿莲说得很平静，可是在曼英的脑海中却掀动了一个大波。"那吃堂子的饭是最不好的事情……那卖身体是最下贱的事情……"这几句话从无辜的、纯洁的阿莲的口中发出来，好像棒锤一般，打得她的心痛。这个小姑娘是怕当妓女才跑出来的，才求她搭救……而她，曼英，是怎样的人呢？是不是妓女？是不是在卖身体？若是的，那吗，她在这位小姑娘的眼中，就是最下贱最不好的人了，她还有救她的资格吗？如果阿莲知道了此刻立在她的面前的人，答应要救她的人，就是那最下贱的婊子，就是那卖身体的人，就是她所怕要充当的人，那她将要有如何表示呢？那时她的脸恐怕要吓变了色，她恐怕即刻就要呼号着从这间小房子跑出去，就使曼英用尽生平的力气也将她拉不转来……那该是一种多末可怕的景象呵！曼英将一个人孤单地留在自己的房里，受了阿莲的裁判，永远地成为一个最下贱的人！这裁判比受什么酷刑都可怕！……不，无论如何，曼英不能向阿莲告诉自己的本相，不能给她知道了真情。什么事情都可以，但是这……这是绝对不可以的！曼英这时不但不愿受阿莲的裁判，更不愿阿莲离她而去。

但是曼英是不是妓女呢？是不是最下贱的人呢？曼英自问良心，绝对地不承认，不但不承认，而且以为自己是现社会最高贵的人，也就是最纯洁的人。不错，她现在是出卖着自己的身体，然而这是因为她想报复，因为她想借此来发泄自己的愤恨。当她觉悟到其他的革命的方法失去改造社会的希望的时候，她便利用着自己的女人的肉体来作弄这社会……这样，难道能说她是妓女，是最下贱的人吗？如果阿莲给了曼英这种裁判，那只是阿莲的幼稚的无知而已。

但是阿莲的裁判对于曼英究竟是很可怕，无论如何，她是不愿受阿莲的裁判的。那钱培生，买办的儿子，或者其他什么人，可以用枪将曼英打死，可以将曼英痛击，这曼英都可以不加之稍微的注意，但她不愿意阿莲当她是一个不好的人，不愿意阿莲离她而去，将她一个人孤单地，如定了死刑也似地，留在这一间小房里。不，什么都可以，但是这……这是不可以的！

曼英不预备将谈话继续下去了。她看见阿莲只是打呵欠，知道她是要睡觉了，便将床铺好，叫阿莲将衣解开睡下。阿莲在疲倦的状态中，并没注意到那床是怎样地洁净，那被毯是怎样地柔软，是为她从来所没享受过的。小孩子没有多余的思想，她向床上躺下，不多一会儿，便呼呼地睡着了。

阿莲觉着自己得救了，不会去当那最下贱的婊子……她可以安心睡去了。曼英立在床边，看着她安静地睡去，接着在那小姑娘的脸上，看见不断地流动着天真的微笑的波纹，这使得曼英恍惚地忆起来一种什么神圣的，纯洁的，曾为她的心灵所追求着的憧憬……这又使得曼英忆起来自己的童年，那时她也是这末样一个天真的小姑娘，也许在睡觉时也是这样无邪地微笑着……也许这躺着的就是她自己，就是她自己的影子……

曼英于是躬起腰来，将头伸向阿莲的脸上，轻轻地，温存地，微笑着吻了几吻。

二

窗外的雨淅沥地下着，那一种如怨如诉的音调，在深夜里，会使不入梦的人们感觉到说不出的，无名的紧张的凄苦，会使他们无愁思也会发生出愁思来。如果他们是被摈弃者，是生活中的失意者，是战场上的败将，那他们于这时会更感到身世的悲哀，频频地要温起往事来。

今夜的曼英是为这雨声所苦恼着了……从隔壁传来了两下钟声，这证明已是午夜两点钟的辰光了，可是她总是在床上翻来覆去睡不着。她本想摈去一切的思想，但是思想如潮水一般，在她的脑海里激荡，无论如何也摈去不了。由阿莲的话所引起来的思想，虽然一时地被曼英所收束了，可是现在又活动起来了，它就如淅沥的雨一点一点地滴到她的心窝也似的，使得那心窝颤动着不安。她是不是在做着妓女的勾当呢？她是不是最下贱的卖身体者呢？呵，如果此刻和她睡在一张床上的小姑娘，从半夜醒来，察觉到了她的秘密，而即惊慌地爬起身来逃出门去，那该是多末样地可怕，多末样地可怕……

曼英想到此处，不禁打了一个寒噤。一方面她在意识上不承认自己是无知的妓女，不承认自己是最下贱的卖身体者，但是在别一方面，当她想起阿莲的天真的微笑，听着她的安静的鼾声的时候，她又仿佛觉得她在阿莲面前做了一件巨大的、不可赦免的罪过……唉，这是怎么一回事呢？最讨厌的思想呵！……

她知道，如果在一年以前，当她为社会的紧张的潮流，那一种向上的、热烈的、充满着希望的氛围所陶醉，所拥抱着的时候，那她将不会在这个小姑娘面前发生丝毫的惭愧的、不安的、苦恼的感觉，那她将又是一样地把持着自己。但是现在……现在她似乎和从前的她是两个人了，是两个在精神上相差得很远的人了……虽然曼英有时嘲笑自己从前的痴愚，那种枉然的热烈的行为：社会是改造不好的，与其幻想着将它改造，不如努力着将它破毁！……这是曼英现在所确定了的思想。她不但不以为自己比从前坏，而且以为自己要比从前更聪明了。但是现在在这个无知的小姑娘面前，她忽然生了惭愧和不安的感觉，似乎自己真正有了点不洁的样子，似乎现在的聪明的她，总有点及不上那一年前的愚痴的女兵。这到底是怎么一回事呢？唉，苦恼呵！……曼英几乎苦恼得要哭起来了。

她慢慢地回想起来了自己的过去。

那是春假期中的一天下午。家住在省城内和附近的同学们都回家去了，在校中留下的只是从远处来的学生。曼英的家本是住在城内的，可是在放假的第一天，她并不打算回家，因为她等待着她的男友柳遇秋自H镇的来信，她计算那信于这一天一定是可以到的。果然，那信于那一天下午带着希望、情爱和兴奋投到曼英的手里了。

信中的大意是说，"我的亲爱的妹妹！此间真是一切都光明，一切都是活生生的现象……军事政治学校已经开学了，你赶快来罢，再迟一点儿，恐怕就要不能进去了！那时你将会失望……来罢，来罢，赶快地来！……"

这一封信简直是一把热烈的情爱的火，将曼英的一颗心在欢快的激荡中燃烧起来了。她由这封信开始幻想起那光明的将来：她也许会如那法国的女杰一般，带着英勇的战士的队伍，将中国从黑暗的压迫下拯救出来……就不然，她也可做一个普通的忠实的战士，同群众们歌唱着那胜利的凯歌。至于柳遇秋呢？……她爱他，从今后他们可以在一起做着光明的事业了，将时常谈话，将时常互相领略着情爱的温存……然而，曼英那时想道，这是末一层了。

曼英将柳遇秋的信反复地读了几遍，不禁兴奋得脸孔泛起红来，似乎全身的血液都沸腾起来了的样子。她连忙跑到她的好友杨坤秀的房里，不顾杨坤秀在与不在，便老远地喊起来了：

"坤秀！坤秀！来，我的好消息到了！……"

正在午睡的坤秀从梦中醒来，见着欢欣地红着脸的曼英立在她的床前，不禁表现出无限的惊愕来：

"什么事情，这样地乱叫？！得到宝贝了吗？"

"比得到宝贝还紧要些呢！"曼英高兴地笑着说。于是她向坤秀告诉了关于柳遇秋的信，她说，她决定明天就动身到H镇去……

"坤秀，你要知道这是千载一时的机会呵！我非去不可！"她这样地补着说。

杨坤秀，一个年纪与曼英相仿的胖胖的姑娘，听了曼英的话之后，腮庞现出两个圆圆的酒窝来，不禁也兴奋起来了。

"我可以和你同去吗？"坤秀笑着这样坚决地问。

"你真的也要去吗？那就好极了！"曼英喜欢得跳起来了。"你不会说假话吗？"曼英又补着反问这末一句。

"谁个和你说假话来！"

这最后的一句话是表明着坤秀是下了决心的了，于是曼英开始和她商量起明天动身的计划来。初次出门，两个女孩儿家，是有许多困难的，然而她们想，这又有什么要紧呢？出门都不敢，还能去和敌人打战吗？现在应当是女子大着胆去奋斗的时代了。……

当晚她回到自己的家里。快要到六十岁了的白发的母亲见着曼英回来了，依旧欢欣地向她表示着温存的慈爱。哥哥不在家里，不知到什么地方去了，曼英也没有问起。在和母亲谈了许多话之后（她没有告诉她要到H镇去当女兵去呵！），她走到自己的小小的房间里，那小房间内的一切，在绿色灯伞的电光下，依旧照常地欢迎着它们的主人，向它们的主人微笑……你看那桌子上的瓶花，那壁上悬着的画片，那为曼英所心爱的一架白胶镶着边的镜子……但是曼英明天要离它们而去了，也许是永远地要离它们而去了。曼英能不动物主之感吗？她是在这间房子内度着自己青春的呵！……然而曼英这时的一颗心只系在柳遇秋的一封信上，也许飞到那遥远的H镇去了，并没曾注意到房间内的一切的存在。因之，她一点儿伤感的情怀都没有，仅为着那迷茫的，在她这时以为是光明的将来所沉醉着了。

她将几件零用的东西收拾了一下。将路费也藏收好了……

如果在雨声淅沥的今夜，曼英苦恼着，思想起来自己的过去，则在那当她要离家而赴H镇的前夜，可以说她的思想完全消耗到对于自己的将来的描写了。那时她的心境是愉快的，是充满着希望的，是光明的，光明得如她所想象着的世界一样。不错，曼英还记得，那时她一夜也是未有入梦，像今夜的辗转反侧一样，但是那完全是别一滋味，那滋味是甜蜜的，浓郁的。

第二天，天刚发亮，她就从床上起来了。她和坤秀约好了，要赶那八点半钟的火车……母亲见她起得这样早，不免诧异起来：

"英儿，你为什么这样早就起来了呢？学校不是放了假吗？"

"有一个同学今天动身到H镇去，我要去送她的行呢。"

曼英见着她的衰老的老母亲的一副可怜的形容，虽然口中很活象地扯着谎，可是心中总有点难过。她觉着自己的眼眶内渐渐要涌起泪潮来。但是她忍着心转而一想，"匈奴未灭，何以家为！……"便急忙忙地走出家门，不再向她的母亲回顾了。

……她们终于上了火车。在三等的车厢中，人众是很拥挤着，曼英和坤秀勉强地得到了一个坐位。她伏着窗口，眺望那早晨的、清明的、绿色的原野，柔软的春天的风一阵一阵地吹到她的面孔上，吹散了她的头发，给她以无限的、新鲜的、愉快的感觉。初升的朝阳放射着温暖而抚慰的辉光，给与人们以生活的希望。曼英觉得那朝阳正是自己的生活的象征，她的将来也将如那朝阳一样，变为更光明，更辉耀。总而言之，曼英这时的全身心充满着向上的生活力，如果她生有翼翅，那她便会迎朝阳而飞去了。

当曼英向着朝阳微笑的时候，富于脂肪质的坤秀，大约昨夜也没有入梦，现在伏在衣箱子上呼呼地睡着了。曼英想将她推醒，与自己共分一分这伟大的自然界的赐与，但见着她那疲倦的睡容，不禁又把这种思想取消了。

当晚她们到了H镇，找到了一家旅馆住下……也许是因为心理的作用罢，曼英看见H镇中电灯要比别处亮，H镇一切的现象要比别处新鲜，H镇的空气似乎蕴含着一种说不出的香味，就是连那卖报的童子的面孔上，也似乎刻着革命两个字……

她庆幸她终于到了H镇了。

在旅馆刚一住下脚，她便打电话给柳遇秋，叫他即刻来看她，可是柳遇秋因为参加一个什么重要的会议，不能分身，说是只能等到明早了。曼英始而有点失望，然转而一想，反正不过是一夜的时间，又何必这样着急呢？……于是她也就安心下来了。

第二天一清早，当曼英和她的同伴刚起床的时候，柳遇秋便来了。这是一个穿着中山装，斜挂着皮带，挟着黑皮包的青年，他生着一副白净的面孔，鼻梁低平，然而一双眼睛却很美丽，放射着妩媚的光。曼英大概是爱上了他的那一双眼睛，本来，那一双眼睛是很能引动女子的心魂的。

曼英见着柳遇秋到了，欢喜得想扑到他的怀里，但是一者坤秀在侧，二者她和柳遇秋的关系还未达到这种亲昵的程度，便终于将自己把持住了，没有那样做。

他们开始谈起话来：曼英将自己来H镇的经过告知柳遇秋，接着柳遇秋便满脸含着自足的笑容，一五一十地将H镇的情形说与她俩听，并说明了军事政治学校的状况。后来他并且说道，不久要打到北京，要完成伟大的事业……曼英听得如痴如醉，不禁很得意地微笑起来了。这微笑一半是由于这所谓"伟大的事业"的激动，一半也是由于她看见了柳遇秋这种有为的，英雄的，同时又是很可爱的模样，使她愉快得忘了形了。呵，这是她所爱的柳遇秋，这是她的，而不是别人的，而不是杨坤秀的！……曼英于是在坤秀面前又有点矜持的感觉了。

过了三日，她们便搬进军事政治学校了。曼英还记得，进校的那一天，她该是多末地高兴，多末地富于新鲜的感觉！同时又得怎样地畏惧，畏惧自己不能符合学校的希望。但是曼英是很勇毅的，她不久便把那种畏惧的心情摈去了。已经走上了火线，还能退后吗？……

于是曼英开始了新的生活：穿上了灰色的军衣，戴上了灰色的帽子，俨然如普通的男兵一般，不但有时走到街上不会被行人们分别出来，而且她有时照着镜子，恐怕她也要忘却自己的本相了。在日常的生活之中，差不多完全脱去了女孩儿家的习惯，因为这里所要造就的，是纯朴的战士，而不是羞答答的，娇艳的女学生；这里经常所讨论的，是什么国际情形，革命的将来……而不是什么衣应当怎样穿，粉应当怎样擦，怎样好与男子们恋爱……不，这里完全是别的世界，所过的完全是男性的生活！如果从前的曼英的生活，可以拿绣花针来做比喻，那末现在她的生活就是一只强硬的来福枪了。在开始的两个礼拜，曼英未免有点生疏，不习惯，但是慢慢地，慢慢地，一方面她克服了自己，一方面也就被环境所克服了。

女同学们有二百多个。花色是很复杂的，差不多各省的人都有。有的说话的话音很奇怪，有的说话简直使曼英一句也听不懂。有的生得很强壮，有的生得很丑，有的两条腿下行走着一双半裹过的小脚……但是，不要看她们的话音是如何地不同，面貌是如何地相差，以至于走路时那裹过的与没有裹过的脚是如何地令人容易分别，但是在她们的身上似乎有一件类似的东西，如同被新鲜的春阳所照射着一样。在她们的眼睛里闪着同一的希望的光，或者在她们的脑海里也起伏着同一的思想，在她们的心灵里也充满着同一的希望。一种热烈的，浓郁的，似乎又是甜蜜的氛围，将她们紧紧地拥抱着，将她们化成为一体了，因此，曼英有时觉着自己不是自己，而仅是这个集体的一部分。这时，曼英的好友，杨坤秀，虽然有时因为生活的艰苦，曾发出来许多怨言，但她究竟也不得不为这种氛围所陶醉了。

女同学中有一个姓崔的，她是来自那关外，来自那遥远的奉天。她刚是十七岁的小姑娘，尚具着一种天真的稚气。但她热烈得如火一般，宛然她就是这世界的主人，她就是革命的本质。如果曼英有时还怀疑自己，还怀疑着那为大家所希望着的将来，那她，这个北方的小姑娘，恐怕一秒钟也没怀疑过，宛然她即刻就可以将立在她的面前的光明的将来实现出来。曼英清清楚楚地记得，她的那一双圆眼睛是如何地射着热烈的光，她的腮庞是如何地红嫩，在那腮庞上的两个小酒窝又是如何地天真而可爱……曼英和她成了很亲密的朋友。她称呼曼英为姐姐，有时她却迟疑地向曼英说道：

"我不应当称呼你姐姐罢？我应当称呼你同志，是不是？这姐姐两个字恐怕有点封建罢？……"

曼英笑着回答她说，这姐姐两个字并没有什么封建的意味，她还是称呼她为姐姐好。姐姐，这两个字，是表示年龄的长幼，而并不表示什么革命不革命，如果她称呼曼英为姐姐，那她是不会有什么"反革命"的危险的……

这个北方的小姑娘听了曼英的话，也就很安然地放了心了，继续着称呼她为姐姐。

那时，曼英有时幻想道：人类到了现在恐怕是已经到了解放的时期了，你看，这个小姑娘不是人类解放的象征吗？不是人类解放的标帜吗？……

曼英现在固然不再相信人类有解放的可能了，但是那时……那时她以为那一个圆眼睛的天真的小姑娘，就是人类解放的证据：有了这末样的小姑娘，难道说人类的解放不很快地要实现吗？那是没有的事！……曼英那时是这样确定地相信着。

因为生活习惯完全改变了的原故，曼英几乎完全忘却自己原来的女性了。从前，在C城女师读书的时候，虽然曼英已经是一个很解放的女子了，但她究竟脱不去一般女子的习惯：每天要将头发梳得光光的，面孔擦得白白的，衣服穿得整整齐齐的……有时拿镜子照一照自己，曼英见着那镜中微笑着的，宛然是一个风姿绰约的美，你看，那一双秀目，两道柳眉，雪白的面孔，红嫩欲滴的口唇，这不是一个很能令男子注目的女性吗？……曼英也同普通的女子一样，当发现自己生得很美丽的时候，不禁要意识到自己的高贵和幸福了。那时，与其说曼英是一个自以为解放了的女子，不如说曼英是一个自得的美人。但是进入了军事政治学校以后，曼英完全变成为别一个人了。她现在很少的时候照过镜子，关于那些女孩儿家的日常的习惯，她久已忘却到九霄云外去了。她现在只意识到自己是一个兵，是一个战士而已。偶尔在深夜的时分，如果她没有入梦，也曾想起男女间的关系，也曾感觉到自己的年轻的肉体和一颗跳动的心，开始发生着性爱的要求……但是当天光一亮，起身号一鸣的时候，她即刻把这些事情都忘却了。她又开始和大家说笑起来，操练起来，讨论起来什么革命与反革命；……

但是，无论如何曼英是怎样地忘却了自己的女性，在一般男子看来，她究竟还是一个女子，而且是一个很美丽的女子。在同校的一般男学生中，有的固然也同曼英一样，忘却了自己的男性，并不追求着女性的爱慰，但是有的还是很注意到恋爱的问题，时时向女同学们追逐。女同学们中间之好看一点的，那当然更要为他们追逐的目标了。曼英现在虽然是女兵的打扮，虽然失去了许多的美点，虽然面孔也变黑了许多，但是她并不因此而就减少了那美人的丰韵。她依旧是一个美人，虽然她自己也许没意识到这一层。

女同学们中弱一点的，就被男同学们追逐上了。肥胖的杨坤秀似乎也交了几个男朋友……但是曼英想道，她来此地的目的并不是谈恋爱，谈恋爱也就不必来此地……而况且现在是什么时候呢？是革命青年们谈恋爱的时候吗？这简直是反革命！……

但是男同学们追逐着曼英，并不先问一问曼英的心情。他们依旧地向她写信（照着曼英的意思，这是些无耻的肉麻的信），依旧在闲空的时候就来访看她。有的直接向她表示自己的爱慕，有的不敢直接地表示，而借故于什么讨论问题，组织团体……这真把曼英烦恼着了！最后，她一接到了求爱的信，不看它们说些什么话，便撕掉丢到字纸篓里去；一听见有嫌疑的人来访，便谢绝一声不在家。这弄得追逐者没有办法了，只得慢慢地减低了向曼英求爱的希望。

但是，哪一个青年女郎不善怀春？曼英虽然不能说是一个怀春的女郎，但她究竟是一个女性，究竟不能将性的本能完全压抑，因此，她虽然拒绝了一般人的求爱，究竟还有一个人要在例外，那就是介绍她到H镇的柳遇秋，那就是她的心目中的特殊的男友柳遇秋……

在别一方面，我们也可以说，曼英之所以拒绝其他的一切男性，那是因为在她的心房内已经安置着了柳遇秋，不再需用任何的别一个人了。在意识上，曼英当然不承认这一层，但是在实际上她实在是这样地感觉着。如果她和别的男性在一块儿要忘却自己的女性，那她一遇见柳遇秋时，便会用着不自觉的女性的眼光去看他，便会隐隐地感觉到她正是在爱着他，预备将别人所要求着而得不到的东西完全交给他……柳遇秋实在是她的爱人了。

柳遇秋时常来到学校里访问曼英，曼英于放假的时日，也曾到过柳遇秋的寓处。两人见面时，大半谈论着一些革命，政治……的问题，很少表示出相互间的爱情的感觉。曼英的确是需要着柳遇秋的拥抱，抚摩，接吻……但是她转而一想，恋爱要妨害工作，那怀了孕的女子是怎样地不方便而可怕……便将自己的感觉用力压抑下去了。她不允许柳遇秋对于她有什么范围以外的动作。

有一天，曼英还记得，在柳遇秋的家里，柳遇秋买了一点酒菜，两人相对着饮起酒来。说也奇怪，那酒的魔力可以助长情爱的火焰，可以令人泄露自己的心窝内的秘密，可以使人做平素所不敢做的事。几杯酒之后，曼英觉着柳遇秋向她逐渐热烈地射着情爱的眼光，那眼光就如吸铁石一般，将曼英吸住了。曼英明白那眼光所说明的是些什么，也就感觉到自己的一颗心被那眼光射得跳动起来了……她的心神有点摇荡……眼睛要合闭起来了……于是她不自主地落到柳遇秋的拥抱里，她没有力量再拒绝他了。她第一次和柳遇秋亲密地，热烈地，忘却一切地接着吻……她周身的血液被情爱的火所燃烧着了。柳遇秋开始解她的衣扣……忽然，她如梦醒了一般，从柳遇秋的怀抱里跳起身来，使得柳遇秋惊诧得半晌说不出话来。

"遇秋，这是不可以的呵！"她向自己原来的椅子上坐下，血红着脸，很惊颤地说道，"你要知道……"她没将这句话说完，将头低下来了。

"你不爱我吗？"柳遇秋这样失望地问她。

"不，遇秋，我是爱你的。不过，现在我们万不能这样……"

"为什么呢？"

"你要知道……我们的工作……一个女子如果是……有了小孩子……那便什么事情都完了！我并不是怀着什么封建，思想，请你要了解我。我是爱你的，但是，现在我们不能够这样……你要替我设想一下呵！"

柳遇秋立起身来，在房中踱来踱去，不再做声了。曼英觉着自己有点对不起他，使得他太失望了……但是，她想，她有什么办法呢？现在无论如何她是不能这样做的。如果怀了孕，什么事情都完了，那是多末地可怕呵！那时她将不能做一个勇敢的战士，那时她将要落后……不，那是无论如何不可以的！

后来，柳遇秋很平静地说道：

"听我说，曼英！我们不必太过于拘板了。我们是青年，得享乐时且享乐……我老实地告诉你，什么革命，什么工作，我看都不过是那末一回事，不必把它太认真了。太认真了那是傻瓜……你怕有小孩子，这又成为什么问题呢？难道我们不能养活小孩子吗？如果我们大家相爱的话，我看，还是就此我们结了婚，其他的事情可以不必问……"

柳遇秋将话停住了。曼英抬起头来，很迟疑地望着他。似乎适才这个说话的人，不是她所知道的柳遇秋，而是别一个什么人……她想痛痛快快地将柳遇秋的意见反驳一下，然而不知为什么，她只很简单地说道：

"你不应当说出这些话来呵！这种意见是不对的。"

"也许是不对的，"柳遇秋轻轻地，如自对自地说道，"然而对的又是些什么呢？我想，我们要放聪明些才是。"忽然他逼视着曼英，如同下哀的美敦书也似的说道：

"曼英！你是不是愿意我们现在就结婚呢？如果你爱我，你就应当答应我的要求呵！这样延长下去，真是要把我急死了！"

曼英没有即刻回答他。她知道她应当严厉地指责柳遇秋一番，然而她在柳遇秋面前是一个女子，是一个为情爱所迷住了的女子，失去了猛烈的反抗性。最后她低声地，温存地，向柳遇秋说道：

"亲爱的，我为什么不爱你呢？不过要请你等一等，等我将学校毕了业，你看好吗？横竖我终久是你的……"

柳遇秋知道曼英的情性，也就不再强逼她服从自己的提议了。两人又拥抱着接起吻来。曼英还记得，那时她和柳遇秋的接吻是怎样地热烈，怎样地甜蜜！那时她虽然觉得柳遇秋说了一番错误的话，但是她依旧地相信他，以为那不过是他的一时的性急而已。她觉得她无论如何是属于他的，他也将要符合她的光明的希望。只要柳遇秋的眼光一射到她的身上时，那她便觉得自己是很幸福的人了。

除开柳遇秋而外，还有一个时常来校访问曼英的李尚志。这是曼英在C城学生会中所认识的朋友。他生得并不比柳遇秋丑些，然而他的眼睛没有柳遇秋的那般动人，他的口才没有柳遇秋的那般流利（他本是不爱多说话的人呵！），他的表情没有柳遇秋的那般真切。曼英之所以没有爱上他，而爱上了柳遇秋的原故，恐怕就是在于此罢。但是他有坚强的毅力，有一颗很真挚的心，有一个会思考的脑筋，这是为曼英所知道的，因此曼英把他当成自己的亲近的朋友。他是在爱着曼英，曼英很知道，然而柳遇秋已经将曼英的心房占据了，那又有什么办法呢？他所得到的，只是曼英的友谊而已！……

三

后来……后来，曼英感觉着H镇的空气渐渐地变了。无形中酝酿着什么，什么一种可怕的危机……虽然那还是不可捉摸的，然而人们已经感觉到那是不可免的，不是今天，就是明天……

再过了一些时，所谓反动的空气更加紧张了，这使得曼英感觉着自己的希望离开自己越远，因之那种欢欣的、陶醉的心情，现在变为沉郁的、惊慌的了。如果曼英初到H镇时，觉得一切都新鲜，一切都充满着活生生的希望，那她现在就要觉得一切都变为死寂，同时又暗藏着那狰狞的恐怖，说不定即刻就要露出可怕的面目来。

光明渐渐地消逝，黑暗紧紧地逼来……

那狰狞的，残忍的，反动的面目，终于显露出来……

那时柳遇秋不在H镇，李尚志因为什么久已到上海去了。那个北方的小姑娘被她的一位高大的哥哥拉到什么地方去了，而杨坤秀呢，在医院里害着病……

一切都变了相……

曼英还记得，那时她该是多末地悲愤！唉，如果她有孙行者的那般本领，有如来佛的那般法术！……但是曼英什么都没有，有的只是一颗悲愤得要爆裂了的心，一身要沸腾起来了的血液……怎么办呢？一点都没有办法！这时曼英有点感觉得自己是一个无能力的弱者了。

最后，在悲愤之中，然而又怀着坚决的，向前的希望，曼英和着其余的人们，走上了南征的路……

在那南征的路程上，曼英在自己的日记簿上，零碎地，写着自己思想和生活的断片：

"我们的事业就从此完了吗？不会，绝对地不会！我们一时地失败了，这并不能证明我们终没有成功的希望。但是，想起来，我究竟有点伤心，恨不得大大地哭一场才好……"

"我本是一个名门家的女儿，如果我现在在家里当小姐，那一定是很舒服的。但是现在我是一个女兵，沐风栉雨，可以说是苦楚难言。但是我并不悔恨呵！我觉着我的精神很伟大，因为……因为我是一个为人类解放而奋斗的战士呵。这战士要贵重于那些小姐们无数万倍，可不是吗？"

"今天走了九十几里路，只吃了一顿饱饭，真是疲倦极了。女同志中有几个赶不上路，怕大队把她们丢了，曾急得哭起来。她们也同我一样，从前本是娇生惯养的小姐呵……我看见她们那种苦楚的样子，真正地有点不忍呢。但是，这又有什么办法呢？……我们已经走上了这一条又是欢欣，又是苦楚，又是可怕，又是伟大的路！我们是没有退后的机会了。"

"昨夜露宿了一夜。我躺着仰望那天空中的闪烁着的星光，我觉着那些小世界里有一种令人不可思议的神秘。在那里到底是一些什么呢？唉，如果我能飞上去看看！……夜已经深了，同伴们都已呼呼地睡去，可是我总是睡不着。我想起柳遇秋来，我的亲爱的……他现在在什么地方呢？我们何时才能相会呢？也许他现在已经……呵，不会的，这是不会的呵！我不应当想到这一层。"

"我们前有敌人，后有追兵，不得不绕着崎岖的小道前进，可是这真就要苦煞我们了！男子们还没有什么，可是我们二十几个女子，真是要走得呼天天不应，呼地地不言！我不知何时才能到达我们的目的地，如果还要很久地走着这种难走的路，过着这种难过的生活，那我恐怕等不及到了地点，早已要呜呼哀哉了。脚上起了泡，泡破了即淌黄水，疼痛得难言，但是还要继续走着路，谁也不问你一声……"

"我们所经过的地方，居民们始而很怕我们，以为我们是什么凶恶的匪……可是后来他们觉着我们并不可怕，也就和我们略形亲近了。小孩子们，女人们，及一些少所见多所怪的男人们，一见着我们到了，便围上来看把戏，口中叽咕着，'女兵……女兵……'，把我们当做什么怪物也似的。我们二十几个女子之中，有的虽然走了很长的路，但还有精神向他们宣传，演讲……可是我，对不起，真是没有这种精神了。"

"这几天正是我月经来潮的时期……天哪，我为什么要生为一个女子呢？女子为什么一定要有这样讨厌的事情呢？这该是多末地不方便！如果人是为上帝所造的话，那我们为女子的就应该千诅咒上帝，万诅咒上帝。……一方面觉得身体是这样地不舒服，一方面仍要努着力走路……唉，女子要做一个战士，是怎样困难的事情呵！"

"今天和拦截我们的敌人，小小地打了一战，我们胜了，将他们缴了械。在打战时，我们女子的任务是看护伤兵……唉，我是怎样地想冲向前去，尝一尝冲锋陷阵的滋味！但是他们不允许我们，说我们女子的能力只能看护伤兵……这种意见是公平的吗？他们无论口中讲什么男女平等，如C就是很显著的一个例，心中总是有点看不起女子的……"

"M总是老追逐我……干什么呢？现在是谈情说爱的时候吗？就是谈情说爱，也轮不到他的身上来，你看他的那一副讨厌的面相，卑鄙的神情！癞虾蟆想吃天鹅肉吗？笑话！无论他的位置比我怎样高，可是我总是看不起他。我不明白像这样的人，为什么也能同我们一道呢？我是一个莫明其妙，两个莫明其妙，三个莫明其妙……"

"今天安下营来，C向我们说，'你们女子只可以煮煮饭，什么事都不行，若谈什么革命，那简直是笑话！……'我真是有点忍不住了，便纠合了我们二十几个女子，向他提出严重的抗议。问他是不是不要我们了，若以为我们没有用处，把我们尽行枪毙好了，免得说这些闲话。他看见我们很凶，终于认了错，赔了不是。这样像一个负责任的工作者所说的话吗？岂有此理！"

"一路来没有照过镜子，忘却了自己的面貌。今天，偶尔临着池水照了一下，天哪，我的面相黑瘦到怎样的地步！我简直认不得我自己了。从前被人称为美人的曼英，现在到了什么地方去了呢？但是我要做的，是一个伟大的战士，而不是一个什么娇弱的美人。过去的让它过去了罢！……今日的曼英再也不能回转为那被称为美人的曼英了。"

"我想起我的母亲……但是我为什么要想到她呢？她现在或者正为着我而流着老泪，或者正跪在那救苦救难的观音大士的神像前祷告，祷告她的唯一的女儿不至于罹灾受难……但是我，我现在是不应当念起她的呵。"

"密斯P和K姘上了……她因此有了马骑。大家看见密斯P的行为，都嗤之以鼻，连那个K的马弁都瞧不起她。天哪，我真不知她如何能有那种厚的脸皮！……近来M对我是失望了，便又去追逐别一个，密斯S。我看意志不大十分坚决的密斯S，是一定要被他追逐上的。我想劝一劝密斯S，然而，只好让她去……"

　　"今天可以说是在我生命史上最大的一个纪念日：我亲手枪毙了一个人……如果这事是在一年以前发生的，我是绝对不会相信我是能够做出这种事情的。我梦想也没梦想得到我将来会杀人，会做这种可怕的事情。但是今天我是杀了人了，而且我的心很安，并不因之发生特异的感觉，虽然在瞄准的时候，我的手未免有点颤动……事情是这样经过的，乡下捕来了一个面目可憎的土豪，他们说他是危害地方的老虎，欺寡凌弱，无所不为……我们以为这是没有多讨论的必要的，便决定将他枪决。一有了决定，大家便争着执行，几乎弄得吵打起来。本来关于这件事情，我们女子是没有份参加的。后来我见他们争执得不可开交，我便上前说道，这件事不如让我来做好。男子们同声赞成，有的竟拍起手来。当拿起枪来的一瞬间，未免有点胆怯，未免动了一动心，想道，这样一个活拉拉的人即刻就要在我的手中丢命，这未免有点太残忍吧？……但是我即刻想起来我们的任务，想起来被这个土豪所残害的人们，便咬着牙恨起来了……我终于在大家鼓掌的声中将我的敌人枪毙了。有了伟大的爱，才有伟大的恨，欲实现伟大的爱，不得不先实现伟大的恨……"

　　"昨天正在行军的当儿，天公落下了大雨，我的伞破了，浑身湿透得差不多如水公鸡一样。此时还不觉得有什么不舒服，可是一到安下了营时，我便觉得头有点发烧了。不料头越烧得越利害，大有支持不住之势。我是很利害地病起来了。女房主人为我烧了一大堆火，将我的衣服烘干，后来她很殷勤地劝我在她家的床上睡下。睡下后，我在头脑昏乱的状态中，暗自想道，我这一回是定死无疑了……听说后有大批的追兵……他们一定要将我丢掉，我一个人留在这里，我是定死无疑了……死我是不怕的，但是就这样地死了，就这样糊涂地死了，这不是太不值得了吗？唉，我是怎样地想生活着，想生活着再多做一些事情呵！……我觉得我有点伤起心来了，后来我竟流了泪。奇怪！我吃了些酒，发了一身大汗之后，便又觉得身体好起来了。今天还是继续着和大家一道儿走路，还是继续着和大家一道儿谈论我们的将来的事业……关于这一层，我应当向谁感谢呢？"

"密斯W发了急痧……死了……可怜她奔波了这一路，吃了无限的苦楚，到现在当我们快要到目的地的时候，不幸忽然地死了！'出师未捷身先死，常使英雄泪满襟'，让我们把这两句话做她的挽联罢。一路中我和她最合得来，但她现在永远离我而去了……我们没有佳棺来盛殓她，没有鲜花来祭奠她，我们很简单地将她裹在毯子里，在山坡下掘了一个土坑，放进去埋了。我们的事业不知何时才能成功，然而这个忠勇的，什么时候也曾是过一个美丽的女郎，现在已经为着这个事业而牺牲了。我怎么能够不在她的灵前痛哭一场呢？……"

曼英还记得，那时密斯W之死，在曼英的心灵上是怎样地留下了一个巨大的创伤！密斯W可以说是曼英的一个最要好的、情性相投的伴侣，在遥长的南征的路上，曼英有什么悲哀喜乐，都是与她共分着，但是现在她在半路中死了，曼英再也不能见到她的面，再也不能和她共希望着完成那伟大的事业……曼英思前想后，无论如何，不得不在密斯W的墓前，大大地痛哭一番了。这痛哭与其说是为着密斯W，不如说是为着曼英自己，因为密斯W之死，就是曼英的巨大的，不可言喻的损失呵！……

在那荒凉的，蔓草丛生的山坡下，密斯W永远地饮着恨，终古地躺着了……但是曼英觉得，在那里躺着的不过是密斯W的躯壳，而她的灵魂是永远地留在曼英的心灵里。就是到现在雨声渐沥的今夜，那密斯W的面相，她的一言一笑，不都是还很清白地在曼英的眼帘前现着吗？是的，曼英无论如何是不会将她忘记的……也许曼英现在嘲笑密斯W死得冤枉，不应当为着什么渺茫的伟大的事业而牺牲了自己……但是曼英究竟不得不承认密斯W，那个埋在那不知地名的荒凉的山坡下的女郎，是一个伟大的战士，是为她所不能忘怀的好友。

自从密斯W死后，生活陡然紧张起来了。和敌人战斗的次数逐渐加多了。曼英现在还记得那时她该是怎样地为着火一般的生活所拥抱着，那时她只顾得和着大家共着忧乐，忽而惊慌，忽而雀跃，忽而觉得光明快近了，忽而觉得黑暗又紧急地迫来，忽而为着胜利所沉醉，忽而为着失败所打击……总而言之，在如火如荼的、紧张的、枪林弹雨的生活中，曼英的一颗心没有安静下来的机会。

但是到了最后……曼英不愿意再回想下去了，因为那会使得曼英太不愉快，太觉得难堪了！光明终于被黑暗所压抑了，希望变成了绝望……在枪林弹雨之中，曼英并不畏惧死神的临头，如果因为她死，而所谓伟大的事业要向前进展一步，那她是不会悔恨的。但是在失败之后……曼英便觉得自己落入到绝望的、痛苦的、悲哀的海底了。不过这并不因为她起了对于死的恐惧，而是因为那所谓伟大的事业，在她觉得，是永远地完结了，因之在这地球上将要永远看不见那光明的一日，而黑暗的恶魔将要永远歌着胜利。

但是曼英，一个为光明而奋斗的战士，会不会在失败之后，在黑暗的恶魔面前，恭顺地写出自己的悔过书呢？不会的！高傲的性格限定住了曼英的行为，她可以死，可以受侮辱，然而她是不愿意投降的……曼英对于伟大的事业是失望了，然而她并没有对于她自己失望。她那时开始想道，世界大概是不可以改造的，人类大概是不可以向上的，如果想将光明实现出来，那大概是枉然的努力……然而世界是可以被破毁的，人类是可以被消灭的，与其要改造这世界，不如破毁这世界，与其振兴这人类，不如消灭这人类。曼英虽然觉得自己是失败了，然而她还没有死，还仍可以奋斗下去，为着自己的新的思想而奋斗……虽然她不能即刻整个地将它实现，然而她可以零碎地努力着将它实现。曼英仍然是一个战士，不过这在意味上是别一种方向了。……

后来……人地生疏的S镇……小旅馆……恐慌的，困惫的生活……对于家庭来信的期待……与陈洪运的识面……在陈洪运的家里……唉，这些讨厌的经过，曼英该是怎样地不愿意将它们回忆起来！曼英愿意它们从自己的脑海里永远地消逝，永远地不再涌现出来！

有一天，陈洪运也不知因为什么，来到曼英住着的小旅馆里。他看见曼英了。曼英那时虽然是很潦倒，虽然是穿着一身破旧的女学生的服装，但她旧日的神情究竟还未全改，在她的态度上究竟还呈露着一种特点来。陈洪运即刻便认出她是一个什么人物了。他本来即刻可以将她告发，将她送到囚牢里或断头台上去，然而不知因为什么（曼英后来是知道因为什么了），他发了慈悲心，要将曼英救出危险，并将她请到自己的家里。

这是一个二十五六岁的青年，无论在服饰或面孔上，都显得是一个很漂亮的人物。不过在那一双戴着玳瑁镜子的眼睛里，闪着一种逼人的险毒的、尖锐的光，这光一射到人的身上，便要令人感觉得他是在计算他，要为之悚然不安起来。曼英和他见面时，也有着同样的感觉……但是陈洪运是一个极精明的，他看见曼英迟疑的神情，便似乎很坦白地说道：

"女士，请你放宽心，我是可以将你保护得安安全全的。在旅馆住着，这是极不妥当的事情，如果一经查出，那可是没有法子想了。我家里很安适，有一个母亲，一个外甫（wife），两个小孩……如果你住在我的家里，那我敢担保谁个都不敢来问你。他们是很知道我的呵。不过，在思想方面，我虽然反对你，但是我绝对不主张……像他们那样的办法……请你放心，诸事自有我……"

曼英踌躇起来了。这向她说话的，在思想上，是她的敌人，是她要消灭的一个……然而他现在呈着胜利者的面孔，立在曼英的面前，要救曼英，要向曼英表示着自己的大量。曼英能承受他的恩惠吗？能在自己的敌人面前示弱吗？但是在别一方面，她知道陈洪运是可以即刻将她送到断头台上去的，那时她将完结了自己的奋斗的历史，将不再能奋斗了，这就是说曼英轻于牺牲了自己的生命，而让自己的敌人，陈洪运，无数无数的陈洪运，好安安顿顿地生活着下去，不会再受曼英的扰乱了……

不，这是不聪明的事情！曼英应当利用着这个机会，好延长自己的奋斗，好慢慢地向自己的敌人报复。如果就此死去，曼英最后想道，那对于她自己是太不值得，对于她的敌人是太便宜了！不，曼英不应当做出这种不聪明的事情！

于是曼英搬到陈洪运的家里住下了。……

这是一个很富有的家庭。大概因为陈洪运是一个新式的人物，屋中的一切布置，都具着欧化的风味。但是曼英初进入这种生疏的环境里，虽然受着很优的待遇，该是多末地不习惯，多末地不安！

果然，陈洪运家中的人数，如陈洪运向曼英所说的一样。一个贵族气味浓厚的母亲，一个艳装的，然而并不十分美丽的少妇，还有两个小孩子，——一个有五岁了，一个还在吃奶。曼英住在他们的家里无事做，只天天逗着那两个小孩子玩……一天过去了，又是一天……陈洪运的母亲待她仍依旧，陈洪运的老婆待她也仍旧，两个不知事的丫环待她也仍旧，可是陈洪运待她却逐渐地不同了。

陈洪运日见向曼英献着殷勤，不时地为她买这买那。在他的表情上，在他的话音里，在他的眼光中，曼英察觉到他所要求的是些什么了。如果在初期的时候，曼英总想不明白陈洪运的用意，那末现在她太过于了然了：原来是这末一回事！……久已忘却了镜子的曼英，现在不时地要拿镜子自照了。她见着那自己的面孔上虽然还遗留着风尘的倦容，虽然比半年前的曼英黑瘦了许多，然而那眼睛还是依旧地美丽，那牙齿还是依旧地洁白，那口唇还是依旧地红嫩，那在微笑时还是依旧地显现着动人的、可爱的、风韵的姿态……原来曼英虽然当过了女兵，虽然忍受了风尘的劳苦，雨露的欺凌，到现在还依旧地是一个美丽的女郎呵。如果曼英将自己和陈洪运的老婆比一比，那便见得陈洪运的老婆是怎样地不出色，怎样地难看了。

曼英忽然找到了报复的武器，不禁暗暗地欢快起来了。如果从前曼英感觉着陈洪运是胜利者，是曼英的强有力的敌人，那末她现在便感觉着自己对于陈洪运的权威了。陈洪运已经不是胜利者，胜利者将是曼英，一个被陈洪运俘虏到家里的女郎……

曼英觉察到了陈洪运的意思以后，也就不即不离地对待他，不时向他妩媚地送着秋波，或向他做着温柔的微笑。这秋波，这微笑，对于曼英是很方便的诱敌的工具，对于陈洪运是迷魂荡魄的圣药。陈洪运巴不得即刻就将这个美丽的女郎搂在怀里，尽量地吻她那红嫩的口唇，尝受那甜蜜的滋味……但是曼英不允许他，她说：

"你的夫人呢？她知道了怎么办呢？那时我还能住在你的家里吗？"

这些话有点将陈洪运的兴致打落下去了，但是他并不退后，很坚决地说道：

"我的夫人吗？那又有什么要紧呢？她是一个很懦弱的女人，她不敢……"

"不，这是不可以的，陈先生！我应当谢你搭救之恩，但是我……我不能和你的夫人住在一块呵……"

"你就永远地住在我家里有什么要紧呢？她，她是一个木块，决不敢欺压你。"

"你想将我做你的小老婆吗？"曼英笑着问他。

陈洪运脸红起来了，半晌不做声。后来他说道：

"什么小老婆，大老婆，横竖都是一个样，我看你还很封建呢。"

"不，在你的家里，无论如何，我是不干的，除非是……"

"除非是怎样呢？"

"除非是离开此地……到别处去……到……随你的便，顶好是到上海去……"

最后，曼英表明她是怎样地感激他，而且他是一个怎样可爱的人，如果她能和他同居一世，那她便什么都不需要了，所需要的只是他的对于她的忠实的爱情……这一番话将陈洪运的骨头都说软了，便一一地答应了曼英的要求。他们的决定是：曼英先到上海，到上海后便写信给陈洪运，那时他可以借故来到上海，和曼英过着同居的生活。

在曼英要动身的前一日，陈洪运向曼英要求……但是曼英婉转地拒绝了。她说：

"你为什么这样性急呢？老实说，我还不敢相信你一定会离开你的夫人，会到上海去……到上海后，你要怎样便怎样……"

陈洪运终于屈服了。

一上了轮船，曼英便脱离了陈洪运的牢笼了。无涯际的大海向她伸开怀抱，做着欢迎的微笑。她这时觉得自己是一个忽然从笼中飞出来的小鸟儿，觉得天空是这般地高阔，地野是这般地宽大，从今后她又仍旧可以到处飞游了。虽然曼英已确定了"诅咒生活"的思想，然而现在，当着这海波向她微笑，这海风向她抚慰，这天空，这地野，都向她表示着欢迎的时候，她又不得不隐隐地觉着生活之可爱了。

四

曼英到了上海……

上海也向她伸着巨大的怀抱，上海也似乎向她展着微笑……然而曼英觉得了，这怀抱并不温存，这微笑并不动人，反之，这使得曼英只觉得可怕，只觉得在这座生疏的大城里，她又要将开始自己的也不知要弄到什么地步的生活……

七年前，那时曼英还是一个不十分知事的小姑娘，随着她的父亲到C省去上任，路经过上海，曾在上海停留了几日。曼英还记得，那时上海所给与她的印象，是怎样地新鲜，怎样地庞大，又是怎样地不可思议和神秘……那时她的一颗小心儿是为上海所震动着了，然而那震动不足以使她害怕，也不足以使她厌倦，反而使得她为新的感觉和新的趣味所陶醉了，所吸引住了，因之，当她知道不能在上海多住，而一定要随着父亲到什么一个遥远的小县城去，她该是多末地失望，多末地悲哀呵。她不愿意离开上海，就是在热闹的南京路上多游逛几分钟也是好的。

七年后，曼英又来到上海了。在这一次，上海不是她所经过的地方，而是她的唯一的目的地；也不是随着父亲上什么任，父亲久已死去了，而是从那战场上失败了归来。人事变迁了，曼英的心情也变迁了，因之上海的面目也变迁了。如果七年前，曼英很乐意地伏在上海的怀抱里，很幸福地领略着上海的微笑，那末七年后，曼英便觉得这怀抱是可怕的罗网，这微笑是狰狞的恶意了。

上海较前要繁华了许多……在那最繁华的南京路上，在那里七年前的曼英曾愿意多游逛几分钟也是好的，曾看着一切都有趣，一切都神秘得不可思议，可是到了现在，在这七年后的今日，曼英不但看不见什么有趣和神秘，而且重重地增加了她心灵上的苦痛。她见着那无愁无虑的西装少年、荷花公子，那艳装冶服的少奶奶、太太和小姐，那翩翩的大腹贾，那坐在汽车中的傲然的帝国主义者，那一切的欢欣着的面目……她不禁感觉得自己是在被嘲笑，是在被侮辱了。他们好像在曼英的面前示威，好像得意地表示着自己的胜利，好像这繁华的南京路，这个上海，以至于这个世界，都是他们的，而曼英，而其余的穷苦的人们没有份……唉，如果有一颗巨弹！如果有一把烈火！毁灭掉，一齐都毁灭掉，落得一个痛痛快快的同归于尽！……

然而，曼英也没有巨弹，也没有烈火，什么都没有，有的只是一颗痛苦的心而已。难道这世界就这样永远地维持着下去吗？难道曼英就这样永远地做一个失败者吗？难道曼英就这样永远地消沉下去吗？不，曼英活着一天，还是要挣扎着一天，还是要继续着自己的坚决的奋斗。如果她没有降服于陈洪运之手，那她现在便不会在任何的敌人面前示弱了。

曼英起始住在一家小旅馆里。临别时，陈洪运曾给了她百元的路费，因此她还可以目前维持自己的生活。她本来答应了陈洪运，就是她一到了上海，便即刻写信告知他。曼英回想到这里，不禁暗暗地笑起来了：这小子发了痴，要曼英做他的小老婆……而且他还相信曼英是在深深地爱着他……我的乖乖，你可是认错人了！你可是做了傻瓜！……曼英会做你的小老婆吗？曼英会爱她所憎恨的敌人吗？笑话！……

不错，曼英到了上海之后，曾写了一封信给陈洪运。不过这一封信恐怕要使得陈洪运太难堪，太失望了。信中的话不是向陈洪运表示好感，更不是表示她爱他，而是嘲笑陈洪运的愚蠢，怒骂陈洪运的卑劣……这封信会使得陈洪运怎样地难堪，怎样地失望，以至于怎样地发疯，那只有天晓得！曼英始而觉得这未免有点太残酷了，然而一想起陈洪运的行为来，又不禁以为这对于他只是一个小小的惩罚而已。

到上海后，曼英本想找一找旧日的熟人，然而她不知道他们的地址，终于失望。在这样茫茫的，纷乱的大城中，就是知道地址了，找到一个人已经是不容易，如果连地址都不知道，那可是要同在大海里摸针一样的困难了。但是在第四天的下午，曼英于无意中却碰见了一个熟人，虽然这个熟人现在是为她所不需要的，也是为她所没有想到的……

午后无事，曼英走出小旅馆来，在附近的一条马路上散步。路人们或以为她是一个什么学校的女生，现在在购买着什么应用的物品，然而曼英只是无目的地闲逛着，什么也不需要。路人们或者有很多的以为她是一个很美丽的女学生，但谁个知道她是从战场上失败了归来的一员女将呢？……

曼英走着，望着，忽然听见后面有人喊她：

"密斯王！曼英！"

曼英不禁很惊怔地回头一看，见是一个很熟很熟的面孔，穿着一件单灰布长衫的少年。那两只眼睛闪射着英锐的光，张着大口向曼英微笑，曼英还未来得及问他，他已经先开口问道：

"密斯王，你为什么也跑到上海来了呀？我只当你老已……"他向四周望了一望，复继续说道，"你到了上海很久吗？"

曼英没有即刻回答，只向他端详着。她见着他虽潦倒，然而并不丧气；已经是冬季了，然而他还穿着单衣，好像并不在乎也似的。他依旧是一个活泼而有趣的青年，依旧是那往日的李士毅……

"你怎么弄到这个倒霉的样子呵？"曼英笑着，带着十分同情地问他。

"倒霉吗？不错，真倒霉！"李士毅很活跃地说道，"我只跑出来一个光身子呵。本想在上海找到几个有钱的朋友，揩揩油，可是鬼都不见一个，碰来碰去，只是一些穷鬼，有的连我还不如。"他扯一扯长衫的大襟，笑着说道，"穿着这玩意儿现在真难煞，但是又有什么法子呢？不过我是一个铁汉，是饿不死，冻不死的。你现在怎么样？"他又将话头挪到曼英的身上，仿佛他完全忘却了自己的境遇。"唉，想起来真糟糕！……"愁郁的神情在李士毅的面孔上闪了一下，即刻便很迅速地消逝了。

曼英默不一语，只是向李士毅的活跃的面孔逼视着。她觉得在李士毅的身上有一种什么神秘的，永不消散的活力。后来她开始轻轻地向他问道：

"你知道你的哥哥李尚志在什么地方吗？他是不是在上海？"

"鬼晓得他在什么地方！我一次也没碰着他。"

"你现在的思想还没有变吗？"

"怎吗？"他很惊异地问道，"你问我的思想有没有变？老子活着一天，就要干一天，他妈的，老子是不会叫饶的！……"他有点兴奋起来了。

曼英见着他的神情，一方面有点可怜他，一方面又不知为什么要暗暗地觉得自己在他的面前有点惭愧。她不再多说话，将自己手中的钱包打开，掏出五块钱来，递到李士毅的手里，很低声地说道：

"天气是这样冷了，你还穿着单衣……将这钱拿去买一件棉衣罢……"

曼英说完这话，便回头很快地走开了。走了二十步的样子，她略略回头望一望，李士毅还在那原来的地方呆立着……

曼英回到自己的寓处，默默地躺下，觉着很伤心也似的，想痛痛快快地痛哭一番。李士毅给了她一个巨大的刺激，使得她即刻就要将这个不公道的、黑暗的、残酷的世界毁灭掉。他，李士毅，无论在何方面都是一个很好的青年，而且他是一个极忠勇的为人类自由而奋斗的战士。但是他现在这般地受着社会的虐待，忍受着饥寒，已是冬季了，还穿着一件薄薄的长衫……同时，那些翩翩的大腹贾，那些丰衣足食的少爷公子，那些拥有福利的人们，是那样地得意，是那样地高傲！……有的已穿上轻暖的狐裘了……唉，这世界，我的天哪，这到底是怎样的一个世界呵！……曼英越想越悲愤，终于悲愤得伏着枕哭起来了。

但是，当她一想到李士毅的活泼的神情，那毫无苦闷的微笑，那一种伟大的精力……那她便又觉得好像有点希望的样子：世界上既然有这末样的一种人，这不是还证明着那将来还有光明的一日吗？这不是光明的力量还没有消失吗？……

然而，曼英想来想去，总觉得那光明的实现，是太过于渺茫的事了。与其改造这世界，不如破毁这世界，与其振兴这人类，不如消灭这人类。是的，这样做去，恐怕还有效验些，曼英想道，从今后她要做这种思想的传布者了。

光阴一天一天地过去，曼英手中的钱便也就一天一天地消散。她写了许多信给母亲，然而总如石沉大海一样，不见一点儿回响。怎么办呢？……同时，旅馆中的茶房不时地向她射着奇异的眼睛，曼英觉得，如果他们发现她是一个孤单的、无所依靠的穷女郎，那他们便要即刻把她拖到街上去，或者打什么最可怕的坏主意……怎么办呢？曼英真是苦恼着了。在她未将世界破毁，人类消灭以前，那她还是要受着残酷的黑暗的侵袭，这侵袭是怎样地可恨，同时又是怎样地强有力而难于抵抗呵！

曼英想来想去，想不到什么方法。唯一的希望是母亲的来信，然而母亲的信总不见来。也许她现在已经死了，也许她现在不再要自己的败类的女儿了。一切都是可能的，眼见得这希望母亲寄钱的事，是没有什么大希望了。

但是到底怎么办呢？曼英想到自杀的事情：顶好一下子跳到黄浦江里去，什么事情都完结了，还问什么世界，人类，干吗呢？……但是，曼英又想道，这是对于敌人的示弱，这是卑怯者的行为，她，曼英，是不应当这样做的。她应当继续地生活着，为着自己的思想而生活着，为着向敌人报复而生活着。不错，这生活是很困难的，然而曼英应当尽力地挣扎，挣扎到再不可挣扎的时候……

曼英很确切地记得，那一夜，那在她生命史中最可纪念的，最不可忘却的一夜……

已是夜晚的十一句钟了，她还在马路上徘徊着，她又想到黄浦滩花园去，又想到一个什么僻静的所在，在那里坐着，好仰望这天上的半圆的明月……但她无论如何不想到自己的小旅馆去。她不愿看见那茶房的奇异的眼光，不愿听见那隔壁的胡琴声，那妓女的嬉笑声……那些种种太使着她感觉得不愉快了。

她走着走着，忽然觉得有一个人和她并排地走了。始而她并不曾注意，但是和她并排走着的人有点奇怪，渐渐地向她身边靠近了，后来简直挨着了她的身子。不向他注意的曼英，现在不得不将脸扭过来，看了这一位奇怪的先生到底是一个什么人了。于是在昏黄的电光中，她看见了一个向她微笑着的面孔，——这是一个时髦的西装少年，像这样的面孔在上海你到处都可以看得见，在那上面没有什么特点，但是你却不能说它不漂亮……

曼英模糊地明白了是一回什么事，一颗心不免有点跳动起来。但她即刻就镇静下来了。她虽然还未经受过那男女间的性的交结，但是她在男子队伍中混熟了，现在还怕一个什么吊膀子的少年吗？

"你这位先生真有点奇怪，"曼英开始说道，"你老跟着我走干吗呢？"

"密斯，请你别要生气，"这位西装少年笑着回答道，"我们是可以同路的呵。请问你到什么地方去？"

"我到什么地方去与你有什么关系？"曼英似怒非怒地说。

"时候还早，"他不注意曼英说了什么话，又继续很亲昵地说道，"密斯，我请你去白相白相好么？我看密斯是很开通的人，谅不会拒绝我的请求罢……"

曼英听到此地，不禁怒火中生，想开口将这个流氓痛骂一顿，但是，即刻一种思想飞到她的脑里来了：

"我就跟他白相去，我看他能怎样我？在那枪林弹雨之中，我都没曾害过一点儿怕，难道还怕这个小子吗？今夜不妨做一个小小的冒险……"

曼英想到此地，便带着一点儿笑色，问道：

"到什么地方去白相呢？"

那位少年一听了曼英的这句问话，便喜形于色，如得了宝贝也似的，一面将曼英的手握起来，一面说道：

"到一品香去，很近……"他说着说着，便拉着曼英的手就走，并不问她同意不同意。曼英一面跟他走着，一面心中有点踌躇起来。一品香，曼英听说这是一个旅馆，而她现在跟着他到旅馆去，这是说……曼英今夜要同一个陌生的人开旅馆吗？……

"到旅馆里我不去。"曼英很迷茫不定地说了这末一句。

"这又有什么要紧呢！我看你是很开通的……"

曼英终于被这个陌生的少年拉进一品香的五号房间了。曼英一颗还是处女的心只是卜卜地跳动，虽然在意识上她不惧怕任何人，但是在她的处女的感觉上，未免起了一种对于性的恐怖，她原来还不知道这末一回事呵……她知道这个少年所要求的是什么，然而她，还是一个元贞的处女……应当怎么对付呢？她想即刻跑出去，然而她转而一想，这未免示弱，这未免要受这位流氓的嘲笑了。她于是壮一壮自己的胆量，仍很平静地坐着，静观她的对手的动静。

这个漂亮的流氓将曼英安置坐下之后，便吩咐茶房预备酒菜来。

"敢问密斯贵姓？芳名是哪两个字？"他紧靠着曼英的身子坐下，预备将曼英的双手拿到他自己的手里握着。但是曼英拒绝了他，严肃地说道：

"请你先生放规矩些，你别要错看了人……"

"呵，对不起，对不起，绝对不再这样了。"他嬉笑着，果然严正地坐起来，不再靠着曼英的身子了。

"你问我的姓名吗？"曼英开始说道，"我不能够告诉你。你称我为'恨世女郎'好了。你懂得'恨世'两个字吗？"

"懂得，懂得，"他点着头说道，"这两个字很有意味呢。密斯的确是一个雅人……敢问你住在什么地方？你是一个女学生吗？"

"也许是的，也许不是的，"曼英笑着说道，"你问这个干吗呢？你先生姓什么？叫什么名字？说了半天的话，我还不知道你是一个什么人……"

于是这个少年说，他姓钱名培生，住在法租界，曾在大学内读过书，但是那读书的事情太讨厌了，所以现在只住在家里白相……也许要到美国留学去……

"你的父亲做什么事情呢？"曼英插着问他。

"父亲吗？他是一个洋行的华经理。"

"这不是一般人所说的买办吗？"

"似乎比买办要高一等，"钱培生很平静地这样回答着曼英，却没察觉到在这一瞬间曼英的神色有点改变了。她忽然想起来了那不久还为她所呼喊着的口号"打倒买办阶级"……现在坐在她的身旁的，向她吊膀子的，不是别的什么人，而是一个买办的儿子，而是她所要打倒的敌人……那吗，曼英应当怎样对付他呢？

茶房将酒菜端上桌子了。钱培生没有觉察到曼英的情绪的转变，依旧笑着说道：

"今夜和女士痛饮一番何如？菜虽然不好，可是这酒却是很好的，这是意大利的葡萄酒……"

曼英并没听见钱培生的话，拿起酒杯就痛饮起来。她想起来了那往事，那不久还热烈地呼喊着的"打倒买办阶级"的口号……那时她该是多末地相信着买办阶级一定会打倒，解放的中国一定会实现……但是曾几何时？！曼英是失败了，曼英现在在受着买办儿子的侮辱，这买办儿子向她做着胜利者的微笑……他今夜要想破坏她的处女的元贞，要污辱她的纯洁的肉体……这该是令曼英多末悲愤的事呵！曼英到了后来，悲愤得忘却了自己，忘却了钱培生，忘却了一切，只一杯复一杯地痛饮着……唉，如果有再浓厚些的酒！曼英要沉醉得死去，永远地脱离这世界，这不公道的世界！……

曼英最后饮得沉沉大醉，几乎完全失去了知觉……

第二天早晨醒来，她觉悟到了昨夜的经过：沉醉……钱培生任意的摆布……处女元贞的失去……她不禁哭起来了。她想道，她没曾将自己的处女的元贞交给柳遇秋，她的爱人，也没曾交给李尚志，她的朋友，更没曾交给陈洪运，那个曾搭救过她的人，而今却交给了这个一面不识的钱培生，买办的儿子，为她所要打倒的敌人……天哪，这是一件怎样可耻的事呵！……现在和她并头躺着的，不是柳遇秋，不是李尚志，不是什么爱人和朋友，而是她的敌人，买办的儿子……天哪，这是怎样大的错误！曼英而今竟失身于她的敌人了！……

曼英伸一伸腰，想爬起来将钱培生痛打一顿，但是浑身软麻，一点儿力气都没有，似乎在她的生理上起了一种什么变化……她更加哭得利害了。哭声打断了钱培生的蜜梦，他揉一揉眼睛醒来了。他见着曼英伏枕哭泣，即刻将她搂着，懒洋洋地、略带一点惊异的口气，说道：

"亲爱的，你为什么要这样伤心呢？你有什么心事吗？我钱培生是不会辜负人的，请你相信我……"

曼英不理他，仍继续哭泣着。

"请你别要再哭了罢，我的亲爱的！"钱培生一面说着，一面用手摸着她的乳房，这时她觉得他的手好像利刃一般刺在她的身上，"你有什么困难吗？你的家到底在什么地方？你到底是不是一个女学生？我的亲爱的，请你告诉我！"

曼英仍是不理他。忽然她想道，"我老是这样哭着干吗呢？我既然失手了一着，难道要在敌人面前示弱吗？况且这又是什么大不了的事？！不错，我的处女的元贞是被他破坏了，但是这并不能在实质上将我改变，我王曼英依旧地是王曼英……这样伤心干吗呢？……不，现在我应当取攻势，我应当变被动而为主动……"曼英想到此地，忽然翻过脸大笑起来，这弄得钱培生莫明其妙，半晌说不出话来。

"你这是怎么一回事呢？"后来他低声地，略带一点怯意地问着说。

"哈哈！"曼英伸出赤裸的玉臂将钱培生的头抱起来了，"我的乖乖，你不懂得这是一回什么事吗？你是一个买办的儿子，生着外国的脑筋，是不会懂得的呵！我问你，昨夜你吃饱了吗？哎哟，我的小乖乖，我的小买办的儿子……"

曼英开始摩弄着钱培生的身体，这种行为就像一个男子对待女子一样。从前她并不知道男子的身体，现在她是为着性欲的火所燃烧着了……她不问钱培生有没有精力了，只热烈地向他要求着，将钱培生弄得如驯羊一般，任着她如何摆布。如果从前钱培生是享受着曼英所给他的快乐，那末现在曼英可就是一个主动者了。钱培生的面孔并不恶，曼英想道，她又何妨尽量地消受他的肉体呢？……

两人起了床之后，曼英稍微梳洗了一下。在钱培生的眼光中，曼英的姿态比昨夜在灯光之下所见着的更要美丽，更要丰韵了。他觉得这个女子有一种什么魔力，这魔力已经把他暗暗地降服着了，从今后他将永远地离不开她。早点过后，曼英一点儿也不客气地说道：

"阿钱，我老实地告诉你，我现在没有钱用了。你身边有多少钱？我来看看……"

曼英说着便立起身来走至钱培生的面前，开始摸他身上的荷包。

"请你不要这样小气。"他很大方地说道,"从今后你还怕没有钱用吗?现在我身边还有三十块钱,请拿去用……但是明天晚上我们能够不能够会面呢?"钱培生的模样生怕曼英说出一个"不"字来。曼英觉察到这个,便扯着谎道:

"我是一个女学生呵,我还是要念书的,能够同你天天地白相吗?昨夜不过是偶尔的事情……"

"但是究竟什么时候我们可以会面呢?我可以到你的学校里看你吗?"

"那是绝对不可以的,"曼英很庄重地说道,"好罢,在本星期六晚上,也许……"

"在什么地方呢?"钱培生迫不及待地这样问。

"随便你……还在此处好吗?"

"好极了!"钱培生几乎喜欢得跳起来了。

在分别的时候,曼英拍一拍钱培生的头,笑着说道:

"我的乖乖!请你别要忘记了。如果你忘记了的话,那我可要喊一千声'打倒买办阶级,打倒买办阶级的儿子'……"

五

"一不做,二不休",既然下了水了,便不如在水里痛痛快快地洗一个澡!……这是一般人的思想。曼英是一个傲性的人,当然更要照着这种思想做去了。于是从这一夜起,她便开始了别一种生活,别一种为她从前所梦想也梦想不到的生活。也许这种生活,如现在这个小阿莲所想,是最下贱的、最可耻的生活，然而曼英那时决没想到这一层，而且那时她还欢欣着她找到向人们报复的工具了。如果从前她没有感觉到自己的肉体美的权威，她只以为女子应当如男子一样，应将自己的意志，学问，事业来胜人，而不应以自己的美貌来炫耀……那末曼英现在便感觉到了，男子所要求于女子的，并不在于什么意志、学问和事业，而所要求的只不过是女子的肉体的美而已。曼英觉悟到这一层，便利用这个作为自己的工具。曼英想道，什么工具都可以利用，只要这工具是有效验的；如果她的肉体具有征服人的权威，那她又为什么不利用呢？是的，那是一定要利用的！……

钱培生是为曼英所征服了。从那一夜起，他和曼英便时常地会遇着，而且每一次曼英都要捉弄他，如果他有点反抗和苦恼的表示，那末曼英便袒出雪嫩的双乳给他看，便给鲜红的口唇给他尝……接着他的反抗和苦恼便即刻消逝了。他称呼曼英为妈妈，为亲姐姐，为活神仙，一切统统都可以，但是这雪嫩的双乳，这鲜红的口唇，这……那是不可以失去的呵！于是钱培生成了曼英的驯羊，成了曼英的奴隶，曼英变成了主动的主人了。

但是，曼英能以钱培生一个人为满足吗？曼英征服了一个人之后，便不想再征服别人吗？不，敌人是这样地多，曼英绝对不会就以此为满足的，她的任务还大着呵！……既然下了水了，便不如在水里痛痛快快地洗一个澡，于是曼英便决定去找第二个钱培生，第三个钱培生，以至于无数万的钱培生……那又有什么要紧呢？只要是钱培生，是曼英的敌人就得了！从前曼英没有用刀枪的力量将敌人剿灭，现在曼英可以利用自己的肉体的美来将敌人捉弄。唉，如果曼英生得还美丽些！如果曼英能压倒全上海的漂亮的女人！……曼英不禁老是这样地幻想着。

在数月的放荡的生活中，曼英到底捉弄了许多人，曼英现在模糊地记不大清楚了。不过她很记得那三次，那特别的三次……

第一次，那是在黄浦滩的公园里。午后的辰光。昨夜曼英又狠狠地捉弄了钱培生一次，弄得把自己的精神也太过于疲倦了，今天她来到公园里想吹一吹江风，呼吸一呼吸花木的空气。她坐在濒着江的椅子上，没有兴趣再注意到园中的游人，只默默地眺望着那江中船舶的来往。这时她什么也没想到，脑海中只是盛着空虚而已。温和而不寒冽的江风吹得她很愉快。她的头发有点散乱，然而这散乱，在游人的眼光里，更显出那种女学生的一种特有的风韵。已经有很多的多情的游人向她打无线电，然而她因为没注意，所以也就没接受。这时她什么都不需要，让鬼把这些游人，这些浑账的东西拿去！……

忽然，一个西装少年向曼英并排地坐下了。曼英没有睬他。那位少年始而像煞有介事的模样向江中望着，似乎并没注意到曼英的存在。忽然曼英听见他哼出两句诗来：

> 满怀愁绪涌如浪，
> 愿借江风一阵吹。

曼英不禁要笑出声来。我的天哪，她想道，这倒是什么诗呵！这位诗人该是怎样地多才呵！居然不知羞地将这两句佳

（？）句念将出来，念给曼英听……这真是太肉麻了。曼英斜眼将他瞟了一下，见他穿得那般漂亮，面孔也生得不差，但是却吟出这般好诗来，真是要令曼英兴"金玉其外，败絮其中"之叹了！那位少年原想借此以表示自己的风雅，却不料反引起了曼英的讥笑。

"你先生真是风雅的人呢，"曼英先开口向他说道，"你大约是诗人罢？是不是？"

"不敢，不敢，"他很高兴地扭过脸来笑着说道，"我不过是偶尔吟两句诗罢了，见笑，见笑。敢问女士是在什么学校里读书？贵姓？"

"你先生没有知道的必要。"曼英微笑着说，一面暗想道，这一条小鱼儿还可爱，为什么不将他钓上钩呢？……

于是，那结果是很显然的：开旅馆……曼英和我们的风雅诗人最后是进了东亚旅馆的门了。虽然是白天，然而上海的事情……这是司空见惯的，谁个也不来问你一声，谁个也不来干涉你。

曼英还记得，在未上床之前，那位可怜的诗人是怎样地向她哀求，怎样地在她的面前跪下来……她开始嘲弄他，教训他。她说，他自命为诗人，其实他的诗比屁还要臭；他自做风雅，其实他俗恶得令人难以下饭。她说，目下的诗人太多了，你也是诗人，我也是诗人，其实他们都是在放屁，或者可以说比放屁还不如……只有那反抗社会的拜伦和海涅才是诗人，才是真正的天才，只有那浪漫的李白才可以说是风雅……喂！目下的诗人只可以为他们舐屁股，或者为他们舐屁股都没有资格！……曼英这样乱七八糟地说了一大篇，简直把我们的这位多才的诗人弄得目瞪口呆，不知如何表示才好。他不再向曼英哀求了，也不再兴奋了，只瞪着眼坐在床上不动。后来曼英笑着把他推倒在床上，急忙地将他的衣扣解开，就好像她要强奸他也似的……他没有抵抗，任着曼英的摆布。如果先前他向曼英哀求，那末现在曼英是在强迫他了。……

从此以后，这位少年便和曼英发生了经常的关系。如果钱培生被曼英所捆束住了，是因为他为曼英的雪嫩的双乳，鲜红的口唇所迷惑住了，则这位少年，他的名字叫周诗逸，为曼英所征服了的原故，除以上而外，那还因为他暗自想道，他或者遇着了一位奇女子了，或者这位奇女子就是什么红拂，什么卓文君，什么蔡文姬的化身……他无论如何不可以将她失去的。曼英的学问比他强，曼英对于文学的言论更足使他惊佩，无怪乎他要以为曼英是一个很神圣的女子了。

第二次，那是在大世界里。她通常或是在京剧场里听京剧，或是在鼓书场里听那北方姑娘的大鼓书，其他什么滩簧场，杂耍场……她从未在那里坐过，觉得那里俗恶而讨厌。这一晚不知为什么，她走进昆剧场里听昆剧。她觉得那歌声是很委婉悠扬的，然而那太是中国式的，萎弱不强的了。

她坐着静听下去……后来，她听见右首有什么说话的声音，便扭过头来，看是怎么一回事。就在这个当儿，她看见有一个四十岁左右，蓄着八字须，像一个政客模样的人，睁着两个闪烁的饿眼向她钉着，似乎要将她吃了也似的。曼英已经有了很多的经验，便即刻察觉到那人的意思，向他很妩媚地微笑了一笑。这一微笑便将那人喜欢得即刻把胡子翘起来了。曼英见着这种光景，不禁暗自好笑。今晚又捉住了一个小鸟儿了，她想。她低着头立起身来，向着门外走去。她觉着那人也随身跟来了。她不即刻去睬他，还是走着自己的路，可是她听见一种低低的、颤动的声音了：

"姑娘，你到那里去？"

"回家去。"曼英回过脸来，很随便地笑着说。

"我也可以去吗？"那人颤动地问，如在受着拷刑也似的。

曼英摇摇头，表示不可以。

"到我的寓处去好吗？"他又问。

曼英故意地沉吟了一会，做着很怀疑的样子问道：

"你的寓处在哪里？你是干什么的？"

"我住在远东饭店里，我是干……啊，到我的寓处后再谈罢……"

曼英很正确地明白了，这是一个官僚，这是一个什么小政客……

"好罢，那我就跟你去。"

眼见得曼英的答应，对于那人，是一个天大的赐与。走进了他的房间之后，他将曼英接待得如天神一般，这大概因为他见着曼英是一个女学生的打扮，而不是一个什么普通的野鸡……今夜他要尝一尝女学生的滋味了，可不是吗？可是曼英进了房间之后，变得庄重起来了。她成了一个俨然不可侵犯的女学生。

"你将我引到你的寓处来干吗呢？"曼英开始这样问他。

"没有什么，谈谈，吓吓……我是很喜欢和女学生谈话的，吓吓……"

"你到底是干什么的？"曼英用着审问的口气。

"姑娘，你想知道我是干什么的？"无论曼英的态度对他是如何地不客气，而他总是向着曼英笑。"你看我像干什么的？吓吓……在政界里混混，从前做过厅长，道尹，……现在是……委员……"

"原来是委员大老爷，"曼英忽然笑起来了，"失敬了！我只当你先生是一个什么很小很小的走狗，却不料是委员大老爷，真正地失敬了！"

"没有什么，吓吓……"

曼英在谈话中，忽而庄重，论起国家的大事来，将一切当委员的人们骂得连狗彘都不如，忽而诙谐，她问起来这位委员先生讨了几房小老婆，是不是还要她，曼英，来充充数……这简直把这位委员先生弄得昏三倒四，不明白这一位奇怪的女郎到底是什么人，现在对他到底怀着什么心思。他开始有点烦恼起来了。他急于要尝一尝女学生的滋味，而这位女学生却是这样地奇怪莫测……天晓得！

他正在低着头沉思的当儿，曼英静悄悄地走到他的身边，冷不防将他的胡子纠了一下，痛得他几乎要跳起来。但是他的欢欣即刻将他的苦痛压抑住了。曼英已经坐在他的怀里，曼英已经吻着他的脸，拍着他的头叫乖乖……这或者对于他有点不恭敬了，但是曼英已经坐在他的怀里，他快要尝到女学生的滋味了，还问什么尊严呢？……他沉醉了，他即刻就要……

"请你慢一慢呵！"曼英忽然离开他的怀抱，在他的面前跳起舞来，做出种种妖媚的姿态。

"姑娘，你可是把我急死了！"

"急死你这个杂种，急死你这个贪官污吏，急死你这个老狗。"曼英一面骂着，一面仍献着妩媚。

"姑娘，你骂我什么都行，只要你……唉，你可是把我急死了！"

"如果你要我答应，那除非你……"

"除非我怎样？你快说呀！"

"除非你喊我三声亲娘……"

"呃，这是什么话！"

"你不肯吗？那吗我就走……"

曼英说着说着，便向房门走去，这可是把这位老爷吓坏了，连忙立起身来将曼英抱住，哀求着说道：

"好罢，我的亲娘，什么都可以，只要你答应我。"

"那吗你就叫呀！"曼英转过脸来笑着说。

这个委员真个就叫了三声。

"哎哟，我的儿，"他叫完了之后，曼英拍着他的头说，"你真个太过于撒野了，居然要奸起你的亲娘来……"

曼英现在想来，那该是多末可笑的一幕滑稽剧！她，曼英，是一个二十一岁的姑娘，而那位四十岁的委员老爷居然叫起她亲娘来，那岂不是很奇特的事情吗？

然而曼英还做过更奇特的事情呢……

那是第三次，在夜晚的南京路上。曼英逛着马路，东张张西望望，可以说没有怀着任何的目的。虽然在这条马路上，她曾捉住过许多小鸟儿，可是今晚她却没有捉鸟儿的心思。那捉鸟儿虽然是使曼英觉得有趣的事情，然而次数太多了，那也是使曼英觉得疲倦的事情呵。不，今晚她不预备捉鸟儿了，和其余的人们一样，随便在马路上逛一逛……

于无意中她见着那玻璃窗前面立着一个十七八岁模样的少年，带着红顶子的黑缎帽。再近前几步，几乎和那少年并起肩来了，她看见他真是生得眉清目秀，配称得一个美貌的小郎君。他向那玻璃窗内陈列着的物品望着，始而没注意到曼英挨近了他的身边，后来他觉察到了，在他的面孔上不禁呈露出一种不安的神情来。他似乎想走开，然而又似乎有什么踌躇。他想扭过脸来好好地向曼英望一望，然而他有点羞怯，只斜着眼向曼英瞟了一下。曼英见着他那种神情，便更挨紧了他一些，——于是她觉得他的身体有点颤动了；在电光中她并且可以看见他的脸上泛起红潮来。

"这是一个初出巢的小鸟儿呵……"曼英这样想道，便手指着窗内的货物，似问非问地说道：

"那到底是做什么用的？真好看呢……"

"那是……女子用的……花披巾……"这个初出巢的小鸟儿很颤动地说。这时他举起眼来向曼英望了一望，随又将头扭过去了，曼英觉着他是在颤动着。

"同我一块儿去白相，好吗？"曼英低低地问。

没有回答。曼英觉着他更颤动得利害了，眼见得他的一颗心是在急剧地跳着，犹豫着不敢决定：去呢，还是不去呢？……一个童男也就和一个处女一样，在初次受着异性引诱的当儿，那是又害怕，又害羞，又不敢，又愿意……那心情是再冲突不过的了。……

曼英不问他愿意不愿意，便拉起他的手来走开。他默不做声，很柔顺地，一点儿没有抵抗，但是曼英觉着他的身体是那样地颤动，简直就同一个小鸟儿被人捉住了一样。

"你住在什么地方？"在路中曼英问他。

"在法租界……"

"你家里是干什么的？"

"开……开钱庄……"

"嗯吓，原来是一个资本家的小少爷……"曼英这样想道，兴致不禁更高涨了一些。

最后，曼英把这位小少爷拉进一家旅馆里……曼英将房门关好，将他拉到自己的怀里，坐下来，好好地端详了他一番。只见他那羞怯的神情，那一种童男的温柔，令人欲醉。曼英为欲火所燃烧着了，便狂吻起来他的血滴滴的口唇，白嫩的面庞，秀丽的眼睛……她紧紧地抱着他，尽量地消受他的童男的肉体……她为他解衣，将他脱得精光光地……

曼英从没有像今夜这般地纵过欲。她忘却了自己，只为着这位小少爷的肉体所给与的快乐所沉醉了。她想道，如果钱培生将她的处女的元贞破坏了，那她今夜晚也就有消受这个童男的权利。这是罪过吗？不是！当全世界沦入黑暗的渊薮，而正义人道全绝迹了的时候，又有什么可称为罪过呢？……不，这不是罪过，这是曼英的权利呵！

第二天早晨，在要离开旅馆的时候，曼英从自己的钱包里拿出十元钞票来，笑着递给她所蹂躏过的对象，说道：

"将这十块钱拿回去，告诉你的爸爸和妈妈，你说你和了一位女子睡过一夜觉，这十块钱就是她所给的代价……"

"我不要……我有钱用……"

"不，你一定要将这十块钱拿去！"曼英发着命令的口气，将这个可怜的小孩子逼得收也不是，不收也不是。最后他拗不过曼英的坚决，终于把十块钱收下了。曼英见着他将钱收下了，该觉得是怎样地高兴呵！哈哈！她竟强奸了钱庄老板的小儿子，竟嫖了资本家的小少爷！……

曼英一层一层地回想起来了这些不久的往事。在今日以前，她从没曾想及这些行为是对的呢还是不对的。就是偶尔想及，那她所给与自己的回答，也是以为这是对的。她更没曾想及她的行为是不是下贱的，是不是在卖着身体，做着无耻的勾当。曼英是在向社会报复，曼英是在利用着自己的肉体所给与的权威，向敌人发泄自己的仇恨……这简直谈不到什么下贱不下贱，什么无耻不无耻！

但是……曼英今晚听见了阿莲的话之后，却对于自己的行为有点怀疑起来：她是不是一个最下贱的人呢？她是不是在卖着身体呢？若果是的，那她还有和这个纯洁的小姑娘共睡在一张床上的资格吗？那她，曼英，曾是一个为着伟大的事业而奋斗的战士，曾自命是一个纯洁的，忠实的革命党人，到了现在该堕落到什么不堪的地步呵！现在曼英不但不是原来的曼英，而且成为了一个最下贱的人了，这是从何讲起呢？不，曼英决不是这样，曼英是无须乎怀疑自己到这种地步的！曼英想道，也许阿莲所说的话是对的，但是她，曼英，并不是最下贱的人，并不是在卖着身体，曼英原是别一种人呵……

但是，曼英无论如何为自己辩解，总铲除不了对于阿莲抱愧的感觉。她生怕阿莲知道了她是什么人，她是在干着什么事情。睡在床上打鼾声的小姑娘，现在是在梦中游玩着了，也许在看把戏，也许在鼓着双翼在天上飞……但无论如何是不会想到曼英是一个什么人的。曼英尽可以放心，尽可以将这些讨厌的思想抛去，但是曼英如做了什么亏心事也似的，总是在床上翻来覆去睡不着。

窗外的雨声停止了，然而曼英的思想并没有因之而停止。玻璃窗渐渐地泛着白色，想是已到黎明的辰光了。人们快要都从睡梦中起身了，然而曼英还是睁着两眼，不能入梦。曼英想爬起身来，然而觉得很疲倦，一点儿力气也没有了。连她自己也不知为什么，觉着很伤心也似的，又伏在枕上嘤嘤地哭泣起来了。

最后，她终于合起泪眼来，渐渐地走入梦境了……

她恍惚间立在一所荒山坡下……蔓草丛生着，几株老树表现着无限的凄凉。这不是别处，这正是她在南征时所经过的地方……她想起来了，密斯W是在此地埋葬的，于是她便开始寻找密斯W的坟墓。在很艰难的攀荆折藤之后，她终于找到一个小小的土堆了。那土堆前面的许多小石头，她记得，这是她当时堆着作为记号的，当时她曾想道，也许有再来扫墓的机会……

土堆上已生着了蔓草。密斯W的尸身怕久已腐烂得没有痕迹了，剩下的不过是几块如石头一般的骨骼而已……曼英惆怅了一会，不禁凄然流下了几点眼泪。忽然她眼前现出一个人来，这不是什么别人，这正是密斯W，这是她所凭吊着的人……曼英恍惚间又变了别一种心境：即时快乐起来了。别了许久不见面的密斯W，现在又重新立在她的面前，又重新对她微笑，这是多末开心的事！……但是，转瞬间密斯W的面色变了，变得异常地忧郁……

"曼英，你忘记了我们的约言了吗？"曼英听着那忧郁的面孔开始说道，"你现在到底干一些什么事情？我的坟土未干，你就变了心吗？啊？"

"姐姐，我并没有变心呵！我不过是用的方法不同……"

曼英正待要为着自己辩护下去，忽又听见密斯W严厉地说道：

"不，你现在简直是胡闹！我们走着向上的路，向着光明的路，你却半路中停住了，另找什么走不通的死路，这岂不是胡闹吗？你现在的成绩是什么？除开糟蹋了你自己的身子而外，你所得到的效果是什么？回头罢！……"

密斯W说着说着，便啪地一声给了曼英一个耳光，曼英惊醒了。醒来时，她看见阿莲笑嘻嘻地立在床面前，向她说道：

"姐姐，可以起来了，天已不早了呢。"

六

如果我们在阿莲的面孔上找不出其他的特异的美丽来，那在她的腮庞上的两个圆滴滴的小笑窝，可是要令我们对她十分抚爱了。当阿莲说话的时候，那两个小笑窝总是要深深地显露出来，曼英也就因此时常对那两个小笑窝出神，她觉得那是非常地有趣而可爱。她有时竟觉得，如果那两个小笑窝时常在她的眼前显露着，那她便什么也不想起，便什么也不会引起她的愁苦来……

昨夜在电灯光下，曼英那时并不觉得阿莲有如现在的可爱。今天在白日的明晰的光线下，曼英不时地向阿莲端详着，见着她虽然穿得不好，虽然在那小小的面孔上也呈现着劳苦的皱纹来，但是她的那一种天真的美，那一种伶俐的神情，确显得她是一个很可爱很可爱的小姑娘。曼英现在虽然没有什么亲人，可是在得着了这末样一个可爱的小妹妹之后，她觉得她是不再需要别的什么人了。呵，只要阿莲永远地跟着她，只要她能永远地看着那两个圆滴滴的小笑窝！……

从清早起，阿莲便劳作着不休：先整理房间，后扫地，接着便烧饭，洗衣服……这证明她的年纪虽小，可是她已经劳作惯了。曼英见着她做着这些事情是很自然而不吃力，很心愿而不勉强。有时曼英止住她，说道：

"你不能够，那让我来呵。"

"姐姐，"阿莲笑吟吟地说道，"这是很容易做的呵。妈妈活着的时候，把我这些事情教会了。我还会补衣服，缝衣服呢。姐姐，你有破了的衣服吗？在我的姑妈家里，烧饭洗衣服，缝衣服，补衣服，我是做得太多了的……"阿莲说着说着，又继续做她的事情了。曼英见着她的背影，她的一根小小的辫子，不禁暗自想道：

"这末样一个可怜而又可爱的小姑娘……"

一天容易过，转瞬间不觉得又是夜晚了。吃了晚饭之后，曼英还是要出门去。昨夜的思潮虽然涌得她发生了不安的感觉，但是今天她最后想道，她已经走上了这一条路了，"这也许是死路，是不通的路，然而就这样走去罢，还问它干什么呢？就让它是死路，就让它是不通的路！……"

昨晚她对钱培生失了约，今晚她要到天韵楼去，或者可以碰得见他。就是碰不见他，那也没有什么要紧，反正曼英不希罕一个小买办的儿子……曼英是可以找得到第二个钱培生，第三个钱培生的。

"妹妹，你留在家里，我要出去，也许我今晚不回来睡了……"

曼英在要预备走出的当儿，这样地向阿莲说。

"姐姐，你到什么地方去？"在阿莲的腮庞上又显露出来两个圆滴滴的小笑窝了。曼英向她出了一会神，很不自然地说道：

"我，我到一个夜学校去……"

"到夜学校去？读书吗？"

"不，我是在那里教书。"

曼英捉住了自己是在扯谎，不禁在阿莲面前隐隐地生了羞愧的感觉。她生怕阿莲察觉出来她是在扯谎……但是阿莲什么也没有察觉，只向她恳求着说道：

"把我也带去罢，我是很想读书的呢。妈妈说，一个人认不得字，简直是瞎子……"

"妹妹，"曼英有点着急了，"那学校里你是不能去的。"

"姐姐，我明白了。"

这句话将曼英吓得变了色：她明白了，明白了什么呢？明白了曼英是在扯谎吗？明白了曼英是到一个什么不好的地方去，而不是到夜学校去吗？……

"你明白了什么呢？"曼英心跳着这样匆促地问。

"那学校里不准穷人的孩子读书，是不是？"阿莲没察觉到曼英的神色，依旧很平静地这样问她。

"是的，是的，"曼英如卸了一副重担子也似的，即时地把心安下来了，"无论什么学校，都是不准穷人的孩子读书的。"

阿莲望着曼英，慢慢地，慢慢地，将头低下来了。曼英感觉得她的一颗小心灵是为失望所包围着了。她意识到她是一个穷女儿，她永远地不能读书，也就永远地不会认得字了……一种悲哀的同情心几乎要使得曼英为阿莲流起泪来。

"妹妹，"曼英摸着阿莲的头说道，"你别要伤心呵！……我是会教你认字的呵……从明天起，我在家里就教你认字，好吗？"

"真的吗？"阿莲抬起头来，又高兴得喜笑颜开了。她拉住了曼英的手，很亲昵地说道："好姐姐，你真是我的好姐姐呵！如果你把我教会了，认得字，那我将该多末地快活，真是要开心死了！……"

这样，曼英将阿莲说得安了心，阿莲用着很信任的眼光将曼英送出房来……但是曼英走到街上时，无论如何不能摈去羞愧的感觉，因为她骗了阿莲，因为她现在不是走向什么夜学校，而是走向天韵楼，走向那人肉市场的天韵楼……如果阿莲晓得了她是走向这种不光明的场所去！……曼英想到此地，不禁一颗心有点惊颤起来了。

在天韵楼里曼英真个碰见了钱培生。钱培生见着曼英，又是惊喜，又是怨望。没有说什么话，两人便走进那天韵楼上的大东旅馆了。两人坐下来了之后，钱培生带着一种责问的口气说道：

"我等了你一夜，你为什么不来呢？你不怕等坏了人吗？"

"谁教你等来？"曼英很不在意地说道，"那只是你自己
要做傻瓜。"

"哼，你大概又姘上了什么人，和着别人去开旅馆去了
罢……"

"笑话！"曼英立起身来，现着满脸怒容，拍着桌子说
道，"你把我买了吗？我是你的私有财产吗？你父亲可以占有
你的妈妈，可是你却不能占有我。我高兴和谁个姘，就和谁个
姘，你管得我来！你应当知道，今天我可以同你睡觉，明天我
便可以把你抛到九霄云外去。不错，你有的是几个臭钱，可
是，呸，别要说出来污坏了我的舌头！……"

曼英越说越生气，好像她适才对于阿莲的羞愧，现在都变
成对于钱培生的愤怒了。照着她现在的心情，真要把钱培生打
死，骂死，侮辱死，才能如意。忽然，曼英出乎钱培生意料之
外地倒在床上，哈哈地大笑起来了。这弄得钱培生莫明其妙：
曼英是在真正地向他发火，还是向他开玩笑呢？……

"你是怎么着了？"停了一会，钱培生带着怯地问道，
"你发了神经病吗？"

曼英停住了笑，从床上立起身来，走向钱培生跟前，将他
的头抱起来，轻轻地说道：

"我并不怎么着，也没发什么神经病，不过我以为你太傻
瓜了，我的小买办的儿子！从今后你不可以在我的面前说闲
话，你知道了吗？……"

钱培生一点儿也不响。驯服得就同小哈叭狗一样。

"上床睡觉吧，我的小乖乖！"曼英将他的头拍了一下，

说道："可是今夜你不准挨动我，我太疲倦了……"

在睡梦中，恍惚间，她又走到那荒凉的山坡了，她又见着了密斯W的坟墓……密斯W又向她说了同样的话……

第二天早晨醒来，曼英将昨夜的梦又重新温述一番，觉得甚是奇怪：为什么昨夜的梦与前夜的梦相同呢？难道说密斯W的魂灵缠住了她吗？……曼英笑着想道，这是不会的，密斯W的魂灵绝对地不会来扰乱她……这不过是因为她的心神的不安之所致罢了。"管它呢！……"曼英终于是这样地决定了。

曼英本来不愿意醒了之后就起身的，可是她想起来了留在家中的孤单的阿莲，觉着有点不安起来：阿莲昨夜也不知睡着了没有？她一个人睡觉怕不怕？……也许曼英走出之后，阿莲随着也就跑了，也未可知……曼英本来很知道这事情是不会发生的，然而她本能地为着不安，急于要回到家中看一看。

在刚要走近宁波会馆的当儿，曼英看见迎面来了两个男人：一个穿着蓝布衣服的工人，那别一个虽然也穿着黑色的短裤裤，形似工人模样，但他的步调总还显得有点知识阶级的气味。他带着鸭嘴帽子，曼英始而没看清楚他的面孔，后来逼近一些，曼英便在那鸭嘴帽子的下面看出一个很熟的面孔来：一个狮子鼻子，两只黑滴滴的眼睛……这是曾做过曼英的友人，曾要爱过曼英而曼英不爱他的李尚志。虽然衣服穿得不同了，但他的眼睛还是依旧地射着果毅而英勇的光，他的神情还是依旧地那样诚朴而有自信。他还是曼英从前所见着的李尚志，他还是被H镇的热烈的氛围所陶醉了的时候的李尚志。曼英觉得他一点儿都没有变。政局变动了，有许多人事也变迁了，甚至于那汉江的水浪也较低落了三尺，然而曼英觉得李尚志依旧是李尚志，李尚志的一颗心依旧地热烈，坚忍而忠勇……曼英有点茫然了：招呼他还是不招呼他呢？曼英现在已经走上了别一条路，曼英已经不是从前的曼英了，既然如此，那曼英有没有再招呼李尚志的必要呢？

曼英立着不动，如木偶一样……李尚志走到她的跟前，向她楞了一眼，略停一停，便又和着自己的同伴向前走去了。他似乎认出来了曼英，又似乎没将她认出来。曼英在原地方呆立了十几分钟之后，忽然间觉得自己的一颗心有点悲痛起来。她以为李尚志是认出来了她，而不知因为什么原故，只楞了她一眼，便毫无情面地离开她而走去……也许他觉察出来了曼英已经不是先前的曼英了，曼英成为了一个最下贱的人，最不足道的女子……不错，他曾是过曼英的好友，曾爱过曼英，然而他爱的是先前的曼英，而不是现在的，这个刚从旅馆出来的娼妓（！）……

曼英越想越加悲痛起来了。为什么李尚志不理她呢？为什么李尚志是那样地鄙弃她？难道说她真已成了一个最下贱的女子了吗？曾几何时？！友人变成了路人，爱她的现在鄙弃她！这到底是怎么一回事呢？如果是别人，是什么买办的儿子，什么委员，这样地对待曼英，曼英只报之以唾沫而已，管他妈的！但是李尚志，这个曾经爱过曼英的人……这未免太使曼英难堪了！

然而曼英是一个傲性的人，她转而一想，便也就将这件事情丢开了。理也好，不理也好，鄙弃也好，不鄙弃也好，让他去！难道说曼英一定需要李尚志的友谊不成吗？笑话！……于是曼英想企图着将李尚志忘却，就算作没有过他这个人一样。

但是，奇怪得很！李尚志的面孔老是在曼英的脑海里旋转着，那一眼，那李尚志楞她的一眼，曼英觉得，老是在向她逼射着……曼英不禁有点苦恼起来了。

走到家里之后，阿莲向她欢迎着的两个小笑窝，顿时把曼英的不愉快的感觉压抑下来了。曼英抱着阿莲的头，很温存地吻了几下。她问她昨夜有没有睡着觉，害不害怕……阿莲摇着头，笑着说道：

"怕什么呢？我从小就把胆子养大了。你昨夜在夜学校里睡得好吗？你一个人睡吗？"

这一问又将曼英的心境问得不安起来了。她含糊地说了几句，便将话头移到别的事情上去，可是她很羞愧地暗自想道：

"我骗她说，我是睡在夜学校里，其实我是睡在旅馆里……我说我是一个人睡，其实和着我睡的还有一个小买办的儿子……这是怎样地可耻呵！……"

曼英照常地过着生活……虽然对于阿莲抱愧的感觉不能消除，梦中的密斯W的话语不能忘却，李尚志的面目犹不时地出现在她的脑海里，然而曼英是很能自加抑制的人，并不因此而就改变了那为她所已经确定了的思想。不错，李尚志所加于她的鄙弃，使着她的心灵很痛苦，一方面对于李尚志发生仇恨，一方面又隐隐地感觉得李尚志有一种什么伟大的力将她的全身心紧紧地压迫着……但是曼英总以为自己的思想是对的，所以也就把这一层硬置之不问了。

光阴如箭也似地飞着……

又是一个礼拜。

又是在宁波会馆的前面。

　　这一次，曼英见着李尚志依旧穿着黑色的短褂裤，依旧头上戴着鸭嘴帽子，在他的身上一切都仍旧……不过他的同伴现在是一个二十左右女学生模样的女子了。两人低着头，并排地走着，谈得很亲密。他们俩好像是夫妻，然而又好像是别的……这一次，李尚志走至曼英面前，停也没有停，看也没有看，仿佛他完全为那个女子，或者为和那个女子的谈话所吞食了，一点儿也顾及不到别的。世界上没有别的什么人了，曼英也没有了，有的只是他，李尚志，和那个同他谈话的女子……

　　李尚志和自己的女同伴慢慢地，慢慢地走远了，而曼英还是在原处呆立着。她自己也几乎要怀疑起来了：在这世界上大概是没有曼英这样一个人的存在罢？……不然的话，为什么李尚志一点儿都没感觉到她？……

　　"这是他的爱人罢，"曼英最后如梦醒了也似地想道，"是的，这一定是他的爱人！当然啰，他现在已经有了爱人，还理我干什么呢？从前他曾经爱过我，曾经待我好，但是……现在……他已经有了爱人了……他可以不再要我了。他可以把我当成死人了。"

　　一种又酸又苦的味忽然涌上心来，曼英于是哭起来了。刚一走进房中，便向床上倒下，并没问阿莲，如往日一样，稍微温存一下。阿莲的两个圆滴滴的小笑窝也不能再消除她的苦闷了。

　　"姐姐，你为什么今天这样苦恼起来？"阿莲伏在曼英的身上，轻轻地这样问着说。曼英没做声，只将阿莲的手握着不动。

　　曼英一方面似乎恨李尚志，嫉妒那和李尚志并排走着的女子，但一方面她想起了柳遇秋来……曼英本来是有过爱人的，曼英本来很幸福地尝受过爱情的滋味，曼英本来沉醉过于那柳遇秋的拥抱……但是这些都是往事，都是已经消逝了的美梦，再也挽转不回来了。现在柳遇秋在什么地方呢？是死还是活？是照旧地和李尚志一样前进着，还是如曼英一样走上了别一条路？……曼英的身子已经是被污秽了，不必再想起那纯洁的、高尚的爱，更不必嫉妒那个和李尚志并排走着的女子，也不必恨李尚志忘却了自己……但是……李尚志是曾爱过曼英的人呵……而他现在有着别一个女子！不再需要曼英对于他的爱了！……

曼英越想越悲伤起来。

"姐姐，请你告诉我，你为什么要这样伤心呢？"

唉，如果曼英能将自己的伤心事向阿莲全盘地倾吐出来！……阿莲年纪还小，阿莲是不懂得姐姐为什么要伤心的。

"但是柳遇秋现在到底在什么地方呢？"曼英最后停住了哭泣，想道："李尚志一定知道他的消息……无论如何，我应当和李尚志谈一谈话！就让他鄙弃我……"

第二天曼英立在宁波会馆前面等候了半天，然而没有等到。

第三天……结果又是失望。然而曼英知道李尚志是一定要经过这条路的，她终久是可以等得到他的。

第四天，曼英的目的达到了。李尚志依旧穿着黑色的短褂裤，依旧头上戴着鸭嘴帽子，在他的身上一切都仍旧……不过他现在没有同伴了，只是一个人独自地走着。这一次，他可是没有随便地在曼英面前经过了。他认出来了曼英……他停住了脚步。两眼向曼英直瞪着，仿佛他发了痴一般，一句话也不说。曼英见着他这种神情，不禁有点犹豫起来。如果她走向前去和李尚志打招呼，那李尚志会将怎样的态度对她呢？……

"你不是李尚志吗？"最后曼英冒着险去向李尚志打招呼。

李尚志点一点头。

"你不认得我了吗？"曼英又追问着这末一句。

李尚志慢慢地低下头来，轻轻地说道：

"我认得，我为什么不认得你呢？"

曼英也将头低下来了，不知再说什么话为好。两人大有相对着黯然神伤的模样。

"你现在好吗？"停了一会，曼英听着李尚志开始说道，"我们已经快要有一年没见面了……你和柳遇秋现在……怎样了？……他现在做起官来了呢。"

"尚志，你说什么？"曼英听了李尚志的话，即刻很惊讶地，急促地问道，"他，他已经做了官吗？啊？"

"难道说你不知道吗？"李尚志抬起头来，轻轻地，带着一点惊诧的口气问。曼英没有做声，只逼视着李尚志，似乎不明白李尚志的问话也似的。后来她慢慢地又将头低下来了。

"尚志，"两人沉默了一会，曼英开始惊颤地说道，"人事是这般地难料！他已经做了官，可是我还在做梦，我不知道他是这样的一个人……尚志，你还是照旧吗？你还是先前的思想吗？"

李尚志向曼英审视了一下，似乎要在曼英的面孔上找出一个证明来，他可否向她说实在话。他看见曼英依旧是曼英，不过在她的眼底处闪动着忧郁的光芒。他告诉了她实在话：

"曼英，你以为我会走上别的路吗？我还是从前的李尚志，你所知道的李尚志，一点也没有变，而且我，永远是不会变的……"

"尚志，你不说出来，我已经感觉得到了。你是不会变的。不过我……"

"不过你怎样？"

"此地不是说话的地方呵，到我住的地方去好吗？"

"你一个人住吗？"李尚志有点不放心的神情。曼英觉察出来了这个，便微微地笑着说道：

"虽然不是一个人住，可是同我住着的是一个不十分知事的小姑娘，不要紧……"

于是两人默默地走到曼英的家里。

曼英自己也有点奇怪了。虽然过了几个月的放荡生活，虽然也遇着了不少的男人，但曼英总没曾将一个人带到过家里来；在她的一间小亭子间里，从没曾闻着过男人的气息。如果不是在最后的期间，曼英得着了一个小伴侣，阿莲，那恐怕到现在她还是一个人住着。她是决意不将任何人引到自己的小窝巢来的。虽然钱培生，虽然其余的客人，也曾多番地请求过，但是曼英总是拒绝着说道：

"我的家里是不可以去的呵！……"

但是，现在……李尚志并没请求她，连一点儿意思都没有表示，为什么曼英要自动地向他提议到自己的住处去呢？李尚志不是一个男人吗？……曼英自己实在有点觉得奇怪了。但这种奇怪的感觉不久便消逝了，后来她只想道，"他到我的家里去是不要紧的呵！而且近来我感觉得这样寂寞，让他时常来和我谈谈话罢……"曼英想到此地，不禁觉得自己如失去了一件什么宝贵的物品，现在又重新为她所找到了也似的。

李尚志不敢遽行进入曼英的房里，他向内先望了一望。他见着一个十二三岁的小姑娘伏在桌子上写字……此外没有别的，有的只是那在床头上悬着的曼英的相片，桌子上的一堆书籍……

阿莲见他们二人走进房里，便很恭敬地立起身来，一声也不响。李尚志走近桌子跟前，看见那上面一张纸上写着许多笔画歪斜的字："父亲……母亲……打死……病死……阿莲不要忘记……"

"阿莲，"曼英没有看见那字，摩着阿莲的头，向她温存地问道："你今天又写了一些什么字呀？我昨天教给你的几个字，你忘记了没有？"

"没有忘记，姐姐。"阿莲低着头说道，"我念给你听听，好吗？'父母惨死，女儿复仇……'对吗？"

"呵，好妹妹！让我看看你今天写了些什么，"曼英离开阿莲，转向李尚志说道，"你为什么看得这样出神呀？"

李尚志向椅子上坐下了。他的面容很严肃，手中仍持着阿莲的字，一声不响地凝视着。他如没听见曼英的话也似的。曼英不禁觉得有点奇怪，便从李尚志手中将那纸拿开，预备看一看那上面到底写了些什么，就在这个当儿，李尚志开始向曼英问道：

"这个小姑娘姓什么？她怎么会和你住在一块呢？很久了吗？"

曼英不即回答他，走向自己的一张小铁床上坐下了。她向低着头立着不动的小阿莲望着，不忍遽将阿莲的伤心史告诉给李尚志听，但是在别一方面，她又觉得非将这一段伤心史告诉他不可，似乎他，李尚志有为阿莲复仇的力量也似的，而她，王曼英，却没有这种力量……

于是李尚志便从曼英的口中，听见了阿莲的父母的惨死，那一段悲痛的伤心史……李尚志静听着，而阿莲听到中间却掩面嘤嘤地哭起来了。她的两个小肩头不断地抽动着，这表示她哭得那般伤心，那般地沉痛。

曼英不忍再诉说下去了，她觉得自己的鼻孔也有点酸起来。她忘却了自己，忘却了还有许多话要向李尚志说，一心只为着小阿莲难过。后来她将阿莲拉到自己的怀里，先劝阿莲不要哭，不料阿莲还没有将哭停住，她却抱着阿莲的头哭起来了。这时曼英似乎想起来了自己的身世，好生悲哀起来，这悲哀和着阿莲的悲哀相混合了，为着阿莲哭就是为着自己哭……

李尚志看一看自己的手表，忽然立起身来，很惊慌地说道：

"我还有一个紧要的地方要去一去，非去不可。我不能在此久坐了，曼英，我下次再来罢。"

李尚志说着便走出房门去，曼英连忙撇开阿莲，在楼梯上将他赶上，拉住说道：

"尚志，你一定要来呵！我请求你！我们今天并没有谈什么话呢！……"

"是是是，我一定来！"

于是曼英将他送出后门，又呆呆地目送了他一程。回到房中之后，阿莲牵着她的手，问道：

"姐姐，他是一个什么人呵？"

"妹妹，他是……"曼英半晌说不出一个确当的名词来，"他是……他是一个很好很好的好人呵！他想将世界造成那末样一个世界，也没有穷人，也没有富人，……你懂得了吗？"

"我有点懂得，"阿莲点一点头，如有所思也似的，停了一会，说道，"他是卫护我们穷人的吗？"

"呵，对啦，对啦，不错！他就是这末样的一个人呢！不过，你知道他很危险吗？这卫护穷人是犯法的事情呢，你明白吗？捉到是要枪毙的……"

"姐姐，我明白了。我的爸爸就是为着这个被打死的，可不是吗？"

曼英没有再听见阿莲的话，她的思想集中到李尚志的身上了。他还是那般地匆忙，那般地热心，那般地忠诚，一点儿也没改变……"一个伟大的战士应当是这样的罢？……"她是这样地想着。李尚志的伟大渐渐地在她的眼中扩大起来，而她，曼英，曾自命过为战士的曼英，不知为什么，在她的眼中反渐渐地渺小起来……

七

大世界！大世界！住居在上海的人们谁个不知道大世界呢？这是一个巨大的游戏场，在这里有的是各种游艺：北方的杂耍，南方的滩簧，爱文的去听说书，爱武的去看那刀枪棍棒，爱听女人的京调的去听那群芳会唱……

同时，这又是一个巨大的人肉市场，在这里你可以照着自己的口味，去选择那胖的或瘦的姑娘。她们之中有的后边跟着一个老太婆，这表明那是贱货，那是扬州帮；有的独自往来，衣服也比较穿得漂亮，这表明她是高等的淌白，其价也较昂。有的是如妖怪一般的老太婆，有的是如小鸡一般的小姑娘，有的瘦，有的胖，有的短，有的长……呵，听拣罢，只要你荷包中带着银洋……

呵，大世界！大世界！住居在上海的人们谁个不知道大世界呢？在这里可以看游艺，在这里又可以吊膀子……

每逢电灯一亮的辰光，那各式各种的货色便更涌激着上市了。这时买主们也增加起来，因之将市场变得更形热闹。有一天晚上，在无数的货色之中，曼英也凑了数，也在买主们的眼中闪动，虽然在意识上曼英不承认自己是人肉，不承认那些人们是她的买主……但是在买主们看来，她，曼英，是和其他的货色一样的呵。曼英能够向他们声明，她是独特的吗？如果她这样声明着自己的独特性，那所得到的结果，只不过要令那些买主们说她是发痴而已。

照着平时一样，曼英做着女学生模样的打扮：头上的发是烫了的，身上的一件旗袍是墨绿色，脚下的是高跟皮鞋……一切都表明她是一个很素雅，很文明，同时又是很时髦的女学生。这是一件很特出的货色呵！她的买主不是那些冤大头，而是那些西装少年，那些文明绅士……

曼英坐在一张被电光所不十分照着的小桌子旁边吃茶，两眼默默地静观着在她面前所来往的人肉。她想象着她们的生活，她们的心理……看着她们那般可怜而又可笑的模样，不禁发生深长的叹息。她忘却她自己了。在不久以前，她认识了一个姑娘，那姑娘是不久才开始做起生意的。曼英问起了她的身世，问她为什么要干着这种苦痛的勾当……那姑娘哭起来了：

"姐姐，你哪里晓得？不干又有什么法子呢？我几次都想悬梁吊死，可是连行死的机会都没有。家中把我卖到堂子来了，那我的身体便不是我自己的了，他们不许我死……我连死都死不掉！……若两夜接不到客人，那鸨母便要打我，说我面孔生得不好哪，不会引诱客人哪……一些最难听的话。姐姐呵，世界上没有比我们这样的人再苦的了！……"

那姑娘还不知道曼英是什么人，后来一见面时，便向曼英诉苦。曼英因此深深地知道妓女的生活，妓女的痛苦……唉，这世界，这到底是什么世界呢！？……曼英总是这样想着，然而她却忘却了她自己是在过着一种什么生活。今晚，曼英又在人丛中看见那个可怜的姑娘了，然而曼英故意地避开了她，不愿意老听着她那每次都是同样的话；此外，她那从眼底深处所射出来的悲哀的光，实在是使曼英的一颗心太受刺激了。是的，曼英实在地不愿意再见她了。

唉，这世界，这到底是什么世界呢！？……曼英继续地这样想着，忽然一个穿着武装便服，带着墨色眼镜的少年，向她隔着桌子坐将下来了。曼英惊怔了一下，似乎那面孔有点相熟，曾在什么地方见着过也似的。曼英没有遽行睬他，依旧像先前一样地坐着不动，但是心中却暗想道，"小鸟儿也捉过许多，但是像这样羽毛的还没有捉过呢……"于是曼英便接连着向那武装少年溜了几眼。

"请问女士来了很久吗？"曼英听着那少年开始用着北京

的话音向她说话了。"大世界的游人真是很多呢……"

"你先生也常来此地吗？"曼英很自然地笑着问。

"不，偶尔来一两次罢了。敢问女士是一个人来的吗？"

"是的。一个人到此地来白相相……"

曼英既然存着捉小鸟儿的心思，而那小鸟儿又怀着要被捉着的愿望，这结果当然是明显的了。两人谈了几句话之后，便由那武装少年提议，到远东旅馆开房间去……

曼英一路中只盘算着怎样捉弄这个小鸟儿的方法。如果她曾逼迫过一个四十几岁的委员老爷向自己叫了三声亲娘，如果她曾强奸过一个钱庄老板的小少爷，如果她很容易地侮弄了许多人，那她今天又应当怎样来对付这个漂亮的武装少年呢？……这个小鸟儿，眼见得，不同别的小鸟儿一样，是不大容易对付的……但是，曼英想道，今夜晚她是无论如何不能把他放松的！曼英既然降服了许多别的小鸟儿，难道没有降服这个小鸟儿的本事吗？

在路中两人并没有说什么话。远东旅馆离大世界是很近的，不一会儿便到了。原来……原来那九号房间已经为那武装少年所开好了的，他并没有问过茶房，便引着曼英走进。女人的鼻子是很尖的，曼英走入房间后，即刻嗅出还未消逝下去的香水的，脂粉的和女人的头发的气味。也许在两小时以前，这位武装少年还在玩弄着女人呢……

曼英坐下了。武装少年立在他的前面，笑嘻嘻地将脸上的墨色眼镜取下。他刚一将墨色眼镜取下，便惊怔地望后退了两步，几乎将他身后边的一张椅子碰倒了。曼英这时才看见了那两只秀丽而妩媚的眼睛，才认出那个为她起初觉得有点相熟的面孔来，这不是别人，这是柳遇秋，曾什么时候做过曼英的爱人，而现在做了官的柳遇秋……曼英半晌说不出话来，然而她只是惊愕而已，既不欢欣，也不惧怕。眼见得柳遇秋更为曼英所惊愕住了。在墨色眼镜的光线下，他没认出，而且料也没料到这个烫了发，穿着高跟皮鞋的女郎，就是那当年的朴素的曼英，就是他的爱人。现在他是认出曼英来了，然而他不能相信这是真事，他想道，这恐怕是梦，这恐怕是幻觉……他所引进房间来的决不是曼英，而是别一个和曼英相像的女子……曼英是不会在大世界里和他吊膀子的！……但是，这的确是曼英，这的确是他的爱人，他并没有认错。在柳遇秋的惊神还未安定下来的时候，曼英已经开口笑起来了，她笑得是那般地特别，是那般地不自然，是那般地含着苦泪……这弄得柳遇秋更加惊怔起来。停了一会，曼英停住了笑，走至柳遇秋的面前，用眼逼视着他，说道：

"我道是谁，原来我们是老相识呵。你不认得我了吗？我不是别人，我是王曼英，你所爱过的王曼英，你还记得吗？贵人多忘事，我知道这是很难怪你的。"

"曼英，你……"柳遇秋颤动着说道，"我不料你，现在……居然……"他想说出什么，然而他没有说出来。曼英已经明白他的意思了。

"你不料我怎样？你问我为什么在大世界里做野鸡吗？那我的回答很简单，就因为你要到大世界里去打野鸡呵。我谢谢你，今天你是先找着我的。你看中了我罢，是不是？哈哈，从前你是我的爱人，现在你可是我的客人了。我的客人，你是我的客人，你明白了吗？哈哈哈！……"

曼英又倒在沙发上狂笑起来了。柳遇秋只是向她瞪着眼睛，不说话。后来他走向曼英并排坐下，惊颤地说道：

"曼英，我不明白你……你难道真是在做这种事情吗？……"

曼英停住了笑，轻轻地向柳遇秋回答道：

"你很奇怪我现在做着这种事情吗？我为什么要如此，这眼见得你死也不会明白。好，就作算照你的所想，我现在是在卖身体，但是这比卖灵魂还要强得几万倍。你明白吗？遇秋，你是将自己的灵魂卖了的人，算起来，你比我更不如呢……"

"你，你说的什么话？！"柳遇秋惊愕得几乎要跳起来了。但是曼英似乎很温存地握住他的手，继续说道：

"你现在是做了官了，我应当为你庆贺。但是在别一方面，我又要哀吊你，因为你的灵魂已经卖掉了。你为着要做官，便牺牲了自己的思想，自己的历史，抛弃了自己的朋友……你已经不是先前的，为我所知道的柳遇秋了。你已经出卖了自己的灵魂……不错，我是在卖身体，但是我相信我的灵魂还是纯洁的，我对于我自己并没有叛变……你知道吗？曼英是永远不会投降的！她的身体可以卖，但是她的灵魂不可以卖！可是你，遇秋，你已经将自己的灵魂卖了……"

"曼英，"停了一会，柳遇秋低声说道，"你也不必这样地过于骂我。做了官的也不止是我一个，如果说做了官就是将灵魂卖了，那卖灵魂的可是太多了。我劝你不必固执己见，一个人处世总要放圆通些，何必太认真呢？……现在是这样的时代，谁个太认真了，谁个就吃老亏，你知道吗？……什么革命不革命，理想不理想，曼英，那都是骗人的……"

"遇秋，你说的很对！我知道，卖灵魂的人有卖灵魂的人的哲学，傻瓜也有傻瓜的哲学，哲学既然不同，当然是谈不拢来。算了罢，我们还是谈我们的正经的事情！"曼英又强做笑颜，向柳遇秋斜着媚眼，说道，"敢问我的亲爱的客人，你既然把我引进旅馆来了，可是看中了我吗？你打算给我多少钱一夜？我看你们做官的人是不在乎的……"

曼英说着说着，将柳遇秋的头抱起来了，但是柳遇秋拉开了她的手，很苦恼地说道：

"曼英，请你别要这样罢！我真没料到你现在堕落到这种地步！"

"怎吗？你没料到我堕落到这种地步？那我也要老实向你说一句，我也没料到你堕落到这种地步呢！你比我还不如呵！……为什么我们老要谈着这种话呢？从前我们俩是朋友，是爱人，是同志，可是现在我们俩的关系不同了。你是我的客人，我的客人呵……"

曼英说至此地，忽然翻过身去，伏着沙发的靠背，痛哭起来了。她痛哭得是那般地伤心，那般地悲哀，仿佛一个女子得到了她的爱人死亡了的消息一样。曼英的爱人并没有死，柳遇秋正在她的旁边坐着……但是曼英却以为自己的爱人，那什么时候为她所热烈地爱过的柳遇秋已经死了，永远地不可再见了，而现在这个坐在她的旁边的人，只是她的客人而已。她想起来了那过去的对于柳遇秋的爱恋和希望，那过去的温存和甜蜜，觉得都如烟影一般，永远地消散了。于是她痛哭，痛哭得难于自已……唉，人事是这般地难料！曼英怎么能料到当年的爱人，现在变成了她的客人呢？

柳遇秋在房中踱来踱去，想不出对付曼英的方法。他到大世界是去寻快乐的，却不料带回来了一团苦恼……这真是天晓得！……他不知再向曼英说什么话为好，只是不断地说着这末一句：

"曼英，我真不明白你……"

是的，他实在是不明白曼英是什么一回事。为什么要做这种事情？为什么又说出什么卖灵魂……一些神秘的话来？为什么忽而狂笑，忽而痛哭？得了神经病吗？天晓得！……但是他转而一想，曼英现在的确漂亮得多了呢，如果他还能将她得到手里！……柳遇秋一方面很失望，但一方面又很希望：美丽的曼英也许还是他的，他也许能将她独自拥抱在自己的怀里。……他想着想着，忽然又听见曼英狂笑起来了。

"我是多末地傻瓜！"曼英狂笑了几声，后来停住了，自对自地说道，"我竟这末样地哭起来了。过去的让它过去，我还哭它干吗呢？但是，回一回味也是好的呢。遇秋，你还记得我们初见面的时候吗？来呵，到这里来，来和我并排坐下，亲热一亲热罢，你不愿意吗？"

柳遇秋走向曼英很驯服地并排坐下了。曼英握起他的手来，微笑着向他继续说道：

"真的，遇秋，你还记得我们初见面的时候吗？那是前年，前年的春天……你立在演讲台上，慷慨激昂地演着说，那时你该是多末地可爱！当你的眼光射到我的身上时，我的一颗处女的心是多末地为你颤动呵！……从那一次起，我们便认识了，我便将你放在我的心里。你要知道，在你以前，我是没注意过别的什么男子的呵……"

曼英沉思了一会，又继续说道：

"遇秋，你还记得那在留园的情景吗？那是春假的一天，我们学生会办事的人去踏青，你领着头……那花红草绿，在在都足以令人陶醉，我是怎样地想倾倒在你的怀抱里呵！后来，当他们都走开了，我们俩坐在一张长凳子上，谈着这，谈着那，谈了许许多多的事情。但是在我的心里，我只说着一句话：'遇秋，我爱你呵！'……唉，那时的感觉该多末地甜蜜！遇秋，你还记得你那时的感觉吗？"

柳遇秋点一点头，低低地说道：

"曼英，我还记得。那时我真想将你拥抱起来……"

"呵，遇秋，你还记得你写信催我到H镇入军事政治学校的事情吗？你还记得我在H镇旅馆初次见着了你的面，那一种欢欣的神情吗？我想你一定都是记得的。那时你在我的眼光中该是多末地可爱，多末地可敬，我简直把你当做了上帝一样看待。那时，我老实地告诉你，我真有点在杨坤秀面前骄傲呢；这是因为我有了你……是的，你那时不是一个模范的有作为的青年吗？后来，费你的神，把我送进了学校，我的一颗心该是多末感激你呵！那时，我在人们面前虽然不高兴谈恋爱的事情，但是我的一颗心已经是属于你的了。"

沉吟了一会，曼英又继续说道：

"那时，我们该多末地兴奋，该多末地怀着热烈的希望，遇秋，你还记得吗？我听了你几次的演说，你演说得是那末地热烈，那末地有生气，真令我一方面感觉得你就是我的希望，你就是我的光明，一方面又感觉得我们的胜利快要到来了，我们的前途光明得如中天的太阳一样……后来，我虽然渐渐失望，渐渐觉得黑暗的魔力快要把我压倒了，但是，遇秋，我还是照常地信任你，我还是热烈地爱你，一点儿也没有变……后来，在南征的路上，我一路上总是想着你，一方面希望你不要改变初衷，一方面又恐怕你不谨慎，要被他们杀害……唉，那时我该是多末记念着你呵！……"

柳遇秋低着头，一声也不响，静听着曼英的说话，但是，也许他不在听着她的说话，而在思想着别的事情。曼英逼近地望了他一会，又开始说道：

"后来，我们终于失败了……我对于一切都失了望……我怀疑起来我们的方法……我慢慢地，慢慢地造成了我自己的哲学，那就是与其改造这世界，不如破毁这世界，与其振兴这人类，不如消灭这人类……这样比较痛快些，我想。不过，遇秋，你要知道，我虽然对于革命失了望，但是我并没有投降呵！我并没有变节呵！我还是依旧地反抗着，一直到我的最后的一刻……我可以吃苦，我可以被污辱，但是投降我是绝对做不到的！……不错，我现在是做着这种事情，在你的眼光中，是很不好的事情……我是太堕落了……这都由你想去。但是，我是不是太堕落了呢？遇秋，我恐怕太堕落了不是我，而是你呵！我不过是卖着自己的身体，而你，你居然把自己的灵魂卖了……遇秋，我无论如何都没有想到！……"

柳遇秋依旧着一声不响，好像曼英的话不足以刺激他也似的。

"但是，遇秋，事情并不是一做错了就不可以挽回的……将你的官辞去罢！将你卖去的灵魂再赎回来罢！你为什么一定要作践自己的灵魂呢？……遇秋，你愿意听我的话吗？我们讨饭也可以，做强盗也可以，什么都可以，什么我都可以和着你一道儿做去，你知道吗？但是，我们决不可投降，决不可在我们的敌人面前示弱！……如果你答应我的话，那我们还可以恢复过去的关系……我也不再做这种事了……我们再想一想别的什么方法……遇秋，你愿意吗？啊？看着过去的我们的爱情分上，你就答应我了罢！"

但是柳遇秋依旧不做声。曼英将他的手放开了，不再继续说将下去，静等着他的回答。房间中的空气顿时肃静起来。过了十几分钟的光景，柳遇秋慢慢地将头抬起来，很平静地开始说道：

"曼英，我以为你的为人处世太拘板了。在现在的时代，我告诉你，不得不放聪明些。你就是为革命而死了，又有谁个来褒奖你？你就是把灵魂卖了，照你所说，又有谁个来指责你？而且，这卖灵魂的话我根本就反对。什么叫做卖灵魂呢？一个人放聪明一点，不愿意做傻瓜，这就是卖灵魂吗？曼英，我劝你把这种观念打破罢，何苦要发这些痴呢？此一时也，彼一时也，我们得快活时且快活，还问它什么灵魂不灵魂，革命不革命干吗呢？……"

他停住了。曼英将两眼逼射着他，带着一种又鄙夷又愤怒的神情，然而她并没有预备反驳柳遇秋的话。停了一会，柳遇秋又开始说道：

"你刚才说，恢复我们从前的关系……我是极愿意的。你现在住在什么地方？我在法租界租的有房子，你可以就搬进去住。从今后我劝你抛去一切的思想，平平安安地和我过着日子。你看好不好？"

曼英没有回答他。慢慢地低下头来。房间中又寂静下来了。忽然，出乎柳遇秋的意料之外，曼英立起身来，大大地狂笑起来。狂笑了一阵之后，她脸向着柳遇秋说道：

"你自己把灵魂卖掉了还不够，还要来卖我的吗？不，柳先生，你是想错了！王曼英的身体可以卖，你看，她今天就预备卖给你，但是她的灵魂呵，柳先生，永远是为人家所买不去的！算了罢，我们不必再谈这些事情了。让我们还是来谈一谈怎样地玩耍罢……"

"柳先生，不，柳老爷，"曼英故意地淫笑起来，两手摸着自己的乳部，向柳遇秋说道，"你看我这两个奶头大不大，圆紧不圆紧？请你摸摸看好不好？你已经很久没有摸它们了，可不是吗？"

"曼英，你在发疯，还是？"柳遇秋带着一点气忿的口气说。

"我也没有发疯，我也没有发痴，这是我们卖身体的义务呵。真的，你要不要摸一摸，我的亲爱的柳老爷？我们就上床睡觉好吗？"

曼英说着说着，便将旗袍脱下，露出一件玫瑰色的紧身小短袄来。电光映射到那紧身的小短袄上，再反射到曼英的面孔，显得那面孔是异常地美丽，娇艳得真如一朵巧笑着的芙蓉一般。虽然柳遇秋被曼英所说的一些话所苦恼了，但是他的苦恼此时却为着他的色欲所压抑住了，于是他便将曼英拥抱起来……虽然在床上曼英故意地说了些侮弄的，嘲笑的话，然而那都不要紧，要紧的是这柔腻的双乳，红嫩的口唇，轻软的腰肢……

第二天早晨起来，曼英向柳遇秋索过夜费，这弄得柳遇秋进退两难：他真地现在是曼英的客人吗？给她好，还是不给她好呢？……但是曼英紧逼着他说道：

"柳老爷，你到底打算给我多少钱呢？我知道你们喜欢白相的人，多给一点是不在乎的。请你赶快拿给我罢，我要回去呢……"

柳遇秋叹了一口气，糊里糊涂地从口袋中掏出几张钞票来，用着很惊颤的手递给曼英，而曼英却很坦然地从他的手中将钞票接过来。她又仰着狂笑起来了。如撕字纸一般地她将钞票撕碎了。接着她便将撕碎了的钞票纸用脚狠狠地践踏起来。

"这是卖灵魂混来的钱，"她自对自地说道，"我不要，别要污辱了我，让鬼把这些钱拿去罢！……哈哈哈！……"

柳遇秋还未来得及明白是什么一回事的时候，曼英已迅速地走出房门去了。

曼英几几乎笑了一路。黄包车夫拖着她跑，不时很惊诧地回头望她：他或者疑惑曼英发了疯，或者疑惑曼英中了魔，不然的话，她为什么要这样笑个不住呢？……

刚进入亭子间的门，小阿莲便迎着说道：

"昨晚李先生来了呢。你老怪他不来，等到他来了，你又不在家。他等了你很久，你知道不知道？"

"啊，他昨晚来了吗？"曼英又是惊喜、又是失望地问道，"他曾说了什么话吗？他说了他什么时候再来吗？"

"他教我认了几个字。后来他写了一张字条留给你，你看，那书桌上不是吗？"

曼英连忙将字条拿到手里，读道：

曼英　我因为被派到别的地方去了，所以很久没来看你。但是我的一颗心实在是很记念着呢！今晚来看你，不幸你又不在家。我忙的很，什么时候来看你，我不能说定。不过，曼英，我是不会将你忘记的。我信任你，永远地信任你。我对你的心如我对革命的心一样，一点儿也没有改变……

尚志留字

　　曼英反复地将李尚志的信读了几遍。不知为什么她的一颗心剧烈地跳动起来。她完全将柳遇秋忘却了，口中只是喃喃地念着："我对你的心如我对革命的心一样，一点儿也没有改变……"

八

　　光阴如箭也似地飞着。
　　一天过去了，又是一天……
　　一天过去了，又是一天……
　　而李尚志总不见来！他把曼英忘记了吗？但是他留给曼英的信上说，他是永远不会将曼英忘记的；他对于曼英的心如对于革命的心一样，一点儿也没有变……曼英也似乎是如此地相信着他。但是经过了这末许多时候，为什么他老不来看一看曼英呢？
　　曼英近来于夜晚间很少有出门的时候了。她生怕李尚志于她不在家的时候来了，所以她时时地警戒着自己，别要失去与李尚志见面的机会。她近来的一颗心，老是悬在李尚志的身上，似乎非要见着他不可。她为什么要这样呢？她所需要于李尚志的是些什么？曼英现在已经是走着别一条路了，如果李尚志知道了，也许他将要骂这一条路为不通，为死路；也许他也和着小阿莲一样地想法，曼英成为最下贱的人了……曼英和李尚志还有什么共同点呢？就是在爱情上说，李尚志本来是为曼英所不爱的人呵，现在她还系念着他干什么呢？

但是，自从与柳遇秋会了面之后，曼英便觉得李尚志的身上，有一种什么力量，在隐隐地吸引着她，似乎她有所需要于李尚志，又似乎如果离开李尚志，如果李尚志把她丢弃了，那她便不能生活下去也似的。她觉得她和柳遇秋一点儿共同点都没有了，但是和李尚志……她觉得还有点什么将她和李尚志连结着……

曼英天天盼望李尚志来，而李尚志总不见来，这真真有点苦恼着她了。有时她轻轻地向阿莲问道：

"你以为李先生今天会不会来呢？"

阿莲的回答有时使她失望，当她听见那小口不在意地说道：

"我不知道。"

阿莲的回答有时又使她希望，当她听见那小口很确信地说道：

"李先生今天也许会来呢。他这样久都没来了。姐姐，他真是一个好人呢！我很喜欢他。……"

但是，李尚志总没有见来。这是因为什么呢？曼英想起来了，他是在干着危险的工作，说不定已经被捉去了……也许因为劳苦过度，他得了病了……一想到此地，曼英一方面为李尚志担心，一方面又不知为什么隐隐地生了抱愧的感觉：李尚志已经被捉住了，或者劳苦得病了，而她是这般地闲着无事，快活……于是她接着便觉得自己是太对不起李尚志了。

最后，有一天，午后，她在宁波会馆前面的原处徘徊着，希望李尚志经过此地，她终于能够碰着他……但是出乎曼英的意料之外，她所碰见的不是李尚志，而是诗人周诗逸，那说是她的情人又不是她的情人，说是她的客人又不是她的客人，说是她的奴隶又不是她的奴隶的周诗逸。曼英已经很久没有见到周诗逸了。这时的周诗逸头上带着一顶花边缘的蓝色呢帽，身上穿着一套黄紫色的呢西装；那胸前的斜口袋中插着一条如彩花一样的小帕，那香气直透入曼英的鼻孔里。他碰见了曼英，他的眼睛几乎喜欢得合拢起来了。他是很思念着曼英的呵！曼英在他的眼中是一个很有诗意的女子！……

"呵呵，我的恨世女郎！上帝保佑，我今天总算碰见了你！我该好久都没有见着你了！你现在有空吗？"

曼英明白了他的意思。但是曼英现在是在想着李尚志，没有闲心思再与我们的这位漂亮诗人相周旋了。她摇一摇头，表示没有闲空。失望的神情即时将诗人的面孔掩盖住了。

"我今晚上在大东酒楼请客，我的朋友，都是一些艺术家，如果你能到场，那可是真为我生色不少了。你今天晚上一定要到场，我请求你！"

周诗逸说着这话时，几乎要在曼英面前跪下来的样子。曼英动了好奇的心了：艺术家？倒要看看这一般艺术家是什么东西……于是曼英答应了周诗逸。

已经是四点多钟了，而李尚志的影子一点儿也没有。曼英想道，大概是等不到了，便走到周诗逸所住着的地方——大东旅馆里……

周诗逸见着曼英到了，不禁喜形于色，宛如得着了一件宝物也似的。这时一个人也没有来，房间内只是曼英和着周诗逸。电灯光亮了。周诗逸把曼英仔细地端详了一下，很同情地说道：

"许久不见，你消瘦了不少呢。我的恨世女郎，你不应太过于恨世了，须知人生如梦，为欢几何，古人秉烛夜游，良有以也……"

曼英坐着不动，只是瞪着两眼看着他那生活安逸的模样，一种有闲阶级的神情……心中不禁暗自将周诗逸和李尚志比较一下：这两者之间该有多末大的差别！虽然李尚志的服饰是那末地不雅观，但是他的精神该要比这个所谓诗人的崇高得多少倍！世界上没有了周诗逸，那将要有什么损失呢？一点儿损失都不会有。但是世界上如果没有了李尚志，那将要有什么损失呢？那就是损失了一个忠实的为人类解放而奋斗的战士！周诗逸不过是一个很漂亮的，中看不中吃的寄生虫而已。

客人们渐渐地来齐了。无论谁个走进房间来，曼英都坐着不动，装着没看见也似的。周诗逸一一地为她介绍了：这是音乐家张先生，这是中国恶魔派的诗人曹先生，这是小说家李先生，这是画家叶先生，这是批评家程先生，这是……这是……最后曼英不去听他的介绍了，让鬼把这些什么诗人，什么艺术家拿去！她的一颗心被李尚志所占据住了，而这些什么诗人，音乐家……在她的眼中，都不过是一些有闲阶级的，生活安逸的，糊涂的寄生虫而已。是的，让鬼把他们拿去！……

"诸位，"曼英听着周诗逸的欢欣的，甜蜜的，又略带着一点矜持的声音了。"我很慎重地向你们介绍，这是我的女友王女士，她的别名叫着恨世女郎，你们只要一听见这恨世女郎几个字，便知道她是一个很风雅，很有心胸的女子了。……"

"敬佩之至！"

"不胜敬佩之至！"

"密斯特周有这末样的一个女友，真是三生有幸了！"

"……"

曼英听见了一片敬佩之声……她不但不感觉着愉快，而且感觉着这一般人鄙俗得不堪，几乎要为之呕吐起来。但是周诗逸见着大家连声称赞他的女友，不禁欢欣无似，更向曼英表示着殷勤。他不时走至曼英面前，问她要不要这，要不要那……曼英真为他所苦恼住了！唉，让鬼把他和这一些艺术家拿去！

酒菜端上来了。大家就了坐。曼英左手边坐着周诗逸，右手边坐着一位所谓批评家的程先生。这位程先生已经有了胡须，大约是快四十岁的人了。从他的那副黑架子的眼镜里，露出一只大的和一只似乎已经瞎了的眼睛来。他的话音是异常地低小，平静，未开口而即笑，这表明他是一个很知礼貌的绅士。

"密斯王真是女界中的杰出者，吾辈中的风雅人物。密斯特周屡屡为我述及，实令我仰慕之至！……"

还未来得及向批评家说话的时候，对面的年轻的恶魔派诗人便向曼英斟起酒来，笑着说道：

"我们应当先敬我们的女王一杯，才是道理！"

"对，对，对！……"

大家一致表示赞成。周诗逸很得意地向大家宣言道：

"我们的女王是很会唱歌的，我想她一定愿意为诸君唱一曲清歌，借助酒兴的。"

"我们先饮了些酒之后，再请我们的女王唱罢。"在斜对面坐着的一位近视眼的画家说，他拿起酒杯来，大有不能再等的样子。

于是大家开始饮起酒来……

曼英的酒杯没有动。

"难道密斯王不饮酒吗？"批评家很恭敬地问。

"不行，不行，我们的女王一定是要饮几杯的！"大家接着说。

"请你们原谅，我是不方便饮酒的，饮了酒便会发酒疯，那是很……"

"饮饮饮，不要紧！反正大家都不是外人……"

"如此，那我便要放肆了。"

曼英说着，便饮干了一杯。接着便痛饮起来。

"现在请我们的女王唱歌罢。"诗人首先提议。

"是，我们且听密斯王的一曲清歌，消魂真个……"

"那你就唱罢，"周诗逸对着曼英说。他已经有点酒意了，微眯着眼睛。

曼英不再推辞，便立起身来了。

"如果有什么听得不入耳之处，还要请大家原谅。"

"不必客气。"

"那个自然……"

曼英一手扶着桌子，开始唱道：

> 我本是名门的女儿，
> 生性儿却有点古怪，
> 有福儿不享也不爱，
> 偏偏跑上革命的浪头来。

"你看，我们的女王原来是一个革命家呢。"

"不要多说话，听她唱。"

> 跑上革命的浪头来，
> 到今日不幸失败了归来；
> 我不投降我也不悲哀，
> 我只想变一个巨弹儿将人类炸坏。

"这未免太激烈了。"周诗逸很高兴地插着说。曼英不理他，仍继续唱道：

> 我只想变一个巨弹儿将人类炸坏，
> 那时将没有什么贫富的分开，
> 那时才见得真正的痛快，
> 我告诉你们这一般酒囊饭袋。

"这将我们未免骂得太利害了。"诗人说。

"有什么利害？你不是酒囊饭袋吗？"画家很不在意地笑着说。

> 我告诉你们这一般酒囊饭袋，
> 你们全不知道天有多高地有多矮；
> 你们谈什么风月，说什么天才，
> 其实你们俗恶得令人难耐。

大家听曼英唱至此地，不禁相忽地你望望我，我望望你，十分地惊异而不安起来。

"我的恨世女郎！你骂得我们太难堪了，请你不必再唱将下去了……"周诗逸说。

但是曼英不理他，依旧往下唱道：

> 其实你们俗恶得令人难耐，
> 你们不过是腐臭的躯壳儿存在；
> 我斟一杯酒洒下尘埃，洒下尘埃，
> 为你们唱一曲追悼的歌儿。

曼英唱至此地，忽然大声地狂笑起来了。这弄得在座的艺术家们面面相觑，莫知所以。当他们还未来得及意识到是什么一回事的时候，曼英已经狂笑着跑出门外去了。

呵，当曼英唱完了歌的时候，她觉得她该是多末地愉快，多末地得意！她将这些酒囊饭袋当面痛骂了一顿，这是使她多末得意的事呵！但是，当她想起李尚志来，她又觉得这些人们是多末地渺小，多末地俗恶，同时又是多末地无知得可怜！……

曼英等不及电梯，便匆忙地沿着水门汀所砌成的梯子跑将下来了。在梯上她冲撞了许多人，然而她因为急于要离开为她所憎恨的这座房屋，便连一句告罪的话都不说。她跑着，笑着，不知者或以为她得了什么神经病。

"你！"

忽然有一只手将她的袖口抓住了。曼英不禁惊怔了一下，不知遇着了什么事。她即时扭头一看，见着了一个神情很兴奋的面孔，这不是别人，这是曼英所说的将自己的灵魂卖掉了的那人……

曼英在惊怔之余，向着柳遇秋瞪着眼睛，一时地说不出话来。

"我找了你这许多时候，可是总找不到你的一点影儿……"曼英听见柳遇秋的颤动的话音了。在他的神情兴奋的面孔上，曼英断定不出他见着了自己，到底是怀着怎样的心情：是忿怒还是欢欣，是得意还是失望……曼英放着很镇静的、冷淡的态度，轻声问道：

"你找我干什么呢？有什么事情吗？"

柳遇秋将头低下了，很悲哀地说道：

"曼英，我料不到你现在变成了这样……"

"不是我变了，"曼英冷笑了一下，说道，"而是你变了。遇秋，你自己变了。你变得太利害了，你自己知道吗？"

"我们上楼去谈一谈好不好？"柳遇秋抬起头来向她这样问着说。他的眼睛已经没有了先前的光芒，他的先前的那般焕发的英气已经完全消失了。他现在虽然穿着一套很漂亮的西装，虽然他的领带是那般地鲜艳，然而曼英觉得，立在她的面前的只是一个无灵魂的躯壳而已，而不是她当年所爱过的柳遇秋了。

曼英望着他的领带，没有即刻回答柳遇秋，去呢还是不去。

"曼英，我请求你！我们再谈一谈……"

"谈一谈未始不可，不过我想，我们现在无论如何是谈不明白的。"

"无论如何要谈一谈！"

柳遇秋将曼英引进去的那个房间，恰好就是周诗逸的房间的隔壁。曼英走进房间，向那靠窗的一张沙发坐下之后，向房间用目环视了一下，见着那靠床的一张桌子上已经放着了许多酒瓶和水果之类，不禁暗自想道：

"难怪他要做官，你看他现在多末挥霍呵，多末有钱呵……"

从隔壁的房间内不大清楚地传来了嬉笑，鼓掌，哄闹的声音。曼英尖着耳朵一听，听见几句破碎不全的话语："天才……诗人……近代的女子……印象派的画……月宫跳舞场……"眼见得这一般艺术家的兴致，还未被曼英嘲骂下去，仍是在热烈地奔放着。这使着曼英觉得自己有点羞辱起来：怎么！他们还是这样地快活吗？他们竟不把她的嘲骂当做一回事吗？唉，这一般猪猡，不知死活的猪猡！……

柳遇秋忙着整理房间的秩序。曼英向他的背影望着，心中暗自想道："你和他们是一类的人呵，你为什么不去和他们开心，而要和我纠缠呢？……"

"你要吃橘子吗？"柳遇秋转过脸来，手中拿着一个金黄的橘子，向曼英殷勤地说道，"这是美国货，这是花旗橘子。"

曼英不注意他所说的话。放着很严重的声音，向柳遇秋问道：

"你要和我谈些什么呢？你说呀！"曼英这时忽然起了一种思想："李尚志莫不要在我的家里等我呢……我应当赶快回去才是！……"

"我还有事情，坐不久，就要去的……你说呀！"

柳遇秋的面容一瞬间又沉郁下来了。他低着头，走至曼英的旁边坐下，手动了一动，似乎要拿曼英的手，或者要拥抱她……但他终没有勇气这样做。沉默了一会，他放着很可怜的声音说道：

"曼英，我们就此完了吗？"

"完了，永远地完了。"曼英冷冷地回答他。

"你完全不念一念我们过去的情分吗？"

"遇秋，别要提起我们的过去罢，那是久已没有了的事情。现在我们既然是两样人了，何必再提起那过去的事情？过去的永远是过去了……"

"不，那还是可以挽回的。"

"你说挽回吗？"曼英笑起来了，"那你就未免太发痴了。"

李尚志的面孔又在曼英的脑海中涌现出来。她觉得李尚志现在一定在她的家里等候她，她一定要回去……她看一看手表，已是八点钟了。她有点慌忙起来，忽然立起身来预备就走出房门去。柳遇秋一把把她拉住，向她跪下来哀求着说道：

"曼英，你答应我罢，你为什么要这样鄙弃我呢？……我并不是一个很坏很坏的人呵，曼英！……"

"是的，你不是一个很坏很坏的人，有的人比你更坏，但是这对于我又有什么关系呢？放开我罢，我还有事情……"

柳遇秋死拉着她不放，开始哭起来了。他苦苦地哀求她……他说，如果她答应他，那他便什么事都可以做，就是不做官也可以……但是他的哭求，不但没有打动曼英的心，而且增加了曼英对于他的鄙弃。曼英最后向他冷冷地说道：

"遇秋，已经迟了！迟了！请你放开我罢，别要耽误我的事情！"

李尚志的面孔更加在曼英的脑海中涌现着了。柳遇秋仍拉着她的手不放。曼英，忽然，也不知从什么地方来了这末许多力量，将自己的手挣脱开了，将柳遇秋推倒在地板上，很迅速地跑出房门，不料就在这个当儿，周诗逸也走出房间来，恰好与曼英撞个满怀。曼英抬头一看，见是周诗逸立在她的面前，便不等到周诗逸来得及惊诧的时候，给了他一个耳光，拼命地顺着楼梯跑下来了。

坐上了黄包车……喘着气……一切什么对于她都不存在了，她只希望很快地回到家里。她疑惑她自己是在演电影，不然的话，今天的事情为什么是这般地凑巧，为什么是这般地奇异！……

她刚一走进自己的亭子间里，阿莲迎将上来，便突兀地说道：

"你真是！你到什么地方去了？天天老说李先生不来不来，今晚他来了，你又不在家里！"

听了阿莲的话，曼英如受了死刑的判决一般，睁着两只眼睛，呆呆地立着不动。经过了两三分钟的光景，她如梦醒了也似的，把阿莲的手拉住问道：

"他说了些什么话吗？"

"他问我你每天晚上到什么地方去……"

"你怎样回答他呢？"曼英匆促地问阿莲，生怕她说出一些别的话。

"我说，你每晚到夜学校里去教书。"

曼英放下心了。

"他还说了些什么话吗？"

"他又问起我的爸爸和妈妈的事情。"

"还有呢？"

"他又留下一张字条，"阿莲指着书桌子说道，"你看，那上边放着的不是吗？"

曼英连忙放开阿莲的手，走至书桌子跟前，将那字条拿到手里一看，原来那上边并没有写着别的，只是一个简单的地址而已。曼英的一颗心欢欣得颤动起来，正待要问阿莲的话的当儿，忽听见阿莲说道：

"李先生告诉我，他说，请你将这纸条看后就撕去……他还说，后天上午他有空，如果你愿意去看他，你可以在那个时候去……"

"呵呵……"

曼英听见阿莲的这话，更加欢欣起来了。她想道，李尚志还信任她，告诉了她自己的地址……她后天就可以见着他，就可以和他谈话……但是她为什么一定要见着李尚志呢？为什么她要和他谈话呢？她将和他谈些什么呢？……关于这一层，曼英并没有想到。她只感觉着那见面，那谈话，不是和柳遇秋，不是和钱培生，不是和周诗逸的谈话，而是和李尚志的谈话，是使她很欢欣的事。

"阿莲，李先生还穿着先前的衣服吗？"

"不是，他今天穿着的是一件黑布长衫，很不好看。"

"阿莲，他的面容还像先前一样吗？没有瘦吗？"

"似乎瘦了一些。"

"他还是很有精神的样子吗？"

"是的，他还是像先前一样地有精神。姐姐，你是不是……很，很喜欢李先生？……"

"吓，小姑娘家别要胡说！"

阿莲的两个圆圆的小笑窝，又在曼英的眼前显露出来了。她拉住曼英的手，有点忸怩的神气，向曼英笑着说道：

"姐姐，我明白……李先生真是一个好人呵！他今天又教我写了许多字……"

阿莲的天真的，毫无私意的话语，很深刻地印在曼英的心里。"李先生真是一个好人呵！……"阿莲已经给了李尚志一个判决了。李尚志在阿莲的面前，也将不会有什么羞愧的感觉，因为他的确是可以领受阿莲的这个判决的。他是在为着无数无数的阿莲做事情，与其说他为阿莲复仇，不如说他为阿莲开辟着新生活的路……但是，她，曼英，为阿莲到底做着什么事情呢？她时常向着阿莲的两个圆圆的小笑窝出神，但是这并不能证明她是在为着阿莲做事情……如果李尚志是一个真正的好人，如阿莲所想的一样，那末她，曼英，到底是一个什么人呢？……

曼英觉得自己是渐渐地渺小了。……如果她适才骂了周诗逸，骂了柳遇秋，那她现在便要受着李尚志的骂。"呵，如果李尚志知道我现在做着什么事情！……"曼英想到此地，一颗心不禁惊颤起来了。

九

曼英走进一条阴寂的、陈旧的弄堂里。她按着门牌的号数寻找，最后她寻找到为她所需要的号数了。油漆褪落了的门扉上，贴着一张灰白的纸条，上面写着"请走后门"四个字。曼英遂转到后门去。有一个四十几岁的、头发蓬松着的妇人，正在弯着腰哐啷哐啷地洗刷马桶。曼英不知道她是房东太太抑是房东的女仆，所以不好称呼她。

"请问你一声，"曼英立在那妇人的侧面，微笑着，很客气地向她问道，"你们家里的前楼上，是不是住着一位李先生？"

那洗刷马桶的妇人始而懒洋洋地抬起头来，等到她看见了曼英的模样，好像有点惊异起来。她的神情似乎在说着，这样漂亮的小姐怎么会于大清早起就来找李先生呢？这是李先生的什么人呢？难道说衣服蹩脚的李先生会有这样高贵的女朋友吗？……

她只将两个尚未洗过的睡眼向曼英瞪着，不即时回答曼英的问题。后来她用洗刷马桶的那只手揉一揉眼睛，半晌方才说道：

"李先生？你问的是哪个李先生？是李……"

那妇人生怕曼英寻错了号数。她以为这位小姐所要找着的李先生，大概是别一个人，而不会是住在她家里的前楼上的李先生……曼英不等她说下去，即刻很确定地说道：

"我问的就是你们前楼上住着的李先生，他在家里吗？"

"呵呵，在家里，在家里，"那妇人连忙点头说道，"请你自己上楼去看看罢，也许还没有起来。"

曼英走上楼梯了。到了李尚志房间的门口。忽然一种思想飞到她的脑海里来，使她停住了脚步，不即刻就动手敲叩李尚志的房门。"他是一个人住着，还是两个人住着呢？也许……"于是那个女学生，为她在宁波会馆前面所看见的那个与李尚志并排行走着的女学生，在她的眼帘前显现出来了。一种妒意从她的内心里一个什么角落里涌激出来，一至于涌激得她感到一种最难堪的失望。她想道，也许他俩正在并着头睡着，也许他们俩正在并做着一种什么甜蜜的梦……而她，曼英，孤零零地在他们的房门外站着，如被风雨所摧残过的一根木桩一样，谁个也不需要，谁个也不会给她以安慰和甜蜜……

她又想道，为什么她要来看李尚志呢？她所需要于李尚志的到底是些什么呢？她和李尚志已经走着两条路了，现在她和李尚志已经没有了什么共同点，为什么李尚志老是吸引着她呢？今天她是为爱李尚志而来的吗？但是李尚志原是她从前所不爱的人呵……如果说她不爱他，那她现在又为什么对于那个为她所见过的女学生，也许就是现在和李尚志并头睡着的女子，起了一种妒意呢？……曼英想来想去，终不能得到一个自解。忽然，出乎曼英的意料之外，那房门不用敲叩而自开了。在她面前立着的不是别人，正是她今天所要来看见的李尚志。李尚志的欢欣的表情，即刻将曼英的思想驱逐掉了。曼英觉着那表情除开同志的关系外，似乎还含着一种别的，为曼英所需要的……她也就因之欢欣起来了。

她很迅速地将李尚志的房间用眼巡视了一下，只看见一张木架子床，一张长方形的桌子，那上面又摆着一堆书籍，又放着茶壶和脸盆……她所拟想着的那个女学生，一点儿影子也没有。"他还是一个人住着呵！……"她不禁很欢欣地这样想着，一种失望的心情完全离她而消逝了。

曼英向李尚志的床上坐下了。房间中连一张椅子都没有。李尚志笑吟吟地立着，似乎不知道向曼英说什么话为好。那种表情为曼英所从没看见过。她想叫他坐下，然而没有别的椅子。如果他要坐下，那他便不得不和曼英并排地坐下了。曼英有点不好意思，然而她终于说道：

"请你也坐下罢，那站着是怪不方便的。"

"不要紧，我是站惯了的。"李尚志也有点难为情的样子，将手摆着说道，"请你不要客气。你吃过早饭了吗？我去买几根油条来好不好？"

"不，我已经吃过早饭了。请你也坐下罢，我们又不是生人……"

李尚志勉强地坐下了，将眼向着窗外望着，微笑着老不说话。曼英想说话，她原有很多的话要说呵，但是也不知道从何说起。忽然她看见了那张书桌子上面摆着一个小小的相片架，坐在床上，她看不清楚那相片是什么人的，于是她便立起身来，走向书桌子，伸手将那张相片拿到手里看一看到底是谁。她即刻惊异起来了：那相片虽然已经有了一点模糊，然而她还认得清楚，这不是别人，却正是她自己！她觉得这是很奇怪的事情了。她从来没有赠过相片与任何人，更没赠与过李尚志，这张相片到底是从哪里来的呢？而且，她又想道，李尚志将她的相片这样宝贵着干什么呢？政局是剧烈地变了，人事已与从前大不相同了，而李尚志却还将曼英的相片摆在自己的书桌上……

"曼英，你很奇怪罢，是不是？"李尚志笑着问，他的脸有点泛起红来了。

曼英回过脸来向李尚志望着，静等着他继续说将下去。

"你还记得我们在留园踏青的事吗？"李尚志继续红着脸说道，"那时我们不是在一块儿摄过影吗？那一张合照是很大的，我将你的相片从那上面剪将下来，至今还留着，这就是……"

"真的吗？"曼英很惊喜地问道，"你真这样地将我记在心里吗？呵，尚志，我是多末地感激你呵！"

曼英说着说着，几乎流出感激的泪来。她将坐在床上的李尚志的手握起来了。两眼射着深沉的感激的光芒，她继续说道：

"尚志，我是多末地感激你呵！尤其是在现在，尤其是在现在……"

曼英放开李尚志的手，向床上坐下，簌簌地流起泪来了。

"曼英，你为什么伤起心来了呢？"李尚志轻轻地问她。

"不，尚志，我现在并不伤心，我现在是在快乐呵！……"

　　说着说着，她的泪更加流得涌激了。李尚志很同情地望着她，然而他找不出安慰她的话来。后来，经过了五六分钟的沉默，李尚志开口说道：

　　"曼英，我老没有机会问你，你近来在上海到底做着什么事情呢？阿莲对我说，你在一个什么夜学校里教书，真的吗？"

　　曼英惊怔了一下。这问题即刻将她推到困难的深渊里去了。她近来在上海到底做着什么事情呢？……据她自己想，她是在利用着自己的肉体向敌人报复，是走向将全人类破灭的路……她依旧是向黑暗反抗，然而不相信先前的方法了……她变成一个激烈的虚无主义者了。但是现在如果曼英直爽地将自己的行为告诉了李尚志，那李尚志对于她的判断，是不是如她的所想呢？那李尚志是不是即刻就要将她这样堕落的女子驱逐出房门去？那李尚志是不是即刻要将那张保存到现在的曼英的相片撕得粉碎？……曼英想到此地，不禁大大地战栗了一下。不，她不能告诉他关于自己的真相，自己的思想！一切什么都可以，只要李尚志不将她驱逐出房门去！只要他不将她的相片撕得粉碎！……

　　"是的。不过我近来的思想……"她本不愿意提到思想的问题上去，但是她却不由自主地说出来思想两个字。

　　"你近来的思想到底怎样？"李尚志逼视着曼英，这样急促地问。

　　话头已经提起来了，便很难重新收回去。曼英只得照实地说了。

"我的思想已经和先前不同了。尚志，你听见这话，或者要骂我，指责我，但是这是事实，又有什么方法想呢？"

李尚志睁着两只眼睛，静等着曼英说将下去。曼英将头低下来了。停了一会，她又轻轻地开始说道：

"尚志，你是知道我的性格的。我说我的思想已经和先前的不同了，这并不是说我向敌人投了降，或是什么……对于革命的背叛。不，这一点都不是的。我是不会投降的！不过自从……失败之后……我对于我们的事业怀疑起来了：照这样干将下去，是不是可以达到目的呢？是不是徒然地空劳呢？……我想来想去，下了一个决定：与其改造这世界，不如破毁这世界，与其振兴这人类，不如消灭这人类。尚志，你明白这种思想吗？……现在我什么希望都没有了。如果说我还有什么希望的话，那只是我希望着能够多向几个敌人报复一下。我不能将他们推翻，然而我却能零碎地向他们中间的分子报复……这就是我所能做得到的事情。尚志，这一种思想也许是不对的，但是我现在却不得不怀着这种思想……"

曼英停住了。静等着李尚志的裁判。李尚志依旧逼视着她，一点儿也不声响。过了一会，他忽然握起曼英的手来，很兴奋地说道：

"曼英，曼英！你现在，你现在为什么有了这种思想呢？这是不对的，这是不对的呵！"

"但是你的也未必就是对的呵。"曼英插着说。

"不，我的思想当然是对的。除开继续走着奋斗的路，还有什么出路呢？你所说的话我简直有许多不明白！你说什么破毁世界，消灭人类，我看你怎样去破毁，去消灭……这简直是一点儿根据都没有的空想！曼英，你知道这是没有根据的空想吗？"

曼英有点惊异起来：李尚志先前原是不会说话的，现在却这样地口如悬河了。她又听着李尚志继续说道：

"不错，自从……失败之后，一般意志薄弱一点的，都灰了心，失了望……就我所知道的也有很多。但是曼英你，你是不应当失望的呵！我知道你是一个很热烈的理想主义者，恨不得即刻将旧世界都推翻……失败了，你的精神当然要受着很大的打击，你的心灵当然是很痛苦的，我又何尝不是呢？不过，我们决不能因暂时的失败就失了望……"

"你以为还有希望吗？"曼英问。

"为什么没有希望呢？历史命定我们是有希望的。我们虽然受了暂时的挫折，但是最后的胜利终归是我们的。只有摇荡不定的阶级才会失望，才会悲观，但是我们……肩着历史的使命，是不会失望，不会悲观的。我们之中的零个分子可以死亡，但是我们的伟大的集体是不会死亡的，它一定会强固地生存着……曼英，你明白吗？曼英，你现在脱离群众了……你成了孤零零的一个人，你失去了集体的生活，所以你会失望起来……如果你能时常和群众接近，以他们的生活为生活，那我包管你的感觉又是别一样了。曼英，他们并没有失望呵！他们希望着生活，所以还要继续着奋斗，一直到最后的胜利……革命的阶级，伟大的集体，所走着的路是生路，而不是死路……"

李尚志沉吟了一回，又继续说道：

"曼英，你的思想一点儿根据都没有，这不过表明你，一个浪漫的知识阶级者的幻灭……不错，我知道你的这种幻灭的哲学，比一般落了伍的革命党人要深得多，但是这依旧是幻灭。你在战场上失败了归来，走至南京路上，看见那些大腹贾，荷花公子，艳装冶服的少奶奶……他们的脸上好像充满着得意的胜利的微笑，好像故意地在你的面前示威，你当然会要起一种思想，顶好有一个炸弹将这个世界炸破，横竖大家都不能快活……可不是吗？但是在别一方面，曼英，你要知道，群众的革命的浪潮还是在奔流着，不是今天，就是明天，迟早总会在这些寄生虫的面前高歌着胜利的！"

"尚志，"曼英抬起头来，向李尚志说道，"也许是如你所说的这样，但是我……总觉得这是一种幻想罢了。"

"不，这并不是幻想，这是一种事实。曼英，你是离开群众太远了，你感受不到他们的生活，他们的情绪。他们只要求着生活，只有坚决的奋斗才是他们的出路，天天在艰苦的热烈的奋斗中，哪里会有工夫像你这般地空想呢？你的这种哲学是为他们所不能明白的，你知道吗？我请你好好地想一想！我很希望那过去的充满着希望的曼英再复生起来……"

"尚志，我感谢你的好意！不过我的心灵受伤得太利害了，那过去的曼英……尚志！恐怕永远是不会复生的了！……"

曼英说着，带着一点哭音，眼看那潮湿的眼睛即刻要流出泪来；李尚志见着她这种情形，不禁将头低下了，深长地叹了一口气。

"不，那过去的曼英是一定可以复生的！我不相信……"

李尚志还未将话说完，忽然听见楼梯冬冬地响了起来，好像有什么意外的事故也似的……他的面色有点惊慌起来，然而他还依旧把持着镇静的态度。接着他便又听见了敲门的声音。他立起身来，走至房门背后很平静地问道：

"谁个？"

"是我！"

李尚志听出来那是李士毅的声音。他将房门开开来了。李士毅带着笑走了进来。曼英见着他的神情还是如先前一样，——先前他总是无事笑，从没忧愁过，无论他遇着了怎样的困苦，可是他的态度总表现着"不在乎"的样子，一句软弱的话也不说。曼英想道，现在他大概还是那种样子……

"啊哈！我看见了谁个哟！原来是我们的女英雄！久违了！"

李士毅说着说着，便走向前来和曼英握手，他的这一种高兴的神情即时将曼英的伤感都驱逐掉了。

"你今天上楼时为什么跑得这样地响？你不能轻一点吗？"

李尚志向李士毅这样责问着说。李士毅转过脸来向他笑道：

"我因为有一件好消息报告你，所以我欢喜得忘了形……"

"有什么好的消息？"李尚志问。

"永安纱厂的……又组织起来了……"

李尚志没有说什么话，他立着不动，好像想着什么也似的。李士毅毫不客气地和曼英并排坐下了，向她伸着头，笑着说道：

"我们好久不见了。我以为你已经做了太太，嫁了一个什么委员，资本家，不料今天在这里又碰到了你。你现在干些什么？好吗？我应当谢谢你，你救济了我一下，给了五块钱……你看，这一条黑布裤子就是你的钱买的呵。谢谢你，我的女英雄，我的女……女什么呢？女恩人……"

"你为什么还是先前那样地调皮呢？你总是这样地高兴着，你到底高兴一些什么呢？"曼英笑着问。

"你这人真是！不高兴，难道哭不成吗？高兴的事情固然要高兴，不高兴的事情也要高兴，这样才不会吃不下去饭呢。我看见有些人一遇见了一点失败，便垂头丧气，忧闷或失望起来……老实说一句话，我看不起这些先生们！这样还能干大玩意儿吗？"

曼英听了这话，不禁红了脸，暗自想道："他是在当面骂我呢。我是不是这样的人呢？我该不该受他的骂？……"她想反驳他几句，然而她找不出话来说。

"我告诉你，"李士毅仍继续说道，"我们应当硬得如铁一样，我们应当高兴得如春天的林中的小鸟一样，不如此，那我们便只有死，什么事情都干不了！"

"你现在到底干着些什么事情呢？"曼英插着问他。

"最大的头衔是粪夫总司令，你闻着我的身上臭吗？"

"什么叫着粪夫总司令？"曼英笑起来了，"这是谁个任命你的呢？"

"你不明白吗？我在粪夫工会里做事情……你别要瞧不起我，我能叫你们小姐们的绣房里臭得不亦乐乎，马桶里的粪会漫到你们的梳妆台上。哈哈哈！……"

李士毅很得意地笑起来了。李尚志这时靠着窗沿，向外望着，似乎不注意李士毅和曼英的谈话。曼英望着他的背影，心中暗自想道："他们都有伟大的特性：李尚志具着的是伟大的忍耐性，而李士毅具着的是伟大的乐观性，这就是使他们不失望，不悲观，一直走向前去的力量。但是我呢？我所具着的是什么性呢？"曼英想至此地，不禁生了一种鄙弃自己的心了。他觉得她在他们两人之中立着，是怎样地渺小而不相称……

"呶，你的爱人呢？"李士毅笑着问。

"你不要瞎说！"曼英觉得自己的脸红了。她想着柳遇秋，然而她的眼睛却射着李尚志。"谁是我的爱人？现在谁个也不爱我，我谁个也不爱。"

李尚志将脸转过来，瞟了曼英一眼，又重新转过去了。曼英深深地感受到了他的眼光，他的眼光射到了她的心灵深处，似乎硬要逼着她向自己暗自说道：

"你别要扯谎呵！你不是在爱着这个人吗？这个靠着窗口立着的人吗？……"

李士毅，讨厌的李士毅（这时曼英觉得他是很讨厌的，不知趣的人了），又追问了一句：

"柳遇秋呢？"

"什么柳遇秋不柳遇秋？我们之间一点儿关系都没有了。从前的事情，那不过是一种错误……"

李尚志又回过头来瞟了曼英一眼。那眼光又好像硬逼着曼英承认着说：

"我从前不接受你的爱，那也是一种错误呵！……"

"哈哈！你真是傻瓜！"曼英忽然听见李士毅笑起来了。他似真似假地这样说道，"为什么不去做官太太呢？你们女子顶好去做太太，少奶奶，而革命让我们来干……你们是不合式的呵！……曼英，我还是劝你去做官太太、少奶奶，或是资本家的老婆罢！坐汽车，吃大菜……"

曼英不待他将话说完，便带点愤慨的神气，严肃地说道：

"士毅，你为什么这样轻视我们女子呢？老实说，你这种思想还是封建社会的思想，把女子不当人……你说，女子有哪一点不如你们男子呢？你这些话太侮辱我了！"

"我的女英雄，你别要生气，做一个官太太也不是很坏的事……"

李尚志转过脸来，向着李士毅说道：

"你别要再瞎说八道罢！你这是什么思想？一个真正的……决不会有你这种思想的！"

曼英听见李尚志的话，起了无限的感激，想即刻跑到他的面前，将他的颈子抱着，亲亲地吻他几吻。她的自尊心因为得着了李尚志的援助，又更加强烈起来了。难道她曼英不是一个有作为的女子吗？不是一个意志很坚强，思想很彻底的女子吗？女子是不弱于男子的，无论在那一方面……

但是，当她一想起"我现在做些什么事情呢？……"她又有点不自信起来了。她意识到她没有如李士毅的那种伟大的乐观性，李尚志的那种伟大的忍耐性。如果没有这两种特性，那她是不能和他们俩并立在一起的。"我应当怎样生活下去呢？我应当怎样做呢？做些什么呢？……我应当再好好地想一想！"最后她是这样地决定了。

李士毅说，他要到龚夫总司令部办公去，不能久坐了。他告辞走了。房间内仍旧剩下来曼英和李尚志两个人。

一时的寂静。

两人似乎都有许多话要说，尤其是曼英。但是说什么话好呢？曼英又将眼光转射到那桌上的一张相片了。在那相片上也不知李尚志倾注了多少深情，看了多少眼睛，也许他亲了无数的吻……忽然曼英感受到那深情是多末地深，那眼睛是多末地晶明，那吻又是多末地热烈。她的一颗心颤动起来了。她觉得她现在正需要着这些……她渴求着李尚志的拥抱，李尚志的嘴唇……这拥抱，这嘴唇，将和柳遇秋的以及其余的所谓"客人"的都不一样。

"但是我有资格需要着他的爱情吗？"曼英忽然很失望地想道，"我的身体已被许多人所污坏了，我的嘴唇已被许多人所吻臭了……不，我没有资格再需要他的爱情了。已经迟了，迟了！……"想至此地，她不由自主地又流起泪来。

"曼英，你为什么又伤起心来了呢？"坐在她的旁边，沉默着很久的李尚志，又握起她的手来问道，"我觉着你的性情太不像从前了……"

曼英听了他的话，更加哭得利害。她完全为失望所包围住了。她觉得她的生活只是黑暗而已，虽然她看见了李尚志，就仿佛看见了光明一样，然而对于她，曼英，这光明已经是永远得不到的了。

曼英觉得李尚志渐渐将她的手握得紧起来。如果她愿意，那她即刻便可以接受李尚志的爱，倾伏在李尚志的怀里……但是曼英觉得自己太不洁了，与其说她不敢，不如说她不愿意……

"曼英，你应当……"李尚志没有说出自己的意思，曼英忽然立起身来，流着泪向李尚志说道：

"尚志，我要走了。让我回去好好地想一想罢！我觉着我现在的思想和感觉太混乱了，连我自己也说不清楚是什么一回事……"

十

在先施公司门口下了电车之后，曼英不知再做些什么：回家去呢，还是……？来往的人们拥挤着，在这种人堆的中间，曼英觉着自己为谁也不需要，只是一个孤零零的、被忘却的废人而已。同时在他们的面孔上，曼英觉察出对于自己的讥笑，对于自己的示威，好像她，曼英，在众人面前，很羞辱地被践踏着，为任何人所不齿也似的。她愤慨了，想即刻把他们消灭下去，但是在别一方面，她未免又苦痛地失望起来，她意识到她没有这般的能力……

适才别了李尚志，曼英向他说，她的思想和感觉太混乱了，她应当回家后好好地想一想……可是现在在这先施公司的门口，她的思想和感觉混乱得更甚。她觉着她的脑壳快要爆裂了，她的心快要破碎了，这就是说，她已经到了末日，快要在人海里消沉下去。她开始羡慕李尚志和李士毅的生活是那样地充实，他们的的确确是在生活着；而她，曼英，难道说是在生活着吗？她的内里不过是一团空虚而已。在未和李尚志谈话以前，曼英还感觉着自己始终是一个战士，但是在和李尚志谈话以后，不知为什么她消失了这种信心了。在别一方面，这种信心对于曼英是必要的，如果这种信心没有了，这是说，曼英失了生活的根据。她为什么还生活在世界上呢？……曼英想回答这个问题，然而她现在却没有一个确定的回答了。

曼英呆立着不动，两眼无目的地望着街道中电车和汽车的来往。然而人众如浪潮一般，不由她自主地，将她涌进先施公司店房里面去了。她在第一层楼蹀了一回，又跑上第二层楼去。她看看这个，看看那个，不怀着任何的目的。买货物的人大半都是少奶奶，小姐和太太，蓝的，红的，黄的……各式各种的衣服的颜色，只在她的眼帘前乱绕，最后飞旋成了一片，对于她都形成一样的花色了。忽然一种说话的声音传到她的耳膜里，她不禁因之惊怔了一下。那声音是很熟的呵，然而她一时记不起来那声音到底是谁的。她转过脸来向那说话的方向望去：那是卖绸缎的地方，两个女子正在那里和店员说着些什么；她们是背朝着曼英的，所以曼英看不清楚她们是谁。一个是老太婆的模样，另一个却是少奶奶的打扮，她穿着花缎的旗袍，脚下穿着一双花边的高跟皮鞋。她看来是一个矮胖的女人……曼英忽然想道，"这难道说是……是杨坤秀吗？或者就是她罢……"曼英想着想着，便向那两个女子走去。曼英也装着买货的模样，和那个少奶奶装束的矮胖的女子并起肩来。那女子向曼英望了一眼，曼英即刻就认出来了，这不是别人，这正是杨坤秀！虽然她现在比从前时髦得多了，脸上擦了很浓的脂粉……

"呵，你，曼英吗！"杨坤秀先开口这样惊讶地说。她见着了曼英，似乎很欢欣，大有"旧雨重逢"之概。然而什么时候曾是一个非常热情的曼英，现在却向杨坤秀答以冷静的微笑而已。

"坤秀，你变得这样时髦，我简直认不出来了呢。你已经结了婚吗？"

杨坤秀听了曼英的话，不禁将脸红了一下，然而那与其说是由于羞赧，不如说是由于幸福的满意。

"是的，"杨坤秀微笑着说道，"我已经结了婚了。难道说你……你还没有吗？柳遇秋呢？你还没有和他同居吗？"

"你的爱人姓什么？他现在做什么事情？请你告诉我。"曼英不回答杨坤秀的问题，反故意地笑着这样向她发问。

"他……"杨坤秀的脸更加红起来，很忸怩地说道："张易平你知道吗？恐怕你是知道的。他现在是第三师的军需处长……"

"原来你已经做起官太太了，"曼英握起来杨坤秀的手摇着说道，"恭喜！恭喜！住在上海吗？"

"曼英，你别要这样打趣我！我们已经很久没有见面了呢！你现在好吗？我住在法租界，不大远，到我的家里玩玩好不好？"

"你现在什么都不管了吗？"曼英一壁看着杨坤秀的丰满的面庞，一壁暗自想道，她真是一个官太太的像呢……杨坤秀很平静地笑着回答道：

"难道你还管吗？那些事情，什么革命，什么……那不是我们的事情呵。我们女子还是守我们的女子本分的好。"

"坤秀，你到底要不要这花缎呢？"一直到现在缄默着不说话的老太婆说。看她的模样也许是坤秀的婆婆，也许是……

曼英还未来得及断定那个老太婆是坤秀的什么人的时候，坤秀又向曼英逼着问道：

"请你说，你到底愿意不愿意到我的家里去呢？我住在贝勒路底……"

曼英一时间曾想到杨坤秀的家里去看一看。杨坤秀本来是曼英的从前的好友呵，现在曼英不应忘却那亲密的情谊……但是她转而一想，那是没有再和杨坤秀周旋的必要了：如果因为柳遇秋做了官，曼英便和他断绝了爱人的关系，那末杨坤秀现在做了官太太了，曼英又何能不和她断绝朋友的关系呢？已经走上两条路了，那便没有会合的时候……

"好，有空我就来看你罢，现在我还有一个地方要去一去。"

曼英与杨坤秀握别了之后，便走出先施公司的门口。人们还是照常地涌流着，街心中的汽车和电车还是照常地飞跑着……曼英现在简直不明白发生了一回什么事。杨坤秀，从前曾为曼英所亲爱过的杨坤秀，现在竟这样地俗化了，她很自足地做了官太太……这究竟是一回什么事呢？柳遇秋做了官，将自己的灵魂卖了。现在这个杨坤秀，什么时候曾和曼英一块儿幻想着伟大的事业的杨坤秀，更要糟糕一些，她连自己的灵魂和肉体统统都卖掉了……她的面容是那样地满足而愉快！难道说他们是对的，而曼英是傻瓜吗？天晓得！……

在别一方面，李尚志说曼英走错了路，说她沉入了小资产阶级的幻灭……天哪！到底谁个对呢？曼英的思想和感觉不禁更形混乱起来了。头部忽然疼痛起来，脸孔变得如火烧着一般。她觉着她自己是病了。

踏进了亭子间。阿莲照常地笑着迎将上来。她的两个圆滴滴的小笑窝又在曼英的眼前显露着了。曼英向她出了一会神……忽然倒在床上，伏着枕痛哭起来了。伤心的痛哭刺激得阿莲也难过起来。她于是也陪着曼英痛哭起来了。

"阿莲，我要死了……"

"姐姐呵，你不能死……你死了我怎么好呢？……"

"我的妹妹，不要紧，我死了之后，李先生一定是可以照顾你的。"

"姐姐，你不能死呵，好好地为什么要死呢？……"

曼英真个病了。第二天没有起床。浑身发热，如被火蒸着一般。有时头昏起来，她竟失了知觉。可怜的小阿莲坐守着她，有时用小手抚摩着曼英的头发。

在清醒的时候，曼英很想李尚志走来看她，她想，他的温情或者能减轻自己的病症……但是她又转而想道，需要李尚志的温情干什么呢？她应当死去，孤独地死去，什么都不再需要了。人一到要死的时候，一切都是空虚，空虚，空虚而已……阿莲提起请医生的事情来，曼英笑着说道：

"还请医生干什么呢？我知道我一定是要死的！"

阿莲不愿意曼英死去。但是阿莲没有方法治好曼英的病。她只能伏在曼英的身上哭。

第三天。曼英觉察到了：她的下部流出来一种什么黄白色的液体……她不知道这到底是什么东西，然而她模糊地决定了，这大概是一般人所说的梅毒，花柳病……她曾一时地惊恐起来。然而，当她想起她快要死去的时候，她的一颗心又很平静了。她曾听见过什么梅毒，白带，什么各式各种的花柳病，然而她并不知道那是一回什么事，更没曾想到她自己也会经受这种病。现在曼英病了。她的病不是别的，而是万人所唾骂的花柳病……这是怎样地羞辱呵！但是，反正是一死，她想道，还问它干什么呢？……

她知道，她很急切地希望着李尚志的到来，然而她一想到"如果李尚志知道我现在得了这种病症的时候，他该要怎样地鄙弃我呵！……"不但不希望李尚志的到来，而且希望李尚志永远地不会来看她，如此，他便不会得知曼英的秘密。

"阿莲！如果你一听见有人敲后门的时候，你便跑下楼去看一看是谁。如果是李先生的话，那你便对他说，我不在家……"

"姐姐，我不明白。为什么你不要李先生进来呢？他是一个好人呵！"

"好妹妹，别要问我！你照着我的话做去好了。"

她曾不断地这样向阿莲说……

第四天。曼英退了烧。出乎她自己的意料之外，她居然能起床了。那黄白色的液体还是断续地流着，然而似乎并不沉重，并没有什么特异的危险的征象。她有点失望，因为如此下去，她是不会死的。但是她本能地又有点欢欣起来，她究竟还可以再活下去呵。

阿莲的两个圆滴滴的小笑窝又在曼英的眼前展开了。

"姐姐，我知道你是不会死的呵！"

听了阿莲的话，曼英很亲切地将阿莲抱在怀里吻了几吻。然而在意识上，曼英还是以为活着不如死去好，"既然生了这种羞辱的病，还活着干什么呢？如果李尚志知道了……唉，愿他永远地不知道！曼英可以死去，然而这害了梅毒的事情，上帝保佑，让他永远地不知道罢！……"

一听见有人敲叩后门，曼英便叫阿莲跑下楼去看看。

"姐姐，不是李先生，是别一个人。"

阿莲的简单的报告使得曼英同时发生两种相反的心情：欢欣与失望。欢欣的是，那是别一个人，而不是李尚志；失望的是，为什么李尚志老不来看她呢？难道说把她忘记了吗？或者他以为曼英堕落得不堪，就从此和曼英断绝关系吗？……

这真是巨大的矛盾呵！曼英现在生活于这种矛盾之中，不能抛弃任何一方面。但是曼英知道，她是不能这样长此生活下去的。或者她即刻死去，或者她跑至李尚志的面前痛诉一切，请求李尚志的宽恕，再从新过着李尚志式的生活……在这两条路之中，曼英一定是要选择一条的。她觉得她还可以生活着下去，但是在别一方面，她又想道，她是病了，她再没有和李尚志结合的机会了。虽然李尚志对她还是钟着情，但是她已经不是从前的曼英了，已经是很不洁的人了，还有资格领受李尚志的情爱吗？不，她是绝对没有这种资格了！

过了一天，李尚志没有来。

过了两天，三天，四天，李尚志还没有来。

曼英明白了，李尚志不会再来看她了。那一天李尚志不是很诚恳地劝过曼英吗？不是很热烈地希望过去的曼英复生吗？而她没有给他一个确定的回答，而她差不多完全拒绝了他……好，李尚志还需要你王曼英干什么呢？李尚志是不会再进入王曼英的亭子间的了。

但是，也许李尚志不再需要曼英了，而曼英觉着自己很奇怪，似乎一定要需要李尚志的样子，不能一刻地忘记他……李尚志于无形中紧紧地将曼英的一颗心把握住了。

"阿莲，你看李先生不会来了吗？"

"为什么不会来？他一定是会来的。你忘记了他曾说过他的事情很忙吗？"

曼英时常地问着，阿莲也就这样时常地答着。对于李尚志一定会来的事情，曼英觉得阿莲比自己还有信心些。

已经是快要夜晚了。曼英忽然觉着非去看一看李尚志不可。无论他在家与否，就是能够看一看他的房间，那他在书桌子上放着的一张小相片，那些……也是好的呵！她匆促地走出门来，忘却了一切，忘却了自己的病，一心一意地向着李尚志的住处走去。阿莲曾阻止她说道：

"姐姐，我的饭快烧好了，吃了饭才出去罢！"

但是在现在的这一刻间，这吃饭的事情是比较次要的了。对于曼英，那去看李尚志的事情，要比什么吃晚饭的事情重要得几千倍！……

黄包车夫是那样地飞跑着，然而曼英觉得他跑得太慢了。如果她现在坐着的是飞机，那她也未必会感觉到飞机的速度。她巴不得一下子就到了李尚志的住处才是！街上的电灯亮起来了。来往的汽车睁着光芒夺人的眼睛。在有一个十字路的转角上，电车出了轨，聚集了一大堆的人众……但是曼英都没注意到这些，似乎整个的世界对于她都是不存在的了，存在的只是她急于要看见的李尚志。唉，快一点，黄包车夫！越快越好呵！谢谢你！……

黄包车终于在李尚志所住着的弄堂口停住了。曼英付了车资，即预备转过身来走入弄堂口里去。她欢欣起来了：她即刻就可以看见李尚志，即刻就可以和李尚志谈一些很亲密的话了，也许她，曼英，即刻就可以倾倒在李尚志的强有力的怀抱里……忽然，一种思想，如巨大的霹雳一般，震动了她的脑际：她到底为着什么而来呢？为着接受李尚志的劝告吗？为着接受李尚志的爱吗？但是她，曼英，已经是一个很堕落的人了，现在竟生了梅毒！她还有能力接受李尚志的劝告吗？还有资格接受李尚志的爱吗？不，她不应当有任何的希望了！她应当死去，即速地死去！她不应当再来扰乱李尚志的生活呵！……想到此地，她便停住了步。李尚志也许正在家里，也许他正对着曼英的相片出神，然而曼英觉得自己的良心太过不去了，便很坚决地切断要和李尚志见面的念头。她觉着她输去了一切，很伤心，然而她又觉得自己变成了一团的空虚，连眼泪都没有了。

离开了李尚志所住着的弄堂口，她迷茫地走到了一条比较热闹的大街。人声嘈杂着，汽车叫鸣着，电车哐啷着……连合成一片纷乱而无音节的音乐。曼英迷茫地听着这音乐，不怀着任何的目的。她感觉着自己已经是不存在的了。从前她在街上一看见生活丰裕的少爷，少奶奶，大腹贾……便起了憎恨，但是她现在没有这一种心情了，因为她自己已经是一团的空虚了。

曼英走着走着，忽然前面有一个人挡着去路。曼英举起头来，向那人很平静地出了一会神，宛然那人立在她的面前如一块什么木块也似的，不与她以任何的感触。忽然她觉得那面孔，那眼睛，那神情，是曾在什么时候见过的，那是在很远很远的时候……曼英还未来得及想出那人到底是谁，那人已经先开口了：

"今天我总算是碰到了你！"

这句话含着欢欣又含着忿怒。曼英的脑筋即刻为这句话打击得清醒起来了。这不是别人，这是她的救主（？），这是要讨她做小老婆的陈洪运……

"啊哈！今天我总算是也碰到了你呵！"曼英冷笑着这样说。陈洪运听见曼英的话，不觉表现出来很迟疑的神情。他的忿怒似乎消逝下去了。

"你这个骗子！"陈洪运不大确信地说。

"骗子不是我，而是你！"

"你为什么说我是骗子呢？"

"我写给你的信你都没收到吗？"曼英扯起谎来了。

"我接到了你一封骂我的信。"

"你接到了我一封骂你的信？"曼英做出很惊诧的神情，说道，"你在扯谎还是在说真话？"

"笑话！你自己写的，难道忘记了吗？那封信难道说不是你写的吗？"

曼英听了陈洪运的话，故意做出迟疑的神情，半晌方才说道：

"这真奇怪了！我真不明白。难道说坤秀会做出这种事情吗？"曼英低下头来，如自对自地说了最后的一句话。

"难道说那不是你写的吗？"

"当然不是我写的！我敢发誓……"

曼英还未将话说完，忽然不知道从什么地方涌来了一群人，将她挤得和陈洪运碰了一个满怀。陈洪运趁这个机会，即刻将曼英的手握住了。

"我住在S旅馆里，离此地不远……此地不是说话的地方，到我的寓处去，好吗？"

"你不是常住在上海吗？"曼英问。

"不，我前天从南京来……"

"你还要回到南京去吗？"

"是的，我在南京办事情。"

曼英踌躇起来了：她要不要和陈洪运到旅馆去呢？如果一去的话，那是很明白的，陈洪运一定要求他所要得到而终没得到的东西……但是曼英现在是病了呵，她不能够答应他的那种要求……忽然她笑起来了，很坚决地说道：

"走，走，到你的旅馆去罢！"

陈洪运听见了曼英的话，表示很满意，即刻将曼英的臂膀挽起来，开始走向前去。在路上她为他解释着道，那一封骂他的信一定不是她写的，她决不会做出这种没有道理的事情来。从S城到上海来了之后，她住在她的一位女朋友的家里，每逢曼英有什么信要寄，都是要经过她的手的。她有一位哥哥很看中了曼英……难道他们在暗地里弄鬼吗？一定是他们弄鬼呵！……

陈洪运相信了。他说，那一定是曼英的女朋友弄鬼，曼英是不会做出这种事情的……但是在别一方面，这些事情对于他已经是不重要了，重要的是他现在能够挽着曼英的臂膀，即刻就可以吻她的唇，搂抱她的腰……曼英近来虽然病了，虽然黄瘦了许多，但是在陈洪运看来，她比在S城时更漂亮得多了。

上海的时髦的装束，将曼英在陈洪运的眼中更加增了美丽。不料意外地这美丽今夜晚又落在他的手里……他真应当要感谢上帝的赐与了。

同时，曼英一壁走着，一壁想道，今夜晚她要报答他的恩了！她将给他所需要的，同时她还赠给他一件不可忘却的礼物——梅毒！曼英虽然不能决定自己到底害着什么病，然而她假设着这病就是梅毒，今夜晚她要把梅毒做为礼物……她已经没有任何的希望了。她还能看着别人很平安地生活下去吗？她已经是一个病人了，还能为别人保持着健康吗？管他呢！从今后她的病就是向社会报复的工具了。如果从前曼英不过利用着自己的肉体以侮弄人，那末她现在便可以利用着自己的病向着社会进攻了。让所有的男子们都受到她的传染罢，横竖把这世界弄毁坏了才算完了事！曼英既不顾惜自己，便一切什么都不应当顾惜了。

于是她很高兴地走向陈洪运的旅馆去……既然他很愿意她使着他满意，那她又何必使他失望呢？呵，就在今夜里……

一夜过去了。陈洪运向曼英表示着无限的谢意。他要求曼英一同到南京去，但是曼英向他说道：

"你先去，你先把房子租好了我才来呢。这一次大概不会像先前的阴差阳错了。"

于是陈洪运很快乐地回到南京去。曼英依旧留在上海。她又重新兴奋起来了。她从今后有了很巧妙的工具，她希望着全人类为梅毒菌所破毁。管它呢？！……

曼英似乎暂时地将李尚志忘却了。有时偶尔一想起李尚志来，不免还有着一种抱愧的心情，然而她很迅速地就决定道：

"他做他的，我做我的，看看谁个的效果大些……我老是悬念着他干什么呢？……"

第二天晚上她在天韵楼上碰到了钱培生……第四天晚上在同一个所在碰到了周诗逸……她都给了他们以满意。

她还想继续找到承受她的礼物的人……

但是在第五天的晚上，曼英还未来得及出门的时候，李尚志来了……

十一

阿莲见着李尚志走进房来，欢喜得雀跃起来了。她即刻走向前去，将李尚志的手拉着，眯着两眼，笑着问道：

"李先生，你为什么老久不来呢？"

"我今天不是来了吗？"

"姐姐天天说你为什么不来看我们呢。她老记念着你，李先生……"

"这阿莲才会扯谎呢。"正预备着走出去的曼英，现在傍着桌子立着，这样笑着说。她不知道为什么她要否认阿莲的话，可是否认了之后，她又觉得她是不应当否认的。她见着了李尚志走进房来，一瞬间也曾如阿莲一般地欢欣，也曾想向前将李尚志的手拉起来，和他在床上并排地坐下，说一些亲密的话。然而她没有这样做。当她一想起来自家的现状，她觉得她没有权利这样做，于是她将头渐渐地低下来了。

"李先生，你为什么老穿着这一套衣服呢？"曼英又听见阿莲说话了，"永远不换吗？没有人替你洗吗？我会洗，有衣服拿来我替你洗罢。"

"小妹妹，"李尚志很温存地摩着她的头，笑道，"你真可爱呢。谢谢你。你看我这一套衣服不好看吗？"

"天气有点热起来了呢。"

阿莲说着，便将李尚志拉到桌子旁边的椅子上坐下。她先从热水瓶倒出一杯开水来，然后开开抽屉，拿出来一包糖果（这是曼英买给她吃的），向李尚志笑着说道：

"李先生，长久不来了，稀客，"阿莲说着这话，扭过脸来向曼英望着，表示自己很会待客的神情。然后她又面向着李尚志说道，"这是姐姐买给我吃的，现在请你吃，不要客气。"

李尚志面孔变成了那般地和蔼，那般地温存，那般地亲爱，简直为曼英从来所没看见过。他似乎要向阿莲表示谢意，但他不知说什么话为好，只是微笑着。曼英简直为他的这般神情所吸引住了，两眼只向他凝视着不动。

阿莲和李尚志开始吃起糖果来，宛然他们俩忘却了曼英的存在也似的。她觉得在他们俩的面前，她是一个剩余的人了。房中的空气一时地沉重起来，紧压着曼英的心魂，使她感觉到莫知所以的悲哀。一丝一丝的泪水从她的眼中簌簌地流出来了。

"曼英！曼英！"李尚志一觉察到这个时，便即刻跑到曼英的面前，拉起她的手来说道，"你，你又怎么了？我感觉着你近来太变样了。你看，你已经黄瘦了许多。你到底遇着了什么事呢？你这样……这样糟踏自己的身子是不行的呵！你说，你有什么心事！我做出使你伤心的事了吗？我的……"（他预备说出妹妹两个字来）"你说，你说……"

曼英不回答他的话，伏在他的肩上更加悲哀地哭起来了。阿莲不知发生了什么事情，只呆立着不动，如失了知觉也似的。停了一会，曼英开始哽咽着继续地说道：

"尚志，我不但对不起你，而且我……我已经……成为一个不可救药的人了。从前我不爱你，那，那是我的错误，请你宽恕我。可是现在……尚志！可是现在……我没有资格再爱你了，我，我不配呵！……唉，如果你知道我的……"

说至此地，曼英停止住了。李尚志觉得她的泪水渗透了他的衣服，达到他的皮肤了。他见着曼英的两个肩头抽动着，便用手抚摩起她的肩头来。

"曼英，你有什么伤心事，你告诉我罢，世界上没有什么办不好的事情……"

曼英想痛哭着尽量地告诉李尚志这半年多的自家的经过，可是她觉着她没有勇气，她怕一说出来，李尚志便将她推开，毫不回顾地跑出房去……那时该是多末地可怕呵！不，什么都可以，可是她决不能告诉李尚志这个！那时不但李尚志要抛弃她，就是和她住在一块，称她为姐姐的小阿莲，也要很惊恐地跑开了。不，什么都可以，只要不是这个！……

"尚志，"停了一会，曼英又哽咽着说道，"说也没有益处。已经迟了，迟了！尚志，我对不起你，对不起你……"

"你有什么对不起我的地方呢？"

"现在你可以打我，骂我，唾弃我，但是你不可以爱我……我已经是堕落到深渊的人了。唉，尚志，我现在只有死路一条，永远地不会走到复生的路上了……"

李尚志恐怕曼英站着吃力，便将她扶至床边和着自己并排坐下了。曼英的头依旧伏在他的肩上。他伸一伸手，似乎要将曼英拥抱起来，然而他终究没有如此做。

"曼英，我简直不明白你，你为什么要这样地自暴自弃……我是不会相信你自己的话，什么不会复生的话……"

他看一看那床头上的曼英的相片。停了半晌，忽然他很兴奋地说道：

"曼英，请你相信我，我无论如何忘记不掉你。有时工作着工作着，忽然你的影子飞到脑里来……唉，这些年，自从认识了你以来，我实在没有一天不想念着你呵！……曼英，曼英，我爱你呵！……"

李尚志在曼英的头发上狂吻起来。曼英觉着他的全身都在颤动了。由他的内里奔涌出来的热力，一时地将曼英的心神冲激得恍惚了，曼英也就不自主地倾倒在他的怀抱里。呵，这怀抱是如何和柳遇秋，钱培生，周诗逸……等人的不同！李尚志的亲吻该是多末地使着曼英感觉得幸福和愉快！……她的意识醒转来了。她惊骇得从李尚志的怀抱里突然地跳将起来。她以为她在李尚志的面前犯了不可赦免的罪过：她忘却她自己了！她还有资格这样做吗？她是在犯罪呵！……

于是曼英又失望地哭起来了。

"尚志，"她吞着泪说道，"我没有权利这样做，我不配……请你忘记我罢，永远地忘记我！……这样好些，这样好些呵！你应当知道……"

曼英哭得不能成声了。被曼英的动作所惊愕住了的李尚志，只瞪着两眼向曼英望着，似乎不明白发生了一回什么事。

听了曼英的话，半晌方才说道：

"曼英，你一点儿都不爱我吗？"

"亲爱的，尚志，你别要说这种话罢，这简直使我痛苦死了呵！"曼英说着，又和李尚志并排坐下了。她睁着两只泪眼，很痛苦地向李尚志望着，继续说道：

"不错，从前我是不爱你的，那是我的错误，请你原谅我。可是现在，我爱你，尚志，我爱你呵……不过我不能爱你了。我不配爱你了。如果我表示爱你，那我就是对你犯罪。"

"我真不明白你的意思。"

"我的尚志，亲爱的……是的，你不明白我的意思。你不可以明白我的意思呵！唉，天哪，这是多末地痛苦呵！……"

一直呆立到现在不动的阿莲，现在如梦醒了一般，跑到曼英的面前，伏倒在曼英的怀里，放着哭音说道：

"姐姐，你不要这样呵！听一听李先生的话罢，他是一个好……好人……"

曼英的泪滴到阿莲的发辫上。她这时渐渐地停止住哭了。她抚摩着阿莲的头发，忽然将思想都集中到阿莲的身上。她知道她是离不开阿莲的，如果没有阿莲，那她便不能生活。但同时她又明白，那就是她没有权利将阿莲长此放在自己的身边。她也许会今天或明天就死去，但是她将怎样处置阿莲呢？阿莲的年纪还轻，阿莲的生活还有着无限的将来；曼英既然将自己的生活牺牲了，那她是没有再将阿莲的幼稚的生活弄牺牲了的权利呵！……但是，她应当怎样处置阿莲呢？

这时李尚志似乎也忘却别的，只向阿莲出着神。房间内一时地沉默起来。过了一会，李尚志忽然想起来了他久已要告诉曼英的事情：

"我险些儿又忘记了。曼英，我们有一处房子，看守的人是一个老太婆。我们来来往往的人很多，那是很惹人注目的，顶好再找一个小男孩或是小姑娘。我看阿莲是很聪明的，如果……"

李尚志说到此地不说了，两眼向着曼英望着。曼英明白了他的意思。她始而大大地颤战了一下，如同听到了一个可怕的消息一般。继而她又向她的意识妥协了，李尚志是对的，阿莲应跟着他去……她失去了阿莲，当然要感受到深切的苦痛，然而这只是她个人的命运……

"阿莲能够到我们那边去吗？"停了一会，李尚志很无信心地向曼英问了这末一句。曼英一瞬间觉着李尚志太残酷了，他居然要夺去她的这个小伴侣，最后的安慰！她不禁愤恨地望了李尚志一眼。但是她终于低下头来，轻轻地说道：

"尚志，这是可以的。"

阿莲还不明白是什么一回事。李尚志听了曼英的话，不禁很欢喜地将阿莲拉到自己的身边，笑着向她说道：

"阿莲，你没有母亲了，我们那边有一个老太婆可以做你的母亲，你去和她一块过活罢。你愿意不愿意？"

阿莲摇一摇头，说道：

"李先生，我不愿意。我还是和姐姐一块儿过活好。姐姐喜欢我，姐姐待我好，我不愿意到别的地方去。"

阿莲转过脸来，目不转睛地向曼英望着，那神情似乎向曼英求救的样子。曼英一想到阿莲去了之后，那她便孤单单地剩在这房间里，那两个圆滴滴的小笑窝也许从此便不会在她的眼前显露了……不禁又心酸起来，簌簌地流下来几颗很大的泪珠。但她用手帕将泪眼一揩，即刻又镇定起来了。她将阿莲拉到自己的怀里，抚摩着她的头，轻轻地，很温存地，如同母亲对女儿说话的样子，说道：

"妹妹，你一定要到李先生那边去呢。那边有个老太婆，良心好的很，我知道，她一定比我还要待你好些。现在你不能同我在一块儿住了，你晓得吗？我要离开上海，回家去，过两三个月才能来。你明天就到李先生那边去罢，李先生一定很欢喜你的。"

"我舍不得姐姐你呵！"阿莲将头抵住曼英的胸部，带着一点儿哭音说，"我舍不得你呵，姐姐！……"

"两三个月之后，你还会和我一块儿住的，你晓得吗？好妹妹，请你听我的话罢，明天李先生来领你去，那边一定会比我这里好……"

阿莲在曼英的怀里哭起来了。曼英不禁又因之伤起心来。停了一会，曼英开始用着比较严肃些的声音说道：

"妹妹，你为什么要哭呢？你还记得你的爸爸和妈妈的事情吗？如果你还记得，你就要跟着李先生去！李先生可以为你的爸爸和妈妈报仇……你明白了吗？……"

阿莲一听见这话，果真地不哭了。她从曼英的怀里立起身来，向李尚志审视了一会，然后很确定地说道：

"李先生，我愿意跟你去了。"

曼英又将阿莲拉到自己的身边，在她的腮庞很亲密地吻了几下，说道：

"你真是我的好妹妹呵！……"曼英说着这话，微笑了起来，同时，涌激的泪潮又从她的眼睛中奔流出来了。她转过脸来向李尚志断续地说道：

"尚志！好好地看待她罢！……好好地看待她罢！……看在我的分上。……你不应当让任何人难为她……你能答应我这个吗？"

"曼英！"李尚志很确信地说，"关于这一层请你放心好了！我们自己虽然穿得这个怪样，但是我们一定要为阿莲做几套花衣服，好看一点的衣服，穿一穿。我们的那个老太婆，她是张进的，你晓得张进吗？她是张进的母亲，心肠再好也没有了。如果她看见了阿莲，那她一定会欢喜得流出老泪来。"

已经十点多钟了。李尚志告辞走了。在李尚志走了之后，曼英为着要使阿莲安心，又详细地向她解释了一番。阿莲满意了。睡神很温存地将阿莲拥在怀抱里，阿莲不断地在梦乡里微笑……

曼英也安心了。她想道，她也许辜负了许多人：母亲，朋友，李尚志……也许她确确实实地辜负了革命。然而，无论如何，她是可以向自己说一句，总算是对得住阿莲了！阿莲已经有了归宿。阿莲不会再受什么人虐待了。

但是在别一方面，曼英将失去自己的最后的安慰，最后的伴侣……她还有什么兴趣生活下去呢？她所剩下来的还有什么呢？……她觉着她失去了一切。这一夜，如果阿莲带着微笑伏在睡神的怀里，那曼英便辗转反侧，不能入梦。她宛然坠入了迷茫的，绝望的海底，从今后她再不能翻到水面，仰望那光明的天空了。

第二天一清早，李尚志便将阿莲领了去。曼英没有起床，阿莲给了她无数的辞别的吻……于是阿莲便离开曼英了。那两个圆滴滴的小笑窝，曼英也许从今后没有再看见的机会了！她失去了最后的安慰，她失去了一切……于是她伏在枕上毫无希望地啜泣了半日。

从这一天起，曼英只坐在自己的一间小房里，什么地方也不去了。她开始写起日记来。这下面便是她的日记中的断片：

"……阿莲离我而去了。我失去了生活中的最后的安慰。我知道从今后阿莲走上光明的生的路上去。但是我自己呢？……我已经没有路可走了。我的前面只是一团绝望的漆黑而已。然而我很安心，因为我总算是没有辜负了阿莲，这个可爱的小姑娘……"

……

"今天下午李尚志来了。我先问起阿莲的情形。我生怕他们男子们粗野，不会待遇小孩子。他说，那是不会的。他说，无论怎样，他李尚志有保护阿莲不吃苦的责任……后来，他又开始劝起我来了。他说，我对于革命的观念完全是错误的，革命并不如我所想象的那样……我真有点烦恼起来了。当我失去一切的时候，我还问什么革命不革命呢？他终于失望而去。"

……

"今天李尚志又来了。他说，他无论怎样不能忘记我！他说，他爱我，一直从认识的时候起……我的天哪，这真把我苦恼住了！我并不是不爱他，而是我现在不能爱他了。我想将我的真相告诉他，然而我没有勇气……我的天哪，我怎样才能打断他对于我的念头呢？……如果我要领受他的爱，那便势不得不将我自己的生活改造一下，然而这是怎样困难的事情呵！不但要改造生活的表面，而且要将内里的角角落落都重新翻一翻……不，这是太麻烦了！而况且我现在已经害了这种病，又怎么能够爱他呢？"

    ……

    "我完完全全是失败了！我曾幻想着破坏这世界，消灭这人类……但是到头来我做了些什么呢？可以说一点什么都没有做！我以为我可以尽我的力量积极地向社会报复，因之我糟蹋了我的身体，一至于得了这种羞辱的病症……但是效果在什么地方呢？万恶的社会依然，敌人仍高歌着胜利……"

    ……

    "李尚志今天又来了。他随身带了许多书籍给我。我的天哪，他到底是怎么一回事呢？他近来的工作不忙了吗？……他老劝告我回转头来，但是他不知道我是永回不转头来的了。我岂不是想……唉，我还是想生活着呵，很有兴趣地生活着呵！……但是我生活不下去了。我失去了一切。我失去了信心，呵，这最重要的信心呵！……他不能了解我现在的心境，恐怕他永远没有了解的可能了。他拥抱着我，他想和我接吻……我岂不想吗？我岂不想永远沉醉在他的强有力的怀抱里吗？然而当我一想起我自身的状况，我便要拒绝他，不使他挨到我的已经被污秽了的身体……如果我不如此做，我便是在他的面前犯罪呵！……"

    ……

    "唉，苦痛呵，苦痛！……我希望李尚志永远不要再来看我了，让我一个人孤单地死在这间小房子里……这样子好些呵！……但是他近来简直把持不住了自己，似乎一定要得到我的爱才罢手！今天他又来了。他苦苦地劝告我，一至于到了哭着哀求的地步。这真是出乎我的意料之外了。他说，他一定要救我，救不了我，那他便不能安心地工作下去……我的天哪，这倒怎么样好呢？我变成了他的工作的障碍物了！不，我一定要避开他，永远地避开他……"

……

"我已下了决心了！我不必再生活下去！李尚志应当生活着，阿莲应当生活着，因为生活对于他们是有意义的。但是我……我还生活下去干什么呢？我既不能有害于敌人，也不能有益于我的朋友，李尚志……我是一个绝对的剩余的人了。算了！不再延长下去了！让我完结我自己的生活罢！……明天……早晨……我将葬身于大海里，永远地，永远地，脱离这个世界，这个万恶的世界……别了，我的阿莲！如果你的姐姐的生活没有走着正路，那她所留给你的礼物，就是她的覆辙呵！……别了，我的李尚志！我所要爱而不能爱的李尚志！我不希望你能原谅我，但我希望你能不忘记我……"

于一天早晨，曼英坐上了淞沪的火车。一夜没有睡觉，然而曼英并不感觉到疲倦，一心一意地等着死神的来到。人声嘈杂着，车轮哐啷着，而曼英的一颗心只是迷茫着。她的眼睛是睁着，然而她看不见同车内的人物。她的耳朵是在展开着，然而她听不见各种的声音。人世对于她已经是不存在的了，存在的只是那海水的怀抱，她即刻就要滚入那巨大的怀抱里，永远地，永远地，从人世间失去了痕迹……

她无意识地向窗外伸头望一望，忽然她感觉到一种很相熟的，被她所忘却了的东西：新鲜的田野的空气，刺激入了她的鼻腔，一直透澈了她的心脾；温和的春风如云拂一般，触在她的面孔上，使她感觉到一种不可言喻的愉快的抚慰；朝阳射着温和的光辉，向曼英展着欢迎的微笑……一切都充满着活泼的生意，仿佛这世界并不是什么黑暗的地狱，而是光明的领地。一切都具着活生生的希望，一切都向着生的道路走去。你看这初升的朝阳，你看这繁茂的草木……

曼英忽然感觉到从自身的内里，涌出来一股青春的源泉，这源泉将自己的心神冲洗得清晰了。她接着便明白了她还年轻，她还具有着生活力，她应当继续生活下去，领受这初升的朝阳向她所展开的微笑……

曼英想起来了去年的今时。也许就在今天的这一个日期，也许就在这一刻，她乘着火车走向H镇去。那时她该多末充满着生活的希望呵！她很胜利地，矜持地，领受着和风的温慰，朝阳的微笑，她觉得那前途的光明是属于她的。总而言之，那时她是向着生的方面走去。时间才经过一年，现在曼英却乘着火车走向吴淞口，走向那死路去……这是怎么一回事呢？这是错误罢？这一定是错误！曼英的年纪还轻，曼英还具有着生活力，因之，这朝阳依旧向她微笑，这和风依旧给她抚慰，这田野的新鲜的空气依旧给她以生的感觉……不，曼英还应当再生活下去，曼英还应当把握着生活的权利！为着生活，曼英还应当充满着希望，如李尚志那般地奋斗下去！生活就是奋斗呵，而奋斗能给与生活以光明的意义……

曼英向着朝阳笑起来了。这笑一半是由于她感到了生的意味，一半是由于她想到了自己的痴愚：她的年纪还轻，她还有生活的力量，而她却一时地发起痴来，要去投什么海水！这岂不是大大的痴愚，同时，又岂不是大大的可笑吗？不错，她是病了，然而这病也许不就是那种病，也许还是可以医得好的……这又有什么失望的必要呢？

"过去的曼英是可以复生的呵！"曼英自对自地说道，"你看，曼英现在已经复生了。也许她还没有完全复生起来，然而她是走上复生的路了……"

曼英还没有将自己的思想完结，火车已经呜呜地鸣了几下，在吴淞车站停下了。人们都忙着下车，但是曼英怎么办呢？她沉吟了一会，也下了车，和着人们一块儿挤出车站去。她走至江边向那宽阔的海口望了一会，便回转到车站来，买了车票，仍乘上原车回向上海来……

……时间过得真快，李尚志不见着曼英的面，不觉得已经有两个多月了。他还是照常地在地下室里工作着，然而曼英的影像总不时地要飞向他的脑海里来。"她到底到什么地方去了呢？自杀了吗？唉，这末样好的一个姑娘！……"他总是这样想着，一颗心，可以说除开工作之外，便总是紧紧地系在曼英的身上。

那是一天的下午。李尚志因为一件事情到了杨树浦。在一块土坪内聚集了许多男人和女人，李尚志走到他们跟前一看，明白了他们是在做什么事。他们都是纱厂的工人……与其说好奇心，不如说责任心将李尚志引到他们的队伍里。无数的面孔都紧张着，兴奋着，有的张着口狂吼着……忽然嘈杂的声音寂静下来了。李尚志看见一个年轻的穿着蓝花布衣服的女工登上土堆，接着便开始演起说来。李尚志一瞬间觉得自己的眼睛花了，用力地揉了几揉，又向那演说着的女工望去。不，他的眼睛没有花，这的的确确是她，是曼英呵！……他不禁惊喜得要发起狂来了。他想跑上前去将曼英拥抱起来，尽量地吻她，一直吻到疲倦的时候为止。但是他的意识向他说道，这是不可以的，在这样人多的群众中……

　　曼英似乎也觉察到了李尚志了。在兴奋的演说中，她向李尚志所在着的地方撒着微笑，射着温存的眼光……李尚志觉得自己从来没有像现在这样地幸福过。

　　然而在群众的浪潮中，曼英还有最紧要的事情要做，她竟没有给与李尚志以谈话的机会。仅仅在第三天的晚上，曼英走向李尚志的住处来了。她已经不是两个多月以前的曼英了。那时她在外表上是一个穿着漂亮的衣服的时髦的女学生，在内心里是一个空虚而对于李尚志又感觉到不安的人。可是现在呢，她不过是一个很简单的女工而已，她和其余的女工并没有什么分别。她的美丽也许减少了，然而她的灵魂却因之充实起来，她觉得她现在不但不愧对李尚志，而且变成和李尚志同等的人了。两个多月的时间并不算长，但是在曼英的生活中该起了多末样大的变化呵！……

　　李尚志的房间内的一切，一点儿也没有改变。曼英的相片依旧放在原来的桌子上。曼英不禁望着那相片很幸福地微笑了。这时她倚在李尚志的怀里，一点儿也不心愧地，领受着李尚志对于她的情爱。

　　"尚志，我现在可以爱你了。"

　　"你从前为什么不可以爱我呢？"

"尚志，如果我告诉你不可以爱你的原因，你会要鄙弃我吗？"

"不，那是绝对不会的！"

曼英开始为李尚志诉说她流落在上海的经过。曼英很平静地诉说着，一点儿也不觉着那是什么很羞辱的事情；李尚志也就很有趣味地静听着，仿佛曼英是在说什么故事也似的。

"……我得了病，我以为我的病就是什么梅毒。我觉着我没有再生活下去的必要了。于是我决定自杀，到吴淞口投海去，可是等我见着了那初升的朝阳，感受到了那田野的空气所给我的新鲜的刺激，忽然我觉得一种生的欲望从我的内里奔放出来，于是我便嘲笑我自己的愚傻了。……回到上海来请医生看一看，他说这是一种通常的妇人病，什么白带，不要紧……唉，尚志，你知道我是怎样地高兴呵！"

"你为什么不即刻来见我呢？"李尚志插着问。曼英没有即刻回答他，沉吟了一会，轻轻地说道：

"亲爱的，我不但要洗净了身体来见你，我并且要将自己的内心，角角落落，好好地翻造一下才来见你呢。所以我进了工厂，所以我……呵，你的话真是不错的！群众的奋斗的生活，现在完全把我的身心改造了。哥哥，我现在可以爱你了……"

两人紧紧地拥抱起来。爱情的热力将两人溶解成一体了。忽然听见有人敲门……曼英如梦醒了一般，即刻便立起身来。李尚志走至门前问道：

"谁个？"

"是我，李先生。"

"呵哈！"李尚志欢欣地笑着说道，"我们的小交通委员来了。快进来，快进来，你看看这个人是谁……"

阿莲一见着曼英，便向曼英扑将上来，拉住了曼英的手，跳着说道：

"姐姐，姐姐，你来了呵！"阿莲将头伏在曼英的身上，由于过度的欢欣，反放起哭音来说道：

"你知道我是怎么样地想你呵！我只当你不会来了呢！……"

曼英抚摩着阿莲的头，不知怎样才能将自己的心情表示出来。她应向阿莲说一些什么话为好呢？……曼英还未得及开口的时候，阿莲忽然离开她，走向李尚志的身边，笑着说道：

"李先生，这一封信是他们教我送给你的，"她说着从怀中掏出一封信来递给李尚志，"我差一点忘记掉了呢。我还有一封信要送……"

阿莲又转过身来向曼英问道：

"姐姐，你还住在原处吗？"

"不，那原来的地方我不再住了。"曼英微笑着摇一摇头说。

"你现在和李先生住在一块吗？"

曼英不知为什么有点脸红起来了。她向李尚志溜了一眼，便低下头来，不回答阿莲的话。李尚志很得意地插着说道：

"是的，是的，她和我住在一块了。你明天有空还来罢。"

阿莲天真烂漫地，如有所明白也似的，微笑着跑出房门去了。李尚志将门关好了之后，回过脸来向曼英笑着说道：

"你知道吗？她现在成了我们的交通委员了。等明天她来时，你可以同她谈一谈国家大事……"

"真的吗？！"曼英表示着无涯的惊喜。她走上前将李尚志的颈子抱着了。接着他们俩便向窗口走去。这时在天空里被灰白色的云块所掩蔽住了的月亮，渐渐地突出云块的包围，露出自己的皎洁的玉面来。云块如战败了也似的，很无力地四下消散了，将偌大的蔚蓝的天空，完全交与月亮，让它向着大地展开着胜利的，光明的微笑。

两人静默着不语，向那晶莹的明月凝视着。这样过了几分钟的光景，曼英忽然微笑起来了，愉快地，低低地说道：

"尚志，你看！这月亮曾一度被阴云所遮掩住了，现在它冲出了重围，仍是这般地皎洁，仍是这般地明亮！……"

（上海北新书局1930年1月初版）

《丽莎的哀怨》与《冲出云围的月亮》

冯宪章

以下，我只想凭着我的记忆，给《丽莎的哀怨》与《冲出云围的月亮》写出一点读后的印象。

如题名所示，《丽莎的哀怨》就是丽莎的哀怨。但是，丽莎为什么哀怨呢？

原来，丽莎是一个贵族的女儿，一向她的生活，就非常优裕，她不知道世间有所谓忧愁，也不知道世间有所谓贫困；她知道的只是快乐，只是幸福，只是……

在社会上，她是高出于平民的人物，她是尊贵的，威严的，神圣的，更加以她生得非常漂亮，就好像美丽的天使下降一样，谁也不敢触冒，谁也不敢侵犯，一任她如意伸展！上下纵横！

后来，更与门户相当的团长白根结了婚，她越发幸福，越发快乐，越发如意起来，她更得随意挥霍，更得任性，好像她的周围，荡溢着温柔的，馨香的，如天鹅绒一般的空气；她全身都为幸福与快乐所溶解了……

溶浸在这么快乐的海潮里面，当然再也想不到其他一切，更想不到世界会变迁，时代会流转，贵族的运命会完结！因为她相信：一切永远也不会更换变动！

然而，实际上，一切都不断地在动，一切都不断地在变化，昔日桑田已经变成了大海！社会如一切一样，没有一刻会静止，永远不断地在向前奔跑！时代也如一切一样，没有一刻的休息，永远不断地在回转！

这社会的奔跑，时代的回转，使神圣的、尊贵的贵族阶级渐渐地向着没落之路跑，使被目为下贱的"黑虫"，从地窖底下伸了起来！

伸起了头的"黑虫"，在呼喊面包，呼喊革命，呼喊自由！他们的呼声如像雷鸣虎啸，如像怒浪狂潮，冲破了丽莎愉快的迷梦，使丽莎再也不能这样安宁了。

但是，丽莎相信着白根的权威，相信着贵族的力量，她想只要白根出动军队，马上也可以把那些"黑虫"除掉，她依旧可以过温柔的梦一样快乐的生活！

可恨的！就是"黑虫"的数目是那样的众多，组织是那样的严密，精神是那样的勇敢，白根的军队终于失败，他们终于不得不脱离神圣的、尊贵的俄罗斯，逃到东方巴黎的上海来。

就是到了这个时候，丽莎都还固执的相信着："黑虫"的起来，不过偶然的现象，神圣的俄罗斯到底还是他们贵族阶级的！丽莎身虽在上海，可是她的心可天天在希望着白军的反攻，"黑虫"们的没落！

但是，一年两年，三年！……不管丽莎怎么的希望，怎么的祈祷，而事实上"黑虫"越发伸展起来，越发强固起来！一切都成了幻梦！兼且携带到上海来的钱，已经浪费一空，夫妇生活成了问题，不得不含羞忍辱去做舞女，去给一般有闲的浪子玩弄，最后更不得不出卖她的肉体，而至生了梅毒，而至……

从前高贵的神圣的丽莎，今日到了这样的结局，这样的下场，当她想起来了自己的过去，想起来了过去的快乐生活，怎得不哀怨？想起来了她从事革命的姐姐，看到了影戏上伏加尔河的船夫，她怎得不懊悔呢！？……

所以丽莎哀怨了！

这是《丽莎的哀怨》的事实的梗概。从这里，我们可以看出丽莎与白根就是俄罗斯贵族的代表，丽莎的运命就是俄罗斯贵族的运命，丽莎的哀怨就是俄罗斯贵族的哀怨！

俄罗斯贵族，在俄罗斯的"黑虫"未起之前，正如丽莎一样快乐，幸福，如意，挥霍，任性，傲慢，……

俄罗斯贵族，到现在，也正如丽莎一样走到了末路，绝望……

所以《丽莎的哀怨》表现了俄罗斯贵族阶级怎么的没落，为什么没落，并且暗示了俄罗斯新阶级的振起！

如果把《丽莎的哀怨》的艺术的用语，翻译成社会科学的用语的话，《丽莎的哀怨》如一切社会科学一样，在告诉我们，旧的阶级必然的要没落，新的阶级必然的要起来！它在阐明社会进化的过程！它的作用，与布哈林××主义的ABC一些也没有两样！

这是《丽莎的哀怨》的社会——政治的评价。

然而，虽然说"在某一文化的勃兴期，尊重内容；开花期，内容与形式调和并重；而崩坏期，形式过重"。中国普罗文艺，正在勃兴期间，当然主要的在内容，主要在社会的评价——政治的评价。但是"形式必须适合内容，内容也必须适合形式"。（蒲列汗诺夫）"不接受形式，就不接受内容的某一方面"。（昔列汗诺夫）所以"无产者理论家也可以作（并且必须作）关于艺术作品的形式上的评价"。（卢那卡尔斯基）就是说我们来作美学——艺术的评价，并非完全没有意义。

那么，《丽莎的哀怨》的艺术价值怎样呢？

如果所谓艺术的价值，是在使明明目的在宣传，而要令读者感不到自己是在被宣传的话，那末，《丽莎的哀怨》是值得相当高评的作品了。

《丽莎的哀怨》是采取反面的表现方法。就是它表面地处处都在傲慢着贵族阶级的神圣与高尚，威严而不可侵犯；处处都在痛骂"黑虫"的横蛮与强暴；轻视"黑虫"的愚蠢与无能；祷告"黑虫"的没落与沉沦！但是，实际上，完全相反！它如上面所说过的一样，的确地在告诉我们：贵族阶级的强横卑鄙，末路途穷；更在给我们暗示："黑虫"的蓬勃振起，无可压抑！

它将使读者，宣传于不知不觉之中。不会像其他的初期的普罗列塔利亚文学制作，就宛如标语口号一样，使一般的读者一见生厌；或者在那里显然地，感觉着有人在对自己说教。这就是说，《丽莎的哀怨》已经脱离了标语口号的形式，而深进了一步——走上了适合新内容的新形式的道路的开端。

虽然不能说《丽莎的哀怨》这一种形式，是我们新兴文学唯一的形式；至少我们可以说这是适合"哀怨"的题材的形式；我们多种多样的形式中有力的一种形式！

《短裤党》里的主要人物和事实，与《丽莎的哀怨》里的适切的对照。所以作者在写《短裤党》的形式是另一种"粗暴的，力学的"形式；而在写《丽莎的哀怨》的形式又是一种不同的形式。当我们读《短裤党》时，就仿佛在读一首战歌，是那样的狂热，是那样的奔放！而当我们读《丽莎的哀怨》的时候，却宛如读一首抒情的长诗，是那样的缠绵，是那样的健丽！

真的！与其说《丽莎的哀怨》是一部小说，无宁说它是一部散文的诗，诗的散文。

这是我读了《丽莎的哀怨》后的印象。

然而，作者的进步就如长足的革命运动一样，一部更胜一部，最近出版的《冲出云围的月亮》，给我们与比《丽莎的哀怨》更好的感觉。

《冲出云围的月亮》是表现在"八一"事件失败之后的三种思想的倾向。拿主人公曼英代表虚无主义的盲动主义的思想；拿曼英从前的爱人柳遇秋代表投机的卖灵魂的倾向，更拿曼英后来的爱人李尚志代表正确的坚实的革命党人！这三种思想的倾向互相冲突，挣扎，卒之曼英颖悟了她那种虚无的倾向的不对，洗净了灵魂与身体来合李尚志去，共同努力为普罗列塔利亚请命！

不用我在这里多加饶舌，很明白的在"八一"失败之后，在中国青年之中，有这么三种倾向。而在这三种倾向之中，卒之是李尚志所代表的思想得到胜利，中国的革命已经从机会主义与盲动主义反复之中离开，坚决的布尔塞维克化了！

所以在政治的评价上，《冲出云围的月亮》是很健全的这一时代的表现。它给我们指出：以为中国革命已经没有希望，没有出路的倾向，（取消派就是这样！）而至幻灭虚无的盲动主义的倾向，通通都是错误的离开群众的幻想；只有像李尚志一般坚忍耐苦的，深入群众的党人的倾向，才能保证中国革命的胜利！

至于形式的一方面呢？钱杏邨先生在《拓荒者》二期上创作月评中说：

"《冲出云围的月亮》……同时也说明了蒋光慈君本身的进步。第一，是语句的构造，是比以前更为简明，更为大众化了。第二，是复杂的事实的错综的得体。第三，是人物性格的描写的展开。"

这是很得当的批评。特别是性格的描写，越发显得作者的进步的长足！曼英的描写，比较菊芬更要成功！

还有一点，就是作者在《冲出云围的月亮》对于心理描写，特别的深刻：这一点似乎有朵思退夫斯基的风味！可是钱杏邨先生在前些地方又说：

"不过，蒋光慈君的表现，仍不免于有相当的遗憾。那就是，第一，关于曼英的浪漫行动，在转变以后，批判得不很充分。第二，曼英对于革命的认识是从英雄主义的个人主义转变到集体主义，关于曼英的集体化的意识，蒋光慈君投有把它充分的指出。第三，是足以作为当时的典型人物的李尚志，（当然他是没有完全成长的新型）蒋光慈君描写他是不很着力的，这样尖端的人物，新写主义作家应该特别的加以注意。"

这与我所得的印象却有些出入。也许是我的观察错误，然而有了"错误"才显得出正确。就把我不敢决定是错是对的意见拿出来，也无甚妨碍罢？

我以为曼英在工人群众中演讲，就是对于她转变后浪漫行动的批判，就是她集体化的意识的指出。曼英明明白白地对李尚志说：

"我不单要洗净我的肉体，而且要洗净我的灵魂才来看你！"（大意而已，因手边没该书）

至于李尚志的描写，的确不很着力；但是只不过是"不很"而已，李尚志的轮廓在书中是活跃着的。所以不很着力，我想这是因为《冲出云围的月亮》在表现曼英的转变，重心不在单表现革命党人的生活。革命党人的生活有过《短裤党》，并且作者以后也许还有许多东西。

不过钱杏邨先生也不过说"不很""没有……充分"而已，所以与我的印象也不过只是出入，绝没有冲突。

钱杏邨先生最后希望作者要"弥补"斗争的气氛非常削弱与很少正面表现革命的缺陷，这在为马克思主义者的钱杏邨先生的任务上是不可缺的必须，而且也是非常正确的指示！

因为如梅林格所说："现代艺术（布尔乔亚艺术），完全缺乏的东西，是对于有阶级意识的劳动者如生命中的生命的，那喜悦的斗争的要素。"那末反过来，我们普罗列塔利亚文学当然便应该充分的具备斗争的气氛。

　　在这一点上，我也如钱先生一样，极希望作者能够更进一步！"他一定要进一步的去描写觉醒了的日渐成长的革命的普罗列塔利亚群众，以及革命的新的典型人物，一定要把复兴了的普罗列塔利亚的斗争情绪反映到他的创作里去；他必得进一步的很敏锐的把握住日渐发展了的尖锐了的斗争的现代的核心的时代的动的，力学的心！"（钱杏邨：《创作月评》）

　　不单作者应该如此，我们目前一切的普罗列塔利亚作家都应该如此！

　　不过说"作者最近几部著作中，斗争的气氛是非常的削弱了！"这在我的意见却又不然。我以为只不过是斗争的分野不同而已！在《短裤党》里的是社会的政治的斗争；而在《冲出云围的月亮》里的是意识形态的斗争！斗争依然还是斗争！我们不能说如像杰克伦顿的"铁踵"的思想斗争，就不是斗争！

　　最后，我从友人们闲谈之中，听见有人说"李尚志的恋爱观不正确"，因而牵涉到作者的恋爱观。这里我想顺便也写出我对于李尚志的恋爱观的意见。

　　恋爱观就是所谓性道德。它是上层建筑的风俗道德的一部门。因此，它当然要随着时代变迁，一时代有一时代的不同。

　　现代是革命的时代，现代的性道德应该怎样呢？

　　在我现在动手译着的格利米约夫斯基的小说《苏维埃大学生生活》里，曾经借细妮亚说了出来这么的话：

　　"布尔乔亚治歪屈理解，蒙蔽劳动者和农民的眼睛，确信共产党员否定一切的道德。那是——撒谎的！我们知道有共产主义的道德！布尔乔亚的道德发源于神的命令。但是我们知道神为着怎么的人，和为什么必要；并且知道布尔乔亚为什么要使用道德！我们的道德有其他的性质。我们的道德是完全服从普罗列塔利亚特阶级斗争的利益。共产主义道德——这是为劳动者对一切榨取的斗争效力的组织！我们的道德有对于革命利益，对于为确立与完成共产主义的斗争的完全的组织。即于革命有利益的东西是道德的，于革命有害的是不道德的，不得不克服的东西！

"由普罗列塔利亚特这唯一正确的阶级的见地，不道德的东西是使我们战士衰弱的一切，是使我们对新社会建设的意志衰弱的一切，是妨害我们遂行我们直接的目的的一切！如果很早很早就放纵的乱来不规节的性生活，伤害我们肉体的精神和精力，伤害我们的意志，导我们上性的放任的横道上去，那可以说是不道德的……相反地，不宽大地对待性的抑制与露骨的性的本能，和以同志的态度对待喜欢的女人——这是在性关系上最高的共产主义的典型，这是——如天地之隔地，从腐败了的布尔乔亚社会的性道德远离的，我们的性道德的基础！"

李尚志的性道德——恋爱观是不是有妨害革命工作呢？

李尚志从来没有因为曼英忘记过工作，只不过不管曼英对他怎样，而他对曼英依旧的热爱！也许非难者就因此说李尚志的痴情不对。但是，在我却以为李尚志对于爱恋超出庸俗的也就在此一点。

在一般的恋爱，如果到了一方对于自己不爱的时候，不特原有的热爱消灭无形，甚至反友为敌！只有典型的党人李尚志，才能有对曼英这样的爽快的精神！这不是李尚志特有的痴情，在我，以为是人与人之间应有的态度！

所以我以为李尚志的恋爱观在目前还是对的；而且我们有

拿李尚志来做典型的必要!

　　这是我偶尔的印象与感想,亲爱的读者哟! 你们以为怎样呢?

　　　　　　　　　　　(原载《拓荒者》1930年3月10日第1卷第3期)

读了冯宪章的批评以后

华 汉

　　读了冯宪章的《丽莎的哀怨》与《冲出云围的月亮》的读后感后，我也想来写一篇我的读了宪章的读后感后的读后感。

　　正文开始吧：

　　宪章在他那篇文章中，对于《丽莎的哀怨》，有这样的几段评语：

　　"这是《丽莎的哀怨》的事实的梗概。从这里，我们可以看出'丽莎与白根就是俄罗斯贵族的代表，丽莎的命运就是俄罗斯贵族的运命，丽莎的哀怨就是俄罗斯贵族的哀怨！'

　　"俄罗斯贵族，在俄罗斯的'黑虫'未起之前，正如丽莎一样快乐，幸福，如意，挥霍，任性，傲慢……

　　"俄罗斯贵族，到现在，也正如丽莎一样走到了末路，绝望……

"所以《丽莎的哀怨》表现了俄罗斯贵族阶级怎么的没落，为什么没落；并且暗示了俄罗斯新阶级的振起！

"如果把《丽莎的哀怨》的艺术的用语，翻译成社会科学的用语的话，《丽莎的哀怨》如一切社会科学一样，在告诉我们，旧的阶级必然的要没落，新的阶级必然要起来！它在阐明社会进化的过程！它的作用，与布哈林××主义的ABC一些也没有两样。"

这是宪章对于《丽莎的哀怨》的社会——政治的评价，再看宪章对于它的艺术的评价吧：

"如果所谓艺术的价值，是在使明明目的在宣传，而要令读者感不到自己是在被宣传的话，那末，《丽莎的哀怨》是值得相当高评的作品了。

"《丽莎的哀怨》是采取反面的表现方法。就是它表面地处处都在傲慢着贵族阶级的神圣高尚，威严而不可侵犯；处处都在痛骂'黑虫'的横蛮与强暴；轻视'黑虫'的愚蠢与无能，祷告'黑虫'的没落与沉沦！但是，实际上，完全相反！它如上面所说过的一样，的确地在告诉我们：贵族阶级的强横卑鄙，末路穷途；更在给我们暗示'黑虫'的蓬勃振起，无可压抑！

"它将使读者，宣传于不知不觉之中，不会像其他的初期的普罗列塔利亚文学制作，就宛如标语口号一样，使一般的读者一见生厌；或者在那里显然地，感觉着有人在对自己说教。这就是说，《丽莎的哀怨》已经脱离了标语口号的形式，而深进了一步——走上了适合新内容的新形式的道路的开端。

"虽然不能说《丽莎的哀怨》这一种形式,是我们新兴文学唯一的形式;至少我们可以说这是适合'哀怨'的题材的形式我们多种多样的形式中有力的一种形式!

　　"《短裤党》里的主要人物和事实,与《丽莎的哀怨》里的适切的对照。所以作者在写《短裤党》的形式是另一种'粗暴的,力学的'形式,而在写《丽莎的哀怨》的形式又是一种不同的形式。当我们读《短裤党》时,就仿佛在读一首战歌,是那样的狂热,是那样的奔放!而当我们读《丽莎的哀怨》的时候,却宛如读一首抒情的长诗,是那样的缠绵,是那样的健丽!

　　"真的!与其说《丽莎的哀怨》是一部小说,无宁说它是部散文的诗,诗的散文。"

　　照宪章的意思:《丽莎的哀怨》的政治的评价,是一部布哈林的文"××主义ABC";艺术的评价,是一部"诗的散文,散文的诗";是新兴文学的"多种多样的形式中有力的一种形式"。

　　而且,它——《丽莎的哀怨》,"的确在告诉我们:贵族阶级的强横卑鄙,末路穷途;更在给我们暗示:'黑虫'的蓬勃振起,无可压抑!"

　　假如我没有读过《丽莎的哀怨》,仅读过宪章这一篇评文,我真要拍案惊起,庆幸我们这两年以来的文艺运动,终究收到这样伟大的成果了。

　　然而——

　　《丽莎的哀怨》,对于我的感印,却绝对不像宪章所说的那样!

它，不仅不是一部什么××主义ABC，倒反而是一部反××主义的ABC，不仅不是一种有力的形式，倒反而是一种含有非常危险的毒素的形式！

为什么呢？

因为我们读了《丽莎的哀怨》，并感觉不到俄罗斯贵族的"强横卑鄙，傲慢幸福"，并感觉不出俄罗斯新兴阶级的应该兴起，以至于"无可压抑"；恰恰相反，我们只能感到作者所传染给我们的感情，是在激动我们去同情于丽莎的哀怨与悲愁，同情于俄罗斯亡国贵族的没落与沉沦，飘零与悲运！

这绝对不是我主观的批评，我很可以引用一些《丽莎的哀怨》的原文，来为我作证。

首先，我们把主人翁丽莎的遭遇来说吧：

主人翁丽莎，在姑母惨死，白党消灭，而日本援兵又全部败北的时候，俄罗斯最后的一块乐土——海参崴，她和她亲爱的丈夫白根，是不能不和它永别了。你看她在刚要离开她的故国的时候，她发出了怎样凄婉动人的哀鸣与感叹：

> 我还记得那时我的心情是如何地凄惨，我的泪水是如何地汹涌。我一步一回头，舍不得我的祖国，舍不得我的神圣的俄罗斯……别了，永远地别了！……此一去走上了迷茫的道路，任着浩然无际的海水飘去。前途，啊，什么是前途？前途只是不可知的迷茫，只是令人悚惧的黑暗。虽然当我们登上轮船的时候，曙光渐渐地展开，空气异常的新鲜，整个的海参崴似乎从睡梦中昂起，欢迎着光明的到来；虽然凭着船栏向前望去，那海水在晨光的怀抱中展

着恬静的微笑，那海天的交接处射着玫瑰色的霞彩……但是我所望见得到的，只是黑暗，黑暗，黑暗而已。

从此我便听不见了那临海的花园中的鸟鸣，便离开了那海水的晶莹的、温柔的怀抱；从此那别有风趣的山丘上，便永消失了我的足迹，我再也不能立在那上边回顾彼得格勒，回顾我那美丽的乡园——伏尔加河畔……

这是何等的凄婉动人！何等的缠绵哀怨！

这真是一段"散文的诗，诗的散文"了，然而，这种"散文的诗，诗的散文"，教示了我们一些什么呢？

它并没有教示我们一种俄罗斯贵族的卑鄙强横，只令我们觉得可怜的丽莎的凄婉温柔，只令我们感到亡国孤臣的前途之阴晦暗淡。当然，我们更半点儿都感觉不到俄罗斯贵族之"快乐，幸福，如意，挥霍，任性，傲慢"之可恶了！

不幸的运命播弄着丽莎，在上海蛰居了二年之后，她和白根以及他们在轮船上相逢的孀妇伯爵夫人，全都金尽囊空，走到了穷途末路了！结果，她们为生活所迫，丽莎和伯爵夫人竟含羞忍辱地走到了变相的卖淫——裸体跳舞——的末路上去！

试看她们第一次跳上变相卖淫的舞台的时候，光慈是在怎样描画那时的情景：

我还记得我第一次上台的时候……在我还未上台之先，我看见伯爵夫人毫不羞赧地将全身衣服脱下，只遮掩了两乳和那一小部分……接着她便仿佛很得意似的跑上台去……她开始摆动自己的肥臀，伸展两只玉白的臂膀……

她开始跳起舞来……我的天哪，这是怎样的跳舞呵！这难道说是跳舞吗？若说这是艺术的跳舞，那我就希望世界上永无这种跳舞的艺术罢。这简直是人类的羞辱！这简直是变态的荒淫！我不知道这件事情到底是谁个想出来的。我要诅咒他，我要唾弃他……

伯爵夫人退场了，我在台后边听见些中国人呼哨起来，"再来一个！""再来一个！"……这种野蛮的声音简直把我的心胆都震落了。我再也没有接着伯爵夫人的勇气。我本来已经将衣服脱了一半，但是忽然我又把衣服穿起来了。伯爵夫人赤裸裸地立在我的面前，向我射着诧异的眼光。她向我问道：

"你怎么样了，丽莎？"

"我不能够，我不能够！这样我会羞辱死去，伯爵夫人，你晓得么？我要离开此地……我不能够呵！我的天哪！……"

"丽莎！你疯了吗？"伯爵夫人起了惊慌的颜色，拍着我的肩，很急促地说道，"这样是不可以的呵！我们已经与主人订了约……事到如今，丽莎，只得这样做下去罢。我们不能再顾及什么羞辱不羞辱了。你要知道，我们不如此便得饿死，而且已经订了约……"

她不由分说，便代我解起衣来，我没有抵抗她，我眼睁睁地看着我的肉体无论哪一部分，毫无遮掩地呈露出来了，我仿佛想哭的样子，但我的神经失了作用，终于没哭出声来。所谓团长夫人的尊严，所谓纯洁的娇艳的白花，……一切，一切，从此便没落了，很羞辱地没落了。

我如木偶一般地走上了舞台……我的耳鼓里震动着那些中国人的呼哨声、笑语声、鼓掌声，我的眼睛里闪动着那些中国人的无数的俗恶而又奇异的眼睛。那该是如何可怕的，刺人心灵的眼睛呵！……始而我痴立着几分钟，就如木偶一般，我不知如何动作才是。这时我的心中只充满着空虚和恐怖，因为太过于恐怖了，我反来好像有点镇定起来。继而我的脑神经跳动了一下，我明白了长此痴立下去是不可能的，于是我便跳舞起来。我也同伯爵夫人一样，开始摆动我的臀部，伸展我的两膀，来回在舞台上跳舞着……上帝呵，请你赦我的罪过吧！这是怎样的跳舞呵！我不是在跳舞，我是在无耻地在人们面前污辱我的神圣的肉体。那些中国人，那些俗恶而可恨的中国人，他们是看我的跳舞么？他们是在满足他们的变态的兽欲呵。不料从前的一个贵族的俄罗斯妇女，现在被这些俗恶而可恨的中国人奸淫了。

　　这又是多么的悲惨！多么的沉痛！而又多么的值得同情！多么的值得悲悯啊！

　　人生的悲剧，竟扮演得如此之可怜，我想那些没有坚决的阶级意识的人，读书至此，难保不拂袖而起，追问：谁为俄罗斯贵族造下如此悲运了吧！

　　然而，光慈仿佛还嫌它不能激起读者对于俄国白党的同情，这篇故事的开展，一步逼紧一步的，还有更能挑拨得起读者，不仅悲悯，而且还有些愤怒——由同情而生的愤怒的大悲剧在后面在！

后来裸体的跳舞是被工部局因它有伤风化，忽然下令禁止了，于是，丽莎和伯爵夫人纵欲变相的卖淫也不可得，结果，只有，只有不顾一切，走到当娼做妓，公开的卖淫的路上去了。

当丽莎把她的嫖客——美国人，引进了房中，把自己亲爱的丈夫白根当成朋友驱逐到室外而同她那客人共枕而眠的时候，丽莎的心里起了怎样的变化而事前事后又是怎样的一种情景呢？

请看光慈是在怎样深刻地描画当时的情形，是在怎样着力地解剖丽莎那时的心理吧：

> 记得在初婚的蜜月里……那时白根该多末充满了我的灵魂！他就是我唯一的理想，他就是我的生命，他就是我的一切。那时我想道，我应当为着白根，为着崇高而美妙的爱情，将我的纯洁的身体保持得牢牢地，不让它沾染到一点的污痕，不让它被任何一个男人所侵犯。我应当珍贵着我的美丽，我应当保持着我的灵魂如白雪一般的纯洁……总而言之，除开白根而外，我不应当再想到其他世界上的男子。
>
> 有一次，我听见一个军官的夫人同着她的情夫跑掉了……那时我是如何地鄙弃那一个不贞节的女人！我就是想象也不会想象到我能叛变了白根，而去同另一个男子相爱起来。那对于我是不可能的，而且是要受上帝惩罚的事情。但是到了现在……曾几何时呢？！……人事变幻得是这般地快！我居然彰明昭著地将客人引到家里而且这是得

着了白根的同意，……这到底是怎么一回事呢？难道说现在的我已经不是从前的丽莎了吗？已经成了别一个人吗？

在我的臂膀上开始枕着了别一个人的头，在我的口唇上开始吻着别一个人的口唇……我的天哪，这对于我是怎样地不习惯，是怎样地难乎为情！从前我没想象到，现在我居然做得到了。现在同我睡在一起的，用手浑身上下摩弄着我的肉体的，并不是我的情夫，而是我的客人，第一次初见面的美国人。这较之同情夫跑掉了的军官夫人又如何呢？……

我在羞辱和恐惧包围中，似乎失了知觉，任着美国人搬弄。他有搬弄我的权利，因为我是在做生意，因为我在这一夜是属于他的。他问我许多话，然而我如木偶一般并不回答他。如果他要……那我也就死挺挺地任所欲为，毫不抵抗。后来他看见我这般模样，大概是扫兴了，他默默地起身走了。他丢下十块钱纸票……唉，只这十块钱纸票，我就把我的肉体卖了！我就把我自己放到最羞辱的地位！我就说我的丈夫没有了！虽然当我同他睡觉的时候，白根是在门外边，或是在街上如幽魂也似的流浪着……

美国人走了之后，不多时，白根回来了。这时我有点迷茫，如失了什么实物也似的，又如走错了道路，感觉得从今后便永远陷入到不可测的深渊的底里了。我躺在床上只睁眼望着他，他也不向我说什么，便解起衣来，向刚才美国人所躺下的位置躺下。我的天哪，这到底是怎么一回事呢？白根是我的丈夫呢，还是我的客人呢？……

忽然我如梦醒了一般，将手中的纸票向地板摔去，嚎恟痛哭起来了，我痛哭我的运命；我痛哭那曾经是美妙，然而现在已经消失了的爱情，……我痛哭娇艳的白花遭了劫运，一任那无情的风雨摧残。我痛哭，因为在事实上，我同白根表现了旧俄罗斯的贵族的末路。上帝呵！我除了痛哭，还有什么动作可以表示我的悲哀呢？

没有阶级观念的人，读了光慈这一段奇警的散文，看了光慈这一番深刻的描写，谁能不激起万分的同情，为书中的女主人翁一朵娇艳的白花的丽莎——俄罗斯的贵族——之被无情风雨的摧残，放声一哭！？

而况，丽莎的结局——将为梅毒所害死的结局——又是那样的凄凉！那样的悲惨！伯爵夫人的结局——疯狂受辱，穷病将死的结局——也是那样的可怜！那样的惨痛！又谁能担保那些没有阶级观念的人，不痛责造成她们悲运的"十月革命"和"苏联的无产阶级"呢！

就算已经获得了无产阶级的阶级意识的人来说吧，我想除了宪章而外，恐怕没有好多人会说这部东西是在替无产阶级的解放斗争代言，而将要说，它是在为贵族阶级的没落得可怜说话吧！

因此《丽莎的哀怨》的效果，只能激动起读者对于俄国贵族的没落的同情，只能挑拨起读者由此同情而生的对于"十月革命"的愤感，就退一步来说吧：即使读者不发生愤感，也要产生人类因阶级斗争所带来的灾害的可怕之虚无主义的信念。

一个无产阶级文艺上的战士的作品，不惟不能有所助益于他所绝对爱护的无产阶级，反而激动起一般读者对于他的敌对阶级的很大的同情，这能说不是很严重的失败吗？

光慈，谁不知道他是绝对拥护十月革命的人，谁不知道他是绝对爱护苏联以及全世界无产阶级的健者，然而，他的《丽莎的哀怨》的效果，却分明不能使人去拥护苏联以及苏联的无产阶级，却反而能够激动起一般读者对于没落的俄罗斯白党，给以无限的同情，无限的共感，这难道可以说是光慈最大的成功么！？

宪章不顾事实地硬说《丽莎的哀怨》，就是一部文艺上的××主义ABC，硬说它是一种新兴文学的有力的新形式，这是何等的主观！何等的错误！

以主观的观念论来作文艺批评的基准，这真不知离开了马克思主义文艺批评的观点几千万里！这点，我们希望宪章要努力去纠正才对！

至于本书的作者光慈，是不是真是有意的要激起一般读者对于白党的同情呢？这我可说他的主观上是不会有的，这可以从下面这一段文章中看出：

现在我确确实实地明白了。俄罗斯并没有灭亡，灭亡的是我们这些自称为俄罗斯的爱护者。如果说俄罗斯是灭亡了，那只是帝制的俄罗斯灭亡了，那只是地主的、贵族的、特权阶级的俄罗斯灭亡了。新的、苏维埃的、波尔雪维克的俄罗斯在生长着，违反我们的意志在生长着。我们爱护的是旧的俄罗斯，但是它已经死去了，永远地死去了。我们真正地爱护它？不，我们爱护的并不是什么祖国，而是在旧俄罗斯的制度下，那一些我们的福利，那一

些白的花，温柔的暖室，丰盛的筵席，贵重的财物……是
的，我们爱护的是这些东西。

作者的态度和主旨，恐怕再也没有比这一段话中所暗示得
还要显明的了吧，光慈的主观，确确实实要想表现出俄罗斯贵
族的必然没落，和苏联的无产阶级之必然兴起，也就如宪章所
说的，它"的确在告诉我们：贵族阶级的强横卑鄙，末路穷
途，更在给我们暗示：'黑虫'的蓬勃振起，无可压抑"！

光慈的主观上的计划，一点儿不差，确确实实是这样的。

然而，马克思主义者，是不和谁讲主观的，客观上，光慈
这部东西，是不是和他的主观上的计划相适应呢？不错，俄国
的贵族确然是没落了，可是经过光慈的感情的组织所表现出来
的贵族的没落，却是那样的令人同情！却是那样的令人共感！

读者在这种同情共感的情绪支配之下，那怕丽莎是如何的
在那里咒骂十月革命，那怕白根是怎样地在那里痛愤俄国的波
尔雪维克，读者并不感到他们的不该咒骂，或不应痛愤，恰恰
相反，他们反而觉得十月革命和俄国的波尔雪维克之受人咒骂
和痛愤，都是罪有应得！

《丽莎的哀怨》已经在客观上把光慈主观上的计划缴械
了。光慈应该拿出他自己无产阶级的精神来，承认他这部作品
的严重的失败！而宪章没有看出这部作品在读者中的危险，没
有指出这部作品的本身的最大缺点，便无条件的加以主观的好
评，像这种非马克思主义的文艺批评的观点，更应该自己努力
纠正的！

其次，关于《冲出云围的月亮》，听说杏邨对于宪章已有很详尽的质疑，在这里，我只想很简单地说说我个人对于宪章的批评的意见。

宪章在批评《冲出云围的月亮》的时候，一则曰：它的政治价值，是如何的健全，再则曰，它的形式，又是如何的了不得，他不仅十足地同意杏邨的好评，而且又完完全全否定了杏邨所指摘出来的缺点。

并且，他更还很奇妙地反驳杏邨道：

"不过说：'作者最近几部著作中，斗争的气氛是非常的削弱了'，这在我的意见却又不然。我以为只不过斗争的分野不同而已！在《短裤党》里的是社会的政治的斗争；而在《冲出云围的月亮》里的是意识形态的斗争，斗争依然还是斗争！我们不能说如像杰克伦顿的'铁踵'的思想斗争，就不是斗争。"

这是什么话！

作为阶级的idealogic的斗争的文学乃至艺术，我们怎么可以奇奇怪怪的把它强分为这是社会的政治的斗争，那又才是意识形态的斗争呢！这样的分法是不对的。

至关于《冲出云围的月亮》，是否真如宪章所说，政治价值是如何的健全，形式又是如何的高超呢？

首先，我要说，一种新兴文学之有无政治价值和它的政治价值的高低，完完全全是基于这种作品对于无产阶级之解放斗争之助益的多少来定，至于形式，虽然我们必须注意，但这毕竟是次要的问题，为什么呢？如果没有好的内容而仅有好的形式，结果，只有助桀为虐的，"诗的散文，散文的诗"的《丽莎的哀怨》，在宪章的心目中已经认为是了不得的形式了吧，然而，这样了不得的形式，却只能在那里帮助着它的内容去激动起读者对于白党的同情与哀感！

所以，我说形式毕竟是次要的问题。

《冲出云围的月亮》，我们应不应该说它的政治价值很健全呢？这只有检讨它的内容才可以决定。

这部书的题材，谁都知道，是写的是一九二七年大革命失败后，幻灭了的小资产阶级的转变，这种题材，分明是给茅盾的三部曲一种答复的，在茅盾的眼中，中国的革命是完了，所以，在目前只有幻灭，只有动摇，只有由幻灭动摇而生的变相的自杀！革命复兴的微光，在茅盾的眼中是半点儿影子都看不见的，然而，光慈，他却与茅盾大不相同，在他的眼中看来，大革命失败后走到虚无主义的路上去了的小资产阶级却已经开始得转变，开始得走回革命的战线上来了。摄取这样的题材来制作，光慈并没有错，尤其是茅盾的作品影响着很多落后的青年的时候，这样的作品，还有必要。

不过，问题不在题材，而在作者的阶级的观点和对于他所处理的题材的态度。

无产阶级文艺，应该最大限度地扩展开他的题材的，它不仅要写工农、兵士与贫民，而且还要写豪绅土地资产阶级，以小资产阶级的智识分子为题材，当然也是可以的，不过，最要紧的就是要占稳着无产阶级的阶级观点去写。

譬如，茅盾的三部曲中的题材，我们可不可以写呢，可以，不过，我们的态度却不像茅盾样只为那批落后的小资产阶级宣扬，我们却要毫无情面地对于那批游魂鬼影，加以嘲骂讽刺，痛击丑诋！

为什么要这样呢？因为无产阶级只有敌视这批游魂，才能开展他斗争的解放的道路！

《冲出云围的月亮》的最大的缺点，在我看来是：

第一，光慈对于曼英的浪漫行动（占全书十分之八的描写）太观照地去表现了，一点儿也没有加以阶级的敌视的态度，这最容易使读者感到《冲出云围的月亮》的大半部，都只是茅盾的《追求》的公开的翻版，并看不见两个作家的阶级观点有什么差别。

这是它的第一个大缺点。

第二，光慈对于幻灭后的小资产阶级的转变的分析，完全是革命的小资产阶级的观点而不是无产阶级的观点。这从什么地方可以看出来呢？这从曼英的转变的条件上可以看得出来。

走到了虚无主义的道上去，以"与其改造这世界，不如破毁这世界，与其振兴这人类，不如消灭这人类"为其素志去了的曼英，是在怎样的条件下转变的呢？

看吧：

> 今天李尚志又来了。他说，他无论怎样不能忘记我！他说，他爱我，一直从认识的时候起，……我的天哪，这真是把我苦恼住了！我并不是不爱他，而是我现在不能爱他了。……如果我要领受他的爱，那便势不得不将我自己的生活改造一下，然而这是怎样困难的事情啊！不但要改造生活的表面，而且要将内里的角角落落都重新翻一翻……

果然，后来曼英为了"要领受他的爱"，便在自杀未成之后，投到工人中去把"自己的生活改造"了。

再看她改造生活后归来，与她的爱人李尚志同度甜密的生活的时候，她是怎样的说法吧：

> "亲爱的，我不但要洗净了身体来见你，我并且要将自己的内心，角角落落，好好地翻造一下才来见你呢。所以我进了工厂，所以我……啊，你的话真是不错的！群众的奋斗的生活，现在完全把我的身心改造了。哥哥，我现在可以爱你了……"

很显然的，曼英的转变，完完全全是以他的爱人李尚志为前提条件。她为了"要领受他的爱"，所以，不能不到工人群众中去"改造一下自己的生活"，然后才好来见她的爱人——李尚志的！我们试设想：假如没有李尚志其人，曼英的转变恐怕要成问题吧！

光慈这种想法是多么的罗曼谛克啊！

然而，用这种罗曼谛克的想法去分析这一时代的小资产阶级的转变，这完全是一种非无产阶级的小资产阶级的观点。

为什么呢？

因为，革命失败后，动摇幻灭以后的小资产阶级之重向革命战线归来，并不像光慈所看的样，是以革命的爱人为前提，这一转变的条件应该是：第一是全国经济的大破产和统治阶级的统治危机的深入，即都市的工厂倒闭，农村的经济破产，以及军阀混战的不断的爆发；第二是全国工农贫民以及下层的小资产阶级的生活的痛苦之加深，除了拼命的斗争，只有一条死亡的道路；第三是革命形势的复兴，工农斗争的扩大和深入。幻灭动摇以后的小资产阶级，在这样的历史条件之下，受了这些条件的推动，没有出路可走，于是，又才只好毅然决然地转变到革命方面去。

这便是我们的战士的归来的最客观的历史条件。

然而，这些历史条件的现实生活的轮廓，我们在《冲出云围的月亮》中，一点点儿活鲜鲜的实生活的影子都没有看到，我们所能看到的，只是爱人，爱人，又爱人，这如何可以增高他的作品的斗争性！又如何可以说它的政治价值是非常之健全啊！

所以，我说：作者光慈对于这一时代的小资产阶级的转变的分析，不是无产阶级的观点，而是十足的小资产阶级的观点。

这是它的第二个大缺点。

有了这两大缺点，于是，《冲出云围的月亮》便必然的要减少它的斗争性，光慈想要给茅盾的一个答复，实际上也就没有十分成功。

宪章不从这些重要的地方去加以批评，只是很主观的去说《冲出云围的月亮》的政治价值，是如何的健全，形式又是如何的了不得，并且又还毫无理由的去完全否认杏邨的很正确的指摘。

这又是多么的主观啊！

像宪章这种十足的观念论的批评，简直是非马克思主义的，简直是对于作者和读者都是有毒害的。

我们希望宪章努力的去克服！

现在是我们坚决的实行公开的"自我批判"的时候了。

我们只能问我们的批判和争论是否切合于马克思主义，我们绝对不能限定谁对于谁只能有好的批评或不好的批评。

我们要的是切合于马克思主义的真理，我们坚决的反对的是：非马克思主义的毁和誉！

只有这样，我们的"自我批判"，才能活泼，也只有这样，我们的"自我批判"，也才能展开我们的文艺运动的前途。

最后，我还要说一句：

如果我这篇文章的观点有不正确的地方，我绝对欢迎批评与纠正！

（原载《拓荒者》1930年5月第1卷第4、6期合刊）

"左联"作家蒋光慈被开除党籍始末

刘小清

1931年9月，上海《文艺新闻》刊登了"左联"发起人之一的钱杏邨谈蒋光慈的一段文字：

"他虽然开拓了中国文艺运动，而又努力地使这一运动不断地展开；可是，他也就死在这发展的浪潮之中，因为自1928年以后，他自己却是逐渐地停滞了。他的顽固的个性，使他不能更深入地理解一切。因此，他对于文艺运动的认识，与其他的文艺运动者，在自我批评的斗争中，不断地冲突、对立起来。到最后，1930年秋，因为过不惯纪律的生活，他甚至于切断了自己的政治生命。他觉得自己以全生命献给革命，自己的创作几全遭查禁，而同志还是如此的不理解。他感到了深刻的悲哀。他的生活状态完全地陷于孤独的境地，形成他的内心的无限的苦闷。他几次地掼下笔来，想不再从事创作……"

在这篇以"在发展的浪潮中生长，在发展的浪潮中死亡"为题目的文章中，钱杏邨所说的他，即早年太阳社发起人之一，后成为"左联"候补常委的蒋光慈。

蒋光慈原名蒋光赤，在国民党统治年代，用光赤名字发表文章显然有赤色宣传之嫌，会遭致麻烦。于是他改名光慈。蒋光慈20世纪20年代初留学于著名的莫斯科东方大学，同学中有罗亦农、赵世炎、王若飞、彭述之、郑超麟、曹靖华、韦素园等。1922年，蒋光慈在苏联转为中国共产党党员。蒋光慈那时已写有许多新诗，亦有很高的知名度，因此在东方大学的中国留学生中处于特殊的地位。1924年蒋光慈回国，在上海大学教书。郑超麟说："在这个时候，遵守纪律，服从命令，进行党所分配的工作，并不妨害他的文学活动。他在上海大学教文学，组织学生成立文学团体，编辑文学刊物，出版自己的文学著作，并不妨害他作为党员应尽的义务。"当时蒋光慈非常醉心于他的文学活动，但这种兴趣很快便与党分配的工作发生了冲撞。

那是在孙中山北上病逝后，冯玉祥与苏联发生了联系，并接受苏联援助。不久，苏联派出顾问到张家口，需要翻译人员。于是中央从上海大学调蒋光慈去张家口做苏联顾问的翻译工作。在张家口工作时间不久，蒋光慈就感觉到很不适应，因为他无法从事自己的文学创作。于是，他向组织要求调回上海。在组织不批准的情况下，他竟自己离职回到上海。以后党组织没有分配工作给他，他靠自己的稿费生活。当时他的《少年漂泊者》《短裤党》等作品在文坛很有影响，当然也有不少争议。其间蒋光慈曾到武汉生活了一段时间，1927年大革命失败后返回上海，之后与钱杏邨等发起成立太阳社，提倡无产阶级革命文学。

1929年10月的一天，蒋光慈参加了在上海北四川路"公啡"咖啡店内召开的一个非同寻常的会议，参加者还有潘汉年、夏衍、阳翰笙、钱杏邨、冯乃超等11人。这次会议即"左联"筹备会，蒋光慈也因此成为"左联"发起人之一。1930年3月2日，"左联"在上海中华艺术大学召开成立大会，蒋光慈虽然因病未能到会，但仍被选为常委，并负责编辑左联刊物《拓荒者》。

不愿与"左倾"路线合流

"左联"成立之时，正值中共党内"左倾"思想占统治地位，这种"左"的倾向必然对文化运动产生影响。当时左联经常要求它的盟员参加示威游行、飞行集会、散发传单、张贴标语以及到工厂、学校中去做鼓动工作，而疏忽甚至弱化文学创作。即使在创作方面，也是要求以无产阶级的立场去写无产阶级的生活，否则将受到严厉的批评。

在"左联"成立后的第一个"五一"节到来之际，"左联"在福州路的一幢大厦里召开了第一次全体盟员大会，布置迎接"红五月"的各种示威活动，要求所有的盟员都必须上街游行。在通过的"五一"宣言中，还对即将到来的"五一"冠以一个刺激的名称，叫"血光的五一"。此后游行示威等活动则成了"左联"的主要工作，即使这种活动暴露了力量，造成了很大损失也还是乐此不疲。针对早期"左联"的这种现象，有盟员认为"说它是文学团体，不如说更像个政党"。鲁迅当时也对此表现出不满，他说"现在的左翼文艺，只靠发宣言是压不倒敌人的，要靠我们的作家写出点实实在在的东西来"，并且声明："我是不会做他们这种工作的，我还是写我的文章。"然而，在当时特殊的背景下，"左"的势头并未得到遏制，相反，还有蔓延趋势。

蒋光慈是一位优秀的小说家、诗人，他将创作视作生命的全部，这就同当时"左联"的指导思想相悖。"左联"是革命文学家的组织，毫无疑问，它应当关心政治，参加反对帝国主义和国民党反动统治的政治斗争。但它又忽视了作家本身的创作职责，把参加政治活动放在首位，而机械地规定每有节日，必上街游行示威，写标语，散传单，并以此衡量"左联"成员的革命性。对这种"左"的做法，蒋光慈一直持不同意见，加之身体有病，因而他常常不积极或不参加。他认为自己的工作主要是从事革命文学创作，而参加飞行集会一类活动，是一种盲动蛮干。有一次，"左联"要开会，但一时又找不到会场，不知谁出了个主意到蒋光慈家去开会。因为蒋光慈房子面积较大，而且白天只有他一人在家。不料当钱杏邨找蒋光慈商量时，被一口拒绝。蒋光慈说："一个房子，本来是可以写作的，往往因为开会，一开就开倒了。"当时上海地下党组织遭破坏的事常有发生，蒋光慈的这种顾虑也是可以理解的。他所谓"开倒了"，即是指这种情况的发生。蒋光慈的性格十分鲜明，毫不隐讳，心里如何想就如何说。他的拒绝，搞得钱杏邨非常尴尬，也为一些同志所不满。

蒋光慈的夫人吴似鸿曾回忆过蒋光慈的一段有关情况：

"夏季的一天，我正在睡午觉，光慈坐在我的旁边看报，杏邨走上楼来通知光慈说'明天上午八时到南京路上集会，你到时去！'

"但光慈回答说：'我不去，不过是暴露了自己，没意思。'

"那个时候，谁要是不去参加飞行集会，就被指责为不革命。当时我也这样认为。所以对光慈说：'你不革命啦？'但光慈有他的主见，也自有他的道理在。他向我解释：'现在群众还没有组织起来，武器也没有，条件尚不成熟，而且每一次集会暴动损失很大。'"

吴似鸿认为蒋光慈的这番话是正确的，但在当时"左"倾路线的特定背景下，他的这种意见毫无疑问被认为是极端错误的。

蒋光慈依然我行我素，只管自己写作。但有一天，他终于得到通知，要他停止写作，而调做群众工作。当时"左联"组织认为"蒋光慈过着小资产阶级的舒适生活，必须到无产阶级大众中去锻炼"。蒋光慈为此很激动地对吴似鸿说："党组织说我写作不算工作，要我到南京路上去暴动才算工作，其实我的工作就是写作。"

这段时期，蒋光慈经常与"左联"党团组织成员发生激烈争论。但他面对的是一个组织，党组织要求他抛弃自己的见解，无条件服从组织决议。蒋光慈为此感到很痛苦，他不愿意服从他认为是错误的东西，这是他倔犟的个性决定的，但他知道作为党员又必须服从。在经过痛苦的抉择后，他最终选择了退党。他以为这是解决问题的唯一办法。他对吴似鸿说："既然说我写作不算革命工作,我退党。"

蒋光慈很快便将其退党报告交给钱杏邨转党组织。但钱杏邨认为他太冲动,遂婉言相劝,并将他的退党报告压在身边。但蒋光慈去意坚决,他认为"一天不退党,就觉得跟着错误路线多一天,不如早日退党,像鲁迅那样,做个党外布尔什维克"。于是,他再三催促钱杏邨把退党报告交上去。钱杏邨无奈,只好按照他的意愿将他的退党报告交给了党组织。

本来根据党章规定,是允许党员退党的。但在当时的特殊背景下,"左联"对蒋光慈的这种做法是不能接受的。根据思维惯性,蒋光慈此举无疑是对党组织提出挑战,于是只有一种选择,即将其开除出党。

这无疑是蒋光慈的悲剧,也是那个时代的悲剧。

为"浪漫"付出代价

郭沫若对蒋光慈曾经有过这样的评述:

"古人爱说'文如其人',然如像光慈的为人与其文章之相似,在我的经验上,都是很少见的。凡是没有见过光慈的人,只要读过他的文章,你可以安心地把你从他的文章中所得的印象,来作为他的人格的肖像。他为人直率、平坦、不做虚饰,有北方式的体魄与南方式的神经。这种人,我觉得是很可亲爱的……但我却要佩服光慈,他在'浪漫'受着围骂(并不想夸张地用'围剿'那种字面)的时候,却敢于对我们说:'我自己便是浪漫派,凡是革命家也都是浪漫派,不浪漫谁个来革命呢。'他这所说的'浪漫'大约也就并不是所谓'吊尔郎当'。但他很恳切，他怕我们还不能理解，又曾这样为我们解释过几句：'有理想，有热情，不满足现状而企图创造出些更好的什么的，这种精神便是浪漫主义。具有这种精神的便是浪漫派。'"然而，蒋光慈终于为他的"浪漫"付出了代价。

1930年10月20日，在上海出版的中共中央机关报《红旗日报》第3版正式公布了蒋光慈被开除出党的消息，其标题为《没落的小资产阶级蒋光慈被共产党开除党籍》。整个报道措辞严厉，特别在正文前强调了下面这段文字：

"因革命斗争尖锐化，动摇退缩，只求个人享乐，故避免艰苦斗争。布尔什维克的党要坚决肃清这些投机取巧，畏缩动摇的分子，号召每一同志为革命而忠实工作，为革命而牺牲一切，健全党的领导作用。"

在作出开除蒋光慈党籍决定的前不久，中共六届三中全会刚刚闭幕，会上虽然批判了李立三的"左"倾机会主义路线，但因其影响很深，此后"左"的思想不仅未能肃清，反而愈加滋长。正是在这样的背景下，开除蒋光慈党籍的报道，通篇体现出深刻的"左"的烙印。如对于形势的分析，认为"目前中国反动统治急剧走向崩溃，革命斗争日益高涨，革命战争开始，工农劳苦群众与帝国主义豪绅资产阶级作最后决战的时候"，这与李立三提出的"会师武汉，饮马长江"如出一辙。继之，在对蒋光慈的定性上更是言辞偏激，称蒋"加入中国共产党虽已几年，但从未做过艰苦的工作，更没有与群众接近，素来就是过他所谓文学家的优裕生活。近来看见革命斗争高涨，反动统治的白色恐怖随之加甚，蒋光赤随之动摇"，"今蒋光慈之所为，完全是看见阶级斗争尖锐，惧怕牺牲，躲避艰苦工作，完全是一种最后的小资产阶级最可耻的行为"，"他已经成了一个没落的小资产阶级，显然已流入反革命的道路"。蒋光慈就这样被彻底地推向了革命的反面。

当时开除蒋光慈有两条振振有词的理由，其一是自由主义以及不愿参加组织活动。报道列举了"去年全国斗争发展，白色恐怖加紧的时候，他私自脱离组织，逃到日本"。其实当年蒋光慈赴日本是由于身体状况的恶化而赴日本治病，并非"惧怕牺牲"，"投机取巧"，"动摇怯懦"。当时也是左联盟员的马宁即对此忿忿不平，他说：

"1929年正是白色恐怖最尖锐的一年。表现革命的作品发表困难，作家的生活没有保障。光慈有严重的胃病，暂时想到日本去求良医的想法，也是有的。而他到了日本，却是去与日本当时最进步的作家藏原惟等人交往，同时奋力写作……他以有病之身，短短三个月之内，写出《冲出云围的月亮》《故乡与异国》以及译出了《一周间》。这是何等的革命干劲啊！即使身体是这样的不好，可是怎么也不能逃避祖国的现实，急急于要回祖国去为祖国服务，这不是一个真正的中国共产党党员的最高贵品格吗？光慈同志怎能预料到，他投进祖国的怀抱的时候，竟没有人去调查了解他到东京去到底为祖国的革命文艺事业干了什么？反而把他去东京这件事作为开除他出党的理由之一，这怎么能令同时代人感到满意呢？"

马宁为蒋光慈的这段辩白，对了解蒋光慈当年"私自脱离组织，逃到日本"的真相是不无裨益的。

当然，当时蒋光慈目无组织纪律和厌倦党的组织生活（主要体现在递交退党报告）的做法，肯定是错误的。但考其原由，除了有自由主义的小资产阶级散漫习气以及身体不好的因素外，最主要的乃在于"那时的组织活动，主要的也就是搞飞行集会、游行示威那一套"。因此，蒋光慈不愿意参加这样的组织活动，其实质是对左倾冒险主义做法的不满和抵制。今天看来，实属难能可贵。

开除蒋光慈党籍的理由之二，是他写的中篇小说《丽莎的哀怨》产生了不好影响。《红旗日报》的报道关于这一点如是说：

"又，他曾写过一本小说《丽莎的哀怨》，完全从小资产阶级的意识出发，来分析白俄，充分反映了白俄没落的悲哀，贪图几个版税，依然让书店继续出版，给读者的印象是同情白俄反革命后代的哀怨，代白俄诉苦，诬蔑苏联无产阶级的统治。"

不可否认，《丽莎的哀怨》曾受到进步文艺界的批评，这也完全是正常的。马宁说："蒋光慈同志眼见那些白俄后裔的悲惨生活，用同情她们的笔调来客观地描绘她们沦为妓女的生活，只能认为作家的世界观还没有得到彻底的改造。他只是在前进的道路上跌了一跤罢了。"

但报道的言辞显然已经超越了正常的文学批评范畴，而且是粗暴的。当年俄国十月革命时，高尔基曾对列宁说，我们对阶级敌人太"残酷"了。但列宁没有立即给高尔基以难堪的抨击，而让他在以后的实际斗争中受到教育，认识了自己的错误。如果以这种方式来处理蒋光慈《丽莎的哀怨》一书错误，其实际效果将会大不一样。

更令蒋光慈不能接受的是，当时对其采取攻其一点，不及其余的做法，在否定《丽莎的哀怨》时，对蒋光慈的许多具有进步内容，在读者中产生过积极影响的作品及其在文学上的成就一概抹煞，称其"并没有文学天才，手法实很拙劣。政治观念更有不正确，靠了懂几句俄文，便东抄西袭，装出一个饱学的样子。而实际他所写的小说，非常浮泛空洞，无实际意义"。

蒋光慈致力于革命文学活动的历史就这样被一笔勾销，这实在不能令人信服。当然，极左路线的实质亦于此暴露无遗。特别是蒋光慈作为一名"左联"的普通党员被开除出党，竟然招致中共中央机关报以大篇幅刊登报道，这是极不正常的。实际上，蒋光慈是被作为一种倾向的代表而被"惩示"的，这种倾向就是对当时盛行的"左倾"路线的觉悟和抵制。

据说蒋光慈读到《红旗日报》这篇报道后，除了遗憾外，仍表现得非常冷静，他对相伴在身边的吴似鸿说："我没有什么，我做学者好了，我对党是一向忠诚的。"蒋光慈背负着沉重的政治"十字架"，忍受着不公和打击，在极端困难的情况下，完成了他的长篇进步小说《咆哮了的土地》。这部"左翼"文学中最早反映湖南农民运动和井冈山斗争的作品一出版即产生了强烈的社会影响。以后该作品被冠以"普罗文艺"的罪名而遭国民党当局查禁。令人扼腕的是，蒋光慈在被开除党籍后不到一年的时间即病逝于上海。郁达夫在《光慈的晚年》一文中说："光慈之死，所受的精神上的打击，要比身体上的打击更足以致他的命。"郑超麟说："蒋光慈是个悲剧，他临死之前不久还被开除出党，据说并非为了路线斗争，而是为了文学活动不能与党员的义务相容。我们那时都是把党的工作看作高于文学活动,像蒋光慈那样把文学活动和党的工作相提并论,这在当时是行不通的。"

蒋光慈实在是对文学太痴迷、太执著,但是作为最早倡导革命文学的先驱者,他在"左倾"机会主义路线统治的年代为此付出了惨痛的代价。

(原载《炎黄春秋》2001年第9期)

蒋光慈退党风波

吴腾凰　徐　航

　　蒋光慈是安徽省霍邱县白塔畈（今属六安市金寨县）人，我国第一代无产阶级作家的代表人物，1922年入党的中共第一代党员。如今，他安眠在上海龙华烈士陵园。

　　1930年2月16日蒋光慈参加了在上海公菲咖啡馆秘密召开的"上海新文学运动讨论会"。参加这次会议的人员名单，是中共中央文委提出的，除蒋光慈外，还有夏衍、鲁迅、冯雪峰、郑伯奇、冯乃超、钱杏邨、柔石、洪灵菲、阳翰笙、潘汉年等共12人。在这次会上，成立了"中国左翼作家联盟"（简称"左联"）的筹备委员会。

　　1930年3月2日，"左联"成立大会在上海四川路窦乐安路中华艺术大学召开，通过了"左联"的理论纲领和行动纲领，选出了夏衍、冯乃超、钱杏邨、鲁迅、田汉、郑伯奇、洪灵菲

7人为常务委员。蒋光慈当日虽因病未能出席，但也和周全平两人被选为候补委员。"左联"对常务委员和候补委员的工作，进行了大致的分工。蒋光慈的主要工作是主编"左联"的机关刊物之一《拓荒者》。

蒋光慈当时虽然肺结核病缠身多年，但精神很好，工作热情也高，他不仅编辑刊物、撰写新作，文学活动也很活跃。

蒋光慈虽然热情似火，可是他却命途多舛。他忠于党的事业，积极参加了"左联"。可是，"左联"成立之时，却正是党内"立三路线"酝酿、发展以至形成统治的时期。

"在1929年下半年到1930年上半年，不仅红色政权和红军的力量有蓬勃的发展，而且党在国民党统治区的组织和群众工作也有相当的恢复。随着革命力量的增长，党内存在着的'左'倾思想和'左'倾政策，又有了某些发展。在这个基础上，遇着时局对革命有利的变动，便出现了李立三'左'倾冒险主义。"（胡华主编《中国革命史讲义》第236页）"左"倾冒险主义者认为，"工人只要暴动不要罢工和示威"，"群众只要大干，不要小干"，并认为当时已经是具备了在全国"大干"（武装起义）的条件，只要"党勇敢的号召群众：暴动的时候快要到了，大家组织起来"，群众就"一定到来"参加武装暴动……"左联"虽然是革命文学团体，但从领导到成员，过去受瞿秋白的"左"倾思想影响尚未根除，现在又逢李立三的"左"倾冒险主义作祟，因此，他们都没有把组织和个人的活动局限在文艺的范围，而是以参加政治活动、进行革命斗争为第一任务。每逢节日、纪念日甚至相隔十天、八天，"左联"都要搞游行示威，或飞行集会，或散传单、写标语。

游行、集会，集体参加；散传单、写标语，以小组为单位。写标语还规定数量，有布置、有检查。这些示威活动，都是让革命者赤手空拳去和反动军警的枪弹、棍棒对峙，往往每一次都有革命群众被捕或牺牲。

蒋光慈也参加这样的游行示威活动，但他心存反感。他曾对夫人吴似鸿说："现在群众还没有组织起来，武器也没有，条件尚不成熟，而且每一次集会、暴动损失都很大。我们应当首先巩固苏维埃政权，扩大红色农村，然后以农村包围都市夺取都市的政权。"据钱杏邨回忆，蒋光慈在这一段时间，常与"左联"党组织人员发生激烈的争论。但他面对的是一个组织，少数得服从多数。党组织要光慈抛弃自己的见解，认为一个共产党员，必须无条件服从组织。可是光慈坚持己见，不愿服从他认为是错误的东西，加之身体不好，随着游行示威这类活动的频繁，他有时就不去参加了。这更引起了党组织的不满，不知谁还下了指示，要光慈停止写作，调做群众工作；说他在家过着小资产阶级的舒适生活，必须到无产阶级大众中去经受锻炼。

另一方面，蒋光慈的小说《丽莎的哀怨》发表、出版以来，一直遭到了非正常的文艺批评。这里有没有难言之隐呢？钱杏邨在《蒋光慈与革命文学》一文中，似乎预料到这一点："最后说到左倾的一派，这一派里又有两个分支：一是真左倾的，这一种作家，对光慈当然是完全谅解；另一支却是假革命的，他们变为左倾，不是为文艺本身的生命，完全是为自己在文坛的地位，以及他所隶属的社团的领导权而改变方向的。"加之当时革命队伍中所流行的"从事文学活动不是革命工作"

的错误认识，也给蒋光慈精神上造成巨大的压力。"他觉得自己以全生命献给革命，自己的创作几全遭查禁，而同志还是如此的不理解。他感到了深刻的悲哀。他的生活状态，完全的陷于了孤独的境地，形成了他的内心的无限的苦闷。"（方英《在发展的浪潮中生长，在发展的浪潮中灭亡》，载1931年9月15日《文艺新闻》追悼号）

苦闷到了极点之后，导致蒋光慈对党采取了一种不足取的做法——退党。

事情的起因是1930年秋天，蒋光慈和钱杏邨在上海吕班路万宜坊租了一幢房子。为了安全起见，凡与外界人相见，都要邀约在咖啡店里。一天，钱杏邨通知蒋光慈说："左联"要来这里开会。蒋光慈觉得这是违背"左联"和地下工作规定的，因此断然拒绝，说："一个屋子，本来可以写作的，往往一开会就开倒了！"钱杏邨将这一情况如实报告了"左联"领导。几天之后，党组织的负责人对蒋光慈说："写作不算工作，要到南京路上去暴动！"蒋光慈忿然归来，不知经过多少番的思想斗争，终于写出了一份《退党书》。具体细节，吴似鸿回忆道：

当我在学校的时候，光慈已在家写好了退党书。我回家的一个晚上，光慈坐在椅子上，手执装在大信封里的退党书，对我说："既然说我写作不算革命工作，我退党！"我虽不是党员，但我一向崇拜党。他要退党，我不同意。我站到他面前，劝他说："你已是党的人，不要退党。你身体不好，不能去做群众工作，就不去做。你要写作，就管自己写好了，将来党会谅解你的。"

光慈不作声，把退党书放进抽屉中。我以为他给我劝
住了。谁知当我返回学校时，光慈把退党书交给杏邨，要
杏邨交给党组织。杏邨劝他说："你等一等，要退我们一
起退。"杏邨把光慈的退党书搁在自己家里，没有立即转
给党组织。但在光慈，一天不退党，就觉得跟着错误路线
多一天，不如早日退党，像鲁迅那样，做个党外布尔什维
克。光慈再三催促杏邨把退党书转交上去，杏邨没法，只
好把光慈的退党书转给党组织，他自己则没有提出退党。

当时有退党的先例，如陈望道就是退党的；当时更多的是
"反党"的先例。据冯雪峰回忆，1930年他曾经联系，李立三
和鲁迅在上海东亚酒楼见面。李立三要求鲁迅写一篇宣言，支
持立三路线的"英勇战斗"。可是，鲁迅不但没写，反而劝李
立三不要打急性硬仗，要打持久战，即所谓"韧"的战斗、
"堑壕战"。蒋光慈就没有这样的"幸运"了。"立三路线"
执行者怎么会让他"悄悄地"退党呢？他们要将他这个"活靶
子"大张旗鼓地开除出党，以作为对敢于抵制错误路线的同志
的一种"儆戒"！

在中央档案馆查出的1930年10月20日中共中央关于开除蒋
光慈党籍的通知是这样写的：

兹据江南省委通知：蒋光慈即光赤，安徽人，在阶级
斗争尖锐的时候，他不能坚决站在党的路线之下积极为党
工作，反放弃了他所负担的社联工作，自动的向党要求脱

离党的组织，去过他小资产阶级浪漫的生活，布尔什维克的党，是不能容许这样分子留在党内的，故决议开除他的党籍，兹通知全党登记，并注意其混入组织。

在上海出版的中共中央机关报《红旗日报》，更于1930年10月20日在该报的第三版上发表了一则消息，将蒋光慈被开除出党的情况"抖搂"了出来。这则以《没落的小资产阶级蒋光赤被共产党开除党籍》的消息这样写道：

> 一向挂名无产阶级的文学作家蒋光赤（一名光慈，又名华西里），日前被中国共产党正式开除党籍。本报探得事实经过，亟为披露如左（下）：
>
> 蒋光赤原是一小资产阶级的学生，加入中国共产党虽已几年，但从未做过艰苦的工作，更没有与群众接近，素来就是过他所谓文学家的优裕生活。近来看见革命斗争高涨，反动统治的白色恐怖随之加甚，蒋光赤遂开始动摇。蒋原为文化工作人员之一，近中共中央决议将在文化工作人员中调一些到实际群众工作中去，蒋光赤早已动摇，经此一举，害怕艰苦工作，遂写信给党，说他是过惯了浪漫优裕的生活，受不住党内铁的纪律，自请退出党外，"做一个实际的革命群众一分子"。蒋所属支部，认为每一共产党员，应当在党的铁的纪律之下，经常刻苦工作，特别在目前中国反动统治急剧走向崩溃，革命斗争日益高涨，革命战争开始，工农劳苦群众与帝国主义豪绅资产阶级作最后决战的时候，每一个无产阶级先锋队——共产党员，

更应该抱着牺牲一切的精神，站在战斗的最前线，艰苦工作，积极领导群众斗争，争取革命的最后胜利。今蒋光赤之所为，完全是看见阶级斗争尖锐，惧怕牺牲，躲避艰苦工作，完全是一种最后的小资产阶级最可耻的行为，为肃清党内投机取巧动摇怯懦的分子，健全党的组织起见，遂开会决议开除其党籍，业经江苏省委批准。

他入党以来始终没过很好的支部生活，党经常严厉督促和教育他，依然不能克服他那种小资产阶级浪漫性，去年全国斗争发展，白色恐怖加紧的时候，他私自脱离组织，逃到日本，俟（嗣）后骗党说到青岛去养病，党给他一个最后警告，而他未彻底认清自己错误。又，他曾写过一本小说，《丽莎的哀怨》，完全从小资产阶级的意识出发，来分析白俄，充分反映了白俄没落的悲哀，贪图几个版税，依然让书店继续出版，给读者的印象是同情白俄反革命的哀怨，代白俄诉苦，诬蔑苏联无产阶级的统治。经党指出他的错误，叫他停止出版，他延不执行，因此党部早就要开除他，因手续未清，至今才正式执行。

据熟知蒋光慈的人说：他因出卖小说，每月收入甚丰，生活完全是资产阶级化的。对于工农群众生活，因未接近，丝毫不了解。他又并没文学天才，手法实很拙劣。政治观念更多不正确，靠了懂几句俄文，便东抄西袭，装出一个饱学的样子，而实际他所写小说，非常浮泛空洞，无实际意义。其动摇畏缩，决非偶然的事。他虽然仍假名做"革命群众一分子"，这完全是一种无耻的诡辩解嘲，他已经是成了一个没落的小资产阶级，显然已流入反革命的道路云。

这则消息，可以说是浸透了"立三路线"的浓汁。虽然在1930年9月间，经过党的六届三中全会，结束了李立三"'左'倾冒险主义在党内的统治"，但因其影响很深，在实际工作中尤其是党的基层组织中，不仅未加清理，反有愈加增长之势。这从消息中对当时革命形势的分析，以及对共产党员提出的一系列所谓"要求"，均可看出全是"立三路线"所搞的那一套；至于对蒋光慈个人更是满纸充斥了诬蔑陷害和不实之词；最后一句，甚至把蒋光慈推向反革命一边去了。难怪许多现代文学研究者读了《红旗日报》这则消息后，感慨万分地说，这和文化大革命中的"四人帮"一伙污蔑正直的知识分子的口气一个样，恶毒得很啊！蒋光慈是1922年12月初入党的中共第一代党员，在革命斗争和文学活动中兢兢业业，无私无畏，赤胆忠诚，建立了有目共睹的丰功伟绩。如今，他为了反对、抵制党内给革命事业带来巨大危害和惨重损失的"左"倾机会主义路线，以及有伤他的人格和尊严的无端指责，忿而提出退党，这也是一种激烈的抗争的办法。但从敢于斗争、善于斗争以及坚守党的信念这一方面来讲，他的做法又是不足取的。无论怎么讲，蒋光慈给我们留下了一份"强烈的遗憾"，也同样给党留下一份深长的历史教训！

蒋光慈的退党书，被人引用出的唯一的一句是："做一个实际的革命群众一分子。"他并没有违背自己的这句承诺。请看，他从没有离开过革命工作，没有停止过在"左联"的活动；就是在他人生这段最艰难的岁月里，他仍坚持向文学高峰攀登，于1930年11月，完成了他一生中质量最高、篇幅最长的长篇小说《咆哮了的土地》。次年4月，蒋光慈旧疾复发。6月，病重住院。在离开人间的前一天，还向前去探视他的文友打听江西革命根据地的情况。他心中一直装着革命，至死不渝。8月31日早晨6时，这位无产阶级作家逝世于上海虹口医院三等病房。

（原载《江淮文史》2002年第3期）

女性成长的另类书写

——重读《丽莎的哀怨》和《冲出云围的月亮》

顾广梅

现代中国文学史上，由于接受环境的复杂多变，文学意义的接受充满了如此多的悖论、陷阱与不平衡。文本意义、作者赋义和读者释义之间总是呈现出彼此遮蔽、背离甚至歪曲的错综关系。由此，透过历史的迷雾，对那些曾被错位接受了的文学文本进行重新释义，还原某些文学真实和人性真相，显得尤为重要。《丽莎的哀怨》和《冲出云围的月亮》正是在这个意义上需要重新逼近与还原的两个小说文本。它们是普罗文学的先锋作家蒋光慈在生命后期进行宝贵艺术探索的实验性创作，出版后立刻受到广大读者尤其是青年人的喜爱，尤其《冲出云围的月亮》还曾创造文学出版界的奇迹：它在1930年1月出版后当年的八个月中，就共再版八次。但正是它们大胆出位的艺术表达，遭到当时视文学为宣传的过火的政治批评，特别是《丽莎的哀怨》，竟成为蒋光慈被开除党籍的罪名之一。文学因不幸而变得宽容，因宽容而走向永恒。给予这两个蒙上厚厚历史烟尘的小说文本以当代视野的重新观照，回到文本内部重建释义的巴别塔，在时间的罪与罚中俨然成为一种责任和道义，也将是一次充满诱惑的艰辛之旅。

不可否认，《丽莎的哀怨》和《冲出云围的月亮》作为蒋光慈相继在1929年4月和同年10月完成的作品，在文本符号系统的某些方面表现出许多相似性特征，它们都提供了一种别开生面的、另类的女性成长叙事，正是这种叙事使之获得卓荦不凡的艺术魅力，形成蒋光慈创作后期最具原创性和个人性的艺术亮点，但又因为得不到真正的理解而招致长期不公正的贬责。实际上，成长叙事是二十世纪二三十年代革命小说的一种重要叙事类型，主要讲述穷苦劳动者的子女，或是小知识分子、有产阶级的子女成长为现代革命者的历程。通常，这种革命者成长叙事话语包括如下行动和结构要素：成长中的主人公、启蒙者、压迫者，主人公的疑惑、变化、觉悟。循此叙事逻辑，蒋光慈早期的成名作《少年漂泊者》就是这样一部典型的成长叙事小说。主人公少年汪中经过无数磨难以及生活与革命的洗礼，终于到达了充满着价值和神圣性的前方，成为革命的新人、"成人"。比较起来，虽然《丽莎的哀怨》和《冲出云围的月亮》也都凸现了年轻女主人公的成长经历和内在自我与外在环境的某种冲突，但它们却在不同向度上实现了对汪中式的典型革命者成长叙事的反拨与疏离，因而生成另一种声色动人、新颖独特的美学意境，并激发出蕴含历史深度的鲜活生命图景。

《丽莎的哀怨》一改以往革命文学以革命者或成长中的革命者为主人公的传统写法，选择丽莎这个流浪到上海的俄罗斯贵族妇女作为小说主人公和主体叙述人。有趣的是，钱杏邨同时期有一篇同类题材的短篇小说《玛露莎》，其主人公和主体叙述人是转化过来的送报工人和索柴夫，并通过他目睹贵族出身的妻子玛露莎的堕落，反思和宣判了白俄贵族的必然消亡。相比之下，蒋光慈这种将主人公边缘化、另类化的做法显得如此不合时宜，既不进步也不革命，缺乏革命文学家应有的理性清醒。激起他审美体验与冲动的竟然是一个被视作没落阶级代表的流亡妇女，他为这位美丽的俄罗斯贵族女子设计了不幸的身世——为了生存而沦为卑贱的脱衣舞娘和妓女，如果说这尚可令时人认同的话，那么随之产生的一个问题则实在令人瞠目于蒋光慈的大胆越位：他竟然以"丽莎的哀怨"始，又以"丽莎的哀怨"终，情感基调的忧郁愁苦全不像革命文学惯常的必经磨难后那份永远的乐观与光明，也全不像蒋光慈本人前期创作紧跟时代的鼓动性和宣传性。更令当时执了文坛牛耳的"左翼"批评界不满的是，这个哀怨的丽莎还有着她所属的没落阶级不应该有的情感：对出卖自己圣洁身体的苦痛，对失去的故土深沉的眷恋，对龌龊无能的丈夫始终厌而不弃以及对同样命运的女性同胞的悲悯，这些无不使得丽莎的形象光彩照人、丰满生动。她高贵纯洁的灵魂，自尊自爱的人格更加深了读者对其悲惨命运的扼腕同情。

丽莎作为女性生命个体的成长经历在蒋光慈笔下被设计成失乐园模式，这种成长叙事迥异于当时流行的革命者成长叙事，一是因为如前所述，主人公丽莎是个非主流人物，二是因为丽莎的成长中没有出现启蒙者、教育者，也就最终没能返回生存的复乐园，而走向了悲剧性的投海自杀。丽莎从如同"一朵娇艳的白花"的俄罗斯贵族妇女，在十月革命的风浪里被迫流落到上海，不幸沦为脱衣舞娘和妓女，这样的身份变化给丽莎带来了丧失人性尊严的剧痛。其贵族出身和后来做了团长夫人，竟然都成为她的原罪而被逐出生存的伊甸园，她经历着灵魂流浪与肉体漂泊的双重磨难。十年痛苦的异国流浪，使丽莎在抚慰自己的创痛时，从最初不理解、轻蔑、怨恨"野蛮的波尔雪委克"，到忏悔自己没有嫁给那位少女时代就曾心仪的木匠伊凡，并悔恨与背叛贵族家庭、当了革命党人的姐姐分道扬镳，以至于如今面对做了指挥者的姐姐会羞惭地战栗。丽莎最终未能重返伊甸园完成成长仪式，因为作者没有设计一个能拯救她的教育者。无产者伊万、革命者姐姐薇娜都未在功能意义上实现对丽莎的拯救和引导，他们只是丽莎灵魂忏悔的对象，精神抚慰的记忆性符号而已。在作品中真正实现了对丽莎引导的却是那位放浪的伯爵夫人，她像引诱亚当、夏娃偷吃禁果的蛇一样，诱导丽莎出卖了纯洁的肉体，直至丽莎因为染上梅毒而投身海底。

通常意义上，个体的成长是一个获得自我的过程，是使自己成为自己，不断改善和创造身心自由的过程。而丽莎的成长却是一个目的与结果错位背离的过程，她愈是清楚地意识到自我，愈是自省反思，也就愈是因为性出卖而不得不丢弃自我感到心灵剧烈的搏斗。这种来自生命整体与外在环境的斗争以及生命内部的斗争，使得丽莎最终放弃了无望的、困兽般挣扎的成长，放弃了生命。对《丽莎的哀怨》的接受，从一开始就遭到主流批评话语的责难，恐怕就是因为蒋光慈选择以往革命文学中的边缘人物——俄罗斯流亡贵族妇女丽莎做主人公，更将其成长历程设计成失乐园模式，彰显了突围成长困境所付出的巨大代价，由此传达出深沉的人性悲悯。

《冲出云围的月亮》在某些方面显示了蒋光慈以往惯常的叙事逻辑，他以女战士王曼英为成长中的主人公，叙述其在大革命失败后的种种精神突围和成长历险，最终在革命者李尚志的引导帮助下，抛弃用病态的性复仇来捉弄社会的做法，"洗净"了身体和灵魂，重回群众队伍，踏上新的革命征程。这种主人公历经磨难和冲突，在启蒙者指引下开始觉悟转变，终成新人的教育模式是符合主流意识形态的话语要求的。曼英的成长，称得上是从个体之"我"融入到群体之"我们"的精神皈依过程，从天然野性的女子进化为真正革命人的弃旧求新过程，也算得上一个时代女性的女性意识不断被压抑，甚至雄性化的过程。她的主体性建构和想象带有鲜明的社会寓言性质，与现代民族国家的诸多想象是同构的。这部小说在成长叙事上采纳了与《丽莎的哀怨》不同的模式，曼英的成长设计在某些方面顺应了普罗文学中革命者成长叙事逻辑，不妨将之看作是作者在《丽莎的哀怨》遭到主流话语不公正批评后的一种写作姿态的部分调整。

引发"左翼"文学批评家诟病的是这部小说中主人公的虚无主义思想，教育者形象的脸谱化问题，以及与此相关的"革命+恋爱"创作的公式化问题。这确实是其不可回避的缺憾。但它们不能掩盖小说文本那极富想象力和生命力的一面，就是王曼英作为性复仇者的越境体验以及她陷入"身体 / 灵魂"二元论的主体性建构困境,这也正是所谓《冲出云围的月亮》作为女性成长的"另类"书写。王曼英认同了"与其要改造这世界,不如破毁这世界,与其振兴这人类,不如消灭这人类"的虚无哲学,用"性复仇"的极端方式来作弄社会的时候,她的性快感与复仇的快感被奇妙地嫁接组合到了一起。作者十分大胆细致地描写了曼英的几次性冒险,展现了曼英作为一个生存的越境者在性意识方面的出位。她的性意识与革命——复仇的意识杂糅在一起,本来属于生理现象的性幻觉与政治征服、社会复仇的想象形成双声合奏。她一面感受着自恋式的情欲的快乐,一面兴奋于复仇的胜利。曼英清楚地记得三次"捉鸟儿"的特别经历,她用女性身体冲破社会禁忌,对蹩脚的诗人、傲慢的政客和资本家的公子进行侵犯式的性捉弄,并体验由此带来的颤栗和兴奋。这样,性在革命与复仇的外在指令下,不再单纯的是某种必须克制的生理冲动,而成了一个寓含内在紧张的社会事件。身体的伦理学越境也就获得了超乎寻常的激动与不安、沉醉与自由。

但这种越境式的本能释放是危险的,极易滑向纵欲的边缘。曼英在回忆她所谓的第三次特别经历时,就已经觉得"从没有像今夜这般地纵过欲","她忘却了自己,为着这小少爷的肉体所给予的快乐所沉醉了"。为了给予这种纵欲的罪恶快感以合法性,曼英在观念上以"卑贱的身体/高尚的灵魂"之二元论试图整合身体的物质性本能欲望和主体建构的理性诉求,这当然是无效的。然而她竟荒唐地自以为是"最高贵的人""最纯洁的人"。直到曼英收留险被亲戚卖进妓院的小姑娘吴阿莲时，纯洁的阿莲将卖身体看做最下贱的事情，这给以她极大震动，其病态复仇的信念才开始动摇了。面对阿莲的纯洁善良，曼英开始忏悔自己的不洁。她对社会进行性复仇的捉弄时，出于生存要求向这些有产者们索要钱财，无疑就使她的性复仇蜕变成一种性出卖。她每天晚上不得不在阿莲面前谎称自己是去夜校教书，这善意的谎言使她备感羞愧。去夜校教书的高尚逻辑，更逼使她翻检自己身体被玷污的可耻。特别是作者为曼英安排了与革命者李尚志的意外重逢，并不可救药地爱上这个以前在容貌上不能吸引她，如今却以强大的精神力量征服了她的"奇理斯玛"式的英雄人物时，她愈加意识到二元式的"身体／灵魂"论，非但不能使她得到真正的精神解脱，反而令她日益陷入人格分裂的危险。

"奇理斯玛"（charisma）一词源于早期基督教，本义为有神助的人，在文学意义上引指一种具有象征性、神圣性、感召力的人物。普罗文学中如陈季侠、江霞、李尚志、施洵白、刘希坚等男性革命者，都是这样的"奇理斯玛"式的人物，他们神奇的人格魅力，不仅是成长中的女性们情感的光源，也是她们投奔革命的精神指导和动力。曼英正是在李尚志崇高爱情与革命两方面的热烈指引下，开始痛苦地愧疚于自己肉体与灵魂两方面的堕落。当她最后彻底醒悟，重返革命群众的队伍，并因此赢得真正的爱情时，她对李尚志的爱情表白实际上表征着对自我的反思与重构："我不但要洗净了身体来见你，我并且要将自己的内心，角角落落，好好地翻造一下才来见你呢。……群众的奋斗的生活，现在完全把我的身心改造了。哥哥，我现在可以爱你了……"这里，我们不能只因蒋光慈又落到"革命+恋爱"的创作模式中，就轻易否定他所出示的人性图景的某种真实与深刻。

从女性主体性的建构来说，曼英的困境在历史和文化的框架里被文学化地想象了，作者将它表达得夸张、疯狂甚至病态。其实，这种身体与灵魂分裂的两难困境通常是作为习焉不察的生活常态存在着。女性的身体往往被"看"与"用"，或在生育中、或在性爱时，身体只是卑贱的物之存在，是被控制、束缚和忽视的对象。曼英的身体式狂欢一方面可以看做女性生命破茧而出的极端体验，一方面却因身体卑贱化、欲望化再次脱离主体，陷入更大的自我意识危机。因为对每一个独立完整的生命个体来说，人不但是一个生物有机体，更是一个负责任的自我。这样，身体就不仅是被认知的对象（客体），也是感受的主体。当主体——客体具同一性时，身体即被视为意识的载体，我思的物理器官，它就等同于主体。将身体与灵魂进行观念上的二分法，只能阻碍人的完整人格长成和身份认同，阻碍身体——主体同一的自我建构和确立，人也将永远无法成为自为的人。这样，如何使女性自我从主体性的内在要求出发，在历史与文化的沉重呼吸中，超越身体的被"看"与"用"，自由舒展"有灵性的身体"，是一个永远值得警惕的哲学之思和生命之思。正如马尔库塞所说："只要人不摧毁世界的那种死气沉沉的客观性，不认识到处在事物和规律固定的形式背后的他自身以及他自己的生命，那么这个世界就是一个疏远的和不真实的世界。一旦他达到自我意识，那么他就不仅踏上通向他本身的真理的征途，而且也踏上了通向他的世界的真理的征途，并且随着这一认识，也就会有行动。他力图将这种真理变为行动，从而使世界成为一个本真的世界，也就是实现人的自我意识。"蒋光慈已经通过自己独特的文学想象提出了这个命题，尽管他所设计曼英"冲出云围"的教育过程显得简单化、肤浅化，却实在不能磨灭其智慧的异彩。

　　与蒋光慈早期的作品及普罗文学其他作家的作品相比，《丽莎的哀怨》和《冲出云围的月亮》在历史和人性描写的深度上都显示了作者不可小觑的超前性探索。寻找原因，这个时期他对俄罗斯文学巨匠陀斯妥耶夫斯基文学精神的某种继承和接纳应该是主要根源。尽管蒋光慈本人以及后来的研究者们多是从美学原则、叙事技术层面上来谈陀氏对他的影响，但从这两个小说文本所给出的文学图景，特别是《丽莎的哀怨》中所蕴含的深广人类同情与悲悯来看，怎能不让我们感慨恍如听到陀斯妥耶夫斯基的"在人身上发现人"的历史回音？怎能不令我们反思俄罗斯古典文学精神中那博大深邃的人类之爱与痛必将超越时空获得永恒？遗憾的是，蒋光慈在生命后期连续创作的几部带有明显陀氏风格的小说都没有得到应有承认和理论支持，他苦叹自己碰不到"知音解释者"："朵氏初出世（即陀斯妥耶夫斯基二十四岁写了《穷人》——引者）的时候，即得到了别林斯基的知遇，这真是他大大的幸运！……中国也许有朵氏，然而别林斯基又是谁呢？"反观20世纪30年代中国文学与文化因缺乏世界性眼光和超越性意识而日益封闭狭小的事实，蒋光慈"采他山之石"的艺术探索被忽略、误读就不足为怪了。

（原载《名作欣赏》2006年第8期）

蒋光慈年表

1901年

9月11日（农历7月29日），出生于安徽省六安市金寨县白塔畈（曾属霍邱县）。父亲蒋从甫（1869—1942），母亲陈氏（1872—1947）。

1907年

入私塾读书，学名蒋如恒。

1914年

入河南省固始县县立志诚高小读书，改名蒋宣恒。

1916年

考入河南省固始县中学。

1917年

入安徽省立第五中学（校址在芜湖赭山）学习。

1918年

与同学李宗邺、钱杏邨等人成立"安社"（"安"即安那其的简称），编辑油印小报《自由之花》。

1919年

五四运动爆发。

5月7日，芜湖市各校学生代表成立学生联合会，被推选为副会长。

以"蒋光赤"的笔名在《皖江日报》发表诗文。

1920年

春，到上海，加入上海社会主义青年团；在中国共产党上海发起组创办的"外国语学社"学习俄语。

1921年

春末夏初，与刘少奇等人携带上海社会主义青年团致第三国际密函，往莫斯科。

秋，入莫斯科东方共产主义劳动大学中国班学习；结识北京《晨报》驻莫斯科记者瞿秋白。

1922年

转为中国共产党党员。

1924年

初夏，与萧三等人由莫斯科返回北京。

夏，到上海，经瞿秋白介绍，在上海大学任教。

1925年

1月，诗集《新梦》由上海书店出版。

1926年

1月，中篇小说《少年漂泊者》由上海亚东图书馆出版。

7月，与宋若瑜结婚。

11月6日，宋若瑜病逝于庐山牯岭。

1927年

1月，诗集《哀中国》由汉口长江书店出版；短篇小说集《鸭绿江上》由上海亚东图书馆出版。

"四·一二"事变后，去武汉。

"七·一五"事变后，回上海。

正式将笔名"光赤"改为"光慈"。

11月，与宋若瑜通信合集《纪念碑》由上海亚东图书馆出版；中篇小说《短裤党》由上海泰东图书局出版；中篇小说《野祭》由上海现代书局出版。

1928年

年初，与钱杏邨等人发起成立太阳社。

1月，主编《太阳月刊》创刊，共出七期。

4月，中篇小说《菊芬》由上海现代书局出版。

6月，中篇小说《最后的微笑》由上海现代书局出版。

10月，主编《时代文艺》创刊，仅出一期。

1929年

1月，主编《海风周报》创刊，共出十七期。

3月，主编《新流月报》创刊，共出四期。

8月，中篇小说《丽莎的哀怨》由上海现代书局出版；下旬，离沪；25日抵日本东京养病。

9月，与冯宪章、楼适夷等人成立太阳社东京支部。

11月15日，从东京回国。

冬，鲁迅、柔石、冯雪峰、夏衍、郑伯奇、冯乃超、彭康、阳翰笙、蒋光慈、钱杏邨、戴平万、洪灵菲十二人组成"中国左翼作家联盟"筹备小组。

1930年

1月，主编《拓荒者》创刊，从第三期成为"左联"机关刊物，共出五期；旅居东京日记《异邦与故国》由上海现代书局出版；中篇小说《冲出云围的月亮》由上海北新书局出版。

2月，与吴似鸿结婚；诗集《乡情》由上海北新书局出版。

3月，左联在上海正式成立；因病未出席成立大会，被选为常务委员会候补委员。

10月，书写退党报告请钱杏邨转交党组织；28日，共产党地下刊物《红旗日报》刊登开除蒋光慈党籍的消息。

11月，长篇小说《咆哮了的土地》被国民党政府禁止出版（1932年4月改名《田野的风》由上海湖风书店出版）。

1931年

年初，全集第一册《丽莎集》由上海北新书局出版，即被国民党政府查禁。

6月，因病重，化名"陈资川"，入住上海虹口同仁医院。

8月31日上午6时，病逝；下午，以"蒋资川"之名葬于沙滩上海公墓，墓号777。

百年中篇典藏

林贤治 主编

《阿Q正传》　　鲁迅 著

《她是一个弱女子》　　郁达夫 著

《莎菲女士的日记》　　丁玲 著

《二月》　　柔石 著

《生死场》　　萧红 著

《林家铺子》　　茅盾 著

《丽莎的哀怨》　　蒋光慈 著

《长河·边城》　　沈从文 著

《阳光》　　老舍 著

《八月的乡村》　　萧军 著

《小二黑结婚》　　赵树理 著

《饥饿的郭素娥》　　路翎 著

《组织部来了个年轻人》　　王蒙 著

《大淖记事》　　汪曾祺 著

《绿化树》　　张贤亮 著

《被爱情遗忘的角落》　　张弦 著

《人到中年》　　谌容 著

《小鲍庄》　　王安忆 著

《关于詹牧师的报告文学》　　史铁生 著

《褐色鸟群》　　格非 著

《妻妾成群》　　苏童 著

《小灯》　　尤凤伟 著

《回廊之椅》　　林白 著

《到城里去》　　刘庆邦 著